U0948141

PAO 我叫杨宝

Kerry Young
〔英国〕杨凯丽 / 著

包安若 / 译

译林出版社

献给我的父亲艾尔弗雷德·安东尼·杨（1924—1969）

我的母亲乔伊丝·杨

还有我们所热爱的这片土地——牙买加

人们“自己创造自己的历史，但是他们并不是随心所欲地创造，并不是在他们自己选定的条件下创造，而是在直接碰到的、既定的、从过去承继下来的条件下创造”。

——马克思、恩格斯：《马克思恩格斯选集》

第一章　1945年

她出现时，我正和男孩们坐在商店里，讨论咋做好生意和雇到好帮手。她就那么无端端地出现在门口，就那么站在那，任太阳明晃晃地晒着她亮闪闪的有檐儿帽子，或者说更像是包头巾一类的东西，就是印度人戴的那种，但比他们的要好上十倍。不过，也可能因为是戴在她身上，所以显得好了十倍。

她穿的蓝色连衣裙那么合身，就像把她紧绷绷地缝在里面一样，她脚下踩的高跟鞋是我从未见过的样式。我穿着背心，拿着空酒瓶，坐在一个空了的橘子筐上面，在她面前，这副德行让我都觉得臊得慌。

所以，我们三个弹簧似的跳起来，然后问她我们能帮她干点啥。她要我去医院看看她姐姐，这样我就能看到白人水手对她姐姐都做了什么。

“他咋的她啦？”汉普顿问道。

“他打了她。打得太狠了，我都认不出我亲姐姐了。”

“那他为啥打她啊？”

“去看她就知道了。我求你帮我办的就是这事。”她直勾勾地盯着我说，“你能办到吗？”

之后我就糊里糊涂地答应下来。

她道了谢，之后给了我一张纸，纸上详细地写着她姐姐所住医院的地址。她姐姐叫玛莎·坎贝尔。然后她说：“玛莎会告诉你怎么联系我，如果你真要帮忙的话。”随后，就转身离开了商店。

她一走，汉普顿就扯嗓子嚷嚷："哇哦，她姐姐是个婊子。"

"你咋知道的？"

"哈，当然，我当然知道。你想想，她和那水手能干啥？有可能就是因为嫖资问题吵的架。刚才这个，看着倒还行，不过没准也是个婊子，我打赌干起她来肯定很爽，哼，她肯定是个婊子。"

"按你这么说，她要是个婊子的话，那挨打啥的就不要紧了？"

"这事还得跟地盘儿扯上关系。就跟要是有人只是招我烦了，我该生气吗？不该呀，你说呢，这得跟地盘儿有关。"

我又问贾奇·芬利："你也觉得她是个婊子？"

"是啊，我觉得汉普顿说的都对。不过，要真像她妹妹说的，她被一白小子打了，你就得问问自己这男的是个什么来头，还有一个白小子揍了个牙买加娘儿们，然后就那么算了，这事算不算个事。"

"哎哟，伙计，牙买加娘儿们都被白人揍了三百多年了。"

"倒是没错儿，"我对汉普顿说，"但这可是头一回有人在这上头求咱们帮忙啊。"

第二天，我去医院看玛莎·坎贝尔，她的情绪还是很激动。那个白小子打断了她一只胳膊和两根肋骨，脸被捣得稀烂，估计连她亲娘老子都认不出来了。她给我看了看身上的瘀伤和指甲印以及后背上被踢出的脚印子。这些都是那个白小子干的。说真的，这女孩还能活着可真是个奇迹。

我问她："你知道打你那个人叫什么吗？"她告诉了我，然后我说："我咋能找到你妹妹啊？"之后，我还问了她事情的经过，因为我想无论发生了什么，她也不该被打成现在这个样子。

当我提到她妹妹时，她告诉我，她妹妹叫格洛丽亚，然后她问我要去干点啥。于是我就跟她说："你也别为这事太上火了，包在我身上。"

之后，我就派汉普顿去把它搞定了。

一周之后，格洛丽亚·坎贝尔到商店来给我钱。她听说了那白小子海员的事情和他怎么住进的海军医院。我告诉她："我干这事不要钱。是那小子活该。"于是她就把钱又放回钱包里。

然后她对我说："你知道所有的事了吧？"

我回答道："不知道，也不想知道。"

"但你知道我们做的是什么买卖？"

"我他妈的能猜到。"

"我们在东金斯敦有座房子，四个女孩住在里面。那些男的就因为我们是一屋子女的，所以他们来了想干吗就干吗。玛莎就是这么出事儿的。"

听罢，我告诉她："这跟我没关系。你求我帮你，我帮了，完事了。你也不用跑这儿来跟我说这事或非要解释什么。"

"我来是想求你，看你能不能照顾我们一下。你知道，就像你罩着整个唐人街。"

这是我第一次这么仔细地观察这个女人。我就这么打量着她的容貌，因为我突然意识到她是一个严肃的生意人。就在我观察她时，她吸引了我，就像第一次见面那样。尽管理智告诉我离她远点，但我的嘴还是动了动，我听见自己说："你想什么呢？"

当我把这件事告诉张时，他说："她们还觉得干那种营生不错呢。"

"我又不想鄙视这些女孩儿。她们干她们自己的，又碍不着我。我想干的就是保证发生在玛莎·坎贝尔身上的事不再发生了。她们给我的钱和陈先生李先生那帮人给的一样多。"

"老陈和老李干的是正经买卖。这些女的可不是。"

"她们靠这过活。你不想让我干吗？"

"反正现在也是你自己的营生了，在我退休那天我已经跟你说过了。但你也得按规矩办事。"

我第一次拜访东金斯敦那栋房子是因为格洛丽亚请我去吃饭，为的是庆祝玛莎出院回家。她们做了传统牙买加饭菜，有加了米饭和豌豆的炖鸡、凉拌卷心菜丝和格洛丽亚亲手做的佛手瓜。这次晚餐，只有我和那四个女人参加了。在此期间，我发现这些女人只不过是普通人，她们谈论的话题很广，从粮食的价格到布斯塔曼特[①]出狱并建立他自己的新政党然后在选举中赢了曼利。这事儿发生在他被关在上园营[②]一年半之后，因为他的政党组织了太多的罢工，几乎让整个国家都陷入了瘫痪，这使得理查兹总督忍无可忍，终无须再忍了。

她们谈论的东西简直让我笑掉大牙，因为经过三百年的英国殖民统治，女王陛下虽然允许我们自主选举，但我们选出的众议院根本不管事儿，能做的也就是说说话，因为殖民总督说的才是最后最有分量的话。她们管这个叫殖民办公室和部长们的协作关系，但我管这叫"傻乎乎地浪费时间"。

但那四个女的都把这些看得挺严肃的，好像她们真以为所发生的事能改变什么似的。她们这边希望国家能走上正途，接下来却是大笑着互相打趣，并在这种欢乐情绪的感染下，站起来两两成双地跳舞。

据我观察，格洛丽亚虽然美貌出众，但她依旧保持着和蔼和温柔。当我们在外面的车里谈话时，我发现她的胳膊好像月光下的黑缎子一样闪闪发光。她身上又甜又辣的气息扑鼻而来，之后我才知道那是一

① 亚历山大·布斯塔曼特（1884—1977），牙买加劳动人民领袖和政治家。他反对同其他西印度政府结盟，牙买加独立后任第一任首相（1962—1967）。

② 上园营（Up Park Camp），指18世纪晚期直至1962年牙买加独立期间设在金斯敦市中心的英军指挥总部。

种叫 Khus Khus 的香水。

在那之后，我发现自己每隔一天就要到她那儿去。我经常随身带着东西，一顶帽子或者一份报纸之类的小玩意儿，然后我故意把它们留在那儿，好给自己机会再去取。后来，我几乎每跑一趟差都会身不由己地到那栋房子里去，我走进去仅仅是因为我经过它。再后来，只要我一进去，其他的女孩就开始大笑，这太糟了。所以，我也知道得装装样子。于是，我在那里所做的一切不过是和格洛丽亚 · 坎贝尔一起喝喝茶。早晨十点和晚上十点我都准时出现在那里，一小口一小口地抿立顿黄标，一边说上些没头没脑的话——上帝知道我说了什么，因为有一半时间我都恍恍惚惚的。

直到有一天，格洛丽亚冲我微笑着说："你知道我第一次求你来照顾我们的时候，并不是想让你天天到这儿坐着然后直勾勾地盯着我。我已经把消息放了出去，所有人都知道我们由你罩着，不敢欺负我们了，所以事儿都办好了。"

于是我把茶杯放进托盘，又把托盘放到桌子上，站起身来说了声"那行吧"，之后就径直走了出去。

她迟早会让我离开的，因为这可怜的女人不能没活接。每天我都跟自己保证，不会再去那儿了，然后这种情况持续了两三天。

另外一件事就是，我当上了临时工，修修橱柜的门，锯来锯去，敲来打去，尽管我他妈的根本不知道自己在干什么，但我发誓，每次经我手修理完的东西，他们还得叫个木匠来重修一遍。

后来有一天，我跟贾奇 · 芬利两人坐在商店里，他问我："你跟格洛丽亚 · 坎贝尔咋样了？"

我回答道："没咋样。"

"好吧，那你现在得改变下你的想法，要么去做点啥，要么就干脆甭去那儿了。你有自己的活儿干，我敢说那女的也有她自己的事儿，兴许那些事儿让她很忙也说不准。”

“你觉得她咋样？”我顺势问道。

“你问这干啥？”

“随便问问，没啥事儿。”

“你这是在问我对一个几乎不咋认识的女人的看法啊，我也就见过她五六次。但我第一个要告诉你的是，她很好看，也很有型，把自己捯饬得倒也不错。照我看来，她也足够精明，当那几个女的的头儿然后赚到钱。我估摸着一个男的不会介意搂着那样一个漂亮妞儿的，但他不会娶她。”

“谁说要娶她了？”

“好吧，但你差不多可能想过这事儿吧。”

“你小子知道个啥？自己都还没着落呢。”

“不是哪，去年我结婚了。”

“你娶媳妇了都不告诉别人？”

“她娘家在圣托马斯，我俩就去那儿结的。”

“你没请人参加婚礼啊？”

“结婚又不是为了婚礼，为的是给你孩子一个身份。”

此后，虽然我不再去见格洛丽亚，但我却不能停止想她，想她想得都快疯了。我开车从半路树到红山去，开了一半发现开错了，不得不转回来。我三番五次地数钱，但却没办法把它们加起来。我翻来覆去地问汉普顿和芬利他们跟我说的话，因为我啥都记不住了。

有一天晚上，我和张坐在马修斯路边的桌旁，妈在庙里，汉普顿则在外面瞎逛荡，张问我：“你病了吗？”

我告诉他我没病。

“那一定是关于女人喽！”

我不知道关于女人张知道多少，但我知道，他和我爹在很小的时候就帮孙逸仙医生和中华民国打天下，一切尘埃落定之后，他离开中国来到牙买加，过得跟个隐士似的，直到我爹被人杀了，他把他攒的钱寄给我们，并把我们接了过来。而在我认识他的所有时间里，我不觉得他跟女人说过什么话。

“你感觉咋样？”他问我。

“我觉得自己在水底下，而且啥都够不着。所有东西都变得模模糊糊的。我也听不着啥响儿。我啥都够不着，也感觉不到，就剩俩胳膊在水面上乱晃。只有跟她在一起，我才觉得得到解放，才能感觉到我两脚是站在地上的。跟她在一起的时候，我对所有东西的感觉都很敏锐，我把手放在桌上时都能感觉到手指下面的木头。我觉着那很重要，跟她在一起很重要。这肯定意味着什么，我光看她倒茶和搅和牛奶就觉得开心极了。”

“是东金斯敦的婊子吗？”

婊子这个词把我伤到了，因为它不能用来形容关于格洛丽亚的任何东西。它跟她没有任何联系。但我知道张说的是谁，所以我只能说“是的”。

他啥都没说就从桌旁站了起来，径直走向院子。

下一个周五晚上，当我去收周保护费时，发现一切都不一样了。我不知道这是咋回事。乐队演奏着音乐，烈性酒流淌着，那些女人们忙得很。那地方看起来倒跟以前一模一样。所以我认为一定是我变得不同了。可能是因为我已下定决心，要使自己的心硬起来，以对抗她对我的吸引力。

现在这地方看起来就好像是在水下。就像我在一个看不见的泡泡里向外看。当我管她要装钱的信封时，我都不确定我的手是不是要从泡泡里伸出去拿那个钱。但是无论怎样我还是去做了，她就那么站在那儿，看着我，好像她也察觉到有些事情起了变化一样，但她啥都没说。

在那之后，我不能忍受再去那儿了，于是汉普顿就每周亲自去收保护费。某个周五的早晨，正当我抽完烟站在国王大街上百无聊赖的时候，我出乎意料地撞上了她。

互相不打招呼的这种行为是很粗鲁的，于是我们就静静地站在那儿，任白日里的时间哗哗地流淌过去，直到她跟我说："你花了所有的时间一直都在想我是什么，但你其实应该集中精力想想我是谁，我是哪种人，然后顺着这个思路你就会知道自己的感觉了。我知道你怎么看我，而且你之所以离我远远的，是因为你害怕碰巧遇到我。然后当不得不接近我时，你屏住呼吸就好像什么坏事就要发生了似的。好吧，现在你需要的可能就是让自己好好呼吸一下。"

我啥也没对她说，就那么直愣愣地站在那儿，那感觉就像现在我跟她一起被困在那个泡泡里，整个国王大街事不关己地从我们身边呼啸而过，就跟它根本看不见我们似的。

然后她说："下周一和周二其他姑娘儿们要去北边海岸的奥乔里奥斯。她们估计我们那会儿不会很忙，可以利用这段时间休个小假。但我不会跟她们去。我只想对外关闭整栋楼好给自己留点独处的时间。所以周一晚上我会自己在那儿。我想对你说的是，如果你想顺道过来就来吧。"

她一直都在我脑袋边儿说话，因为我实在不敢看她。我目不转睛地看着大街上的轿车在小机动车和手推车的夹缝中艰难地前行，感觉到她灼灼的目光在我的太阳穴上烫了个洞。

"你不用去考虑我是否也有同样的感觉。"她停顿了一下。

她继续说道："但我还得给你提个醒儿，刚才那个邀请，我只说这一次。如果你决定到时候不来，以后咱俩就桥归桥、路归路，纯生意关系，因为我们不能再这么下去了。"然后她穿过电车轰鸣的大街，消失在人群中。

那个周五的晚上，我没有去收保护费，整个周末我都在想着格洛丽亚跟我说的那些话，汉普顿关于婊子的看法，贾奇·芬利提到婚姻时说的东西，以及张就那么起身走掉时的情形。我知道，他们都是对的。不管你是什么感觉，你不能娶一个那样的女人。所以我不断地想，一直想到周一晚上，我洗了个澡就直奔她在东金斯敦的房子而去。

第二天早晨，当我踏入位于马修斯路的家门时，看见妈正在院子最里面喂鸭子而张则在桌旁慢慢喝完他的茶。我经过他直奔我的房间。但就在我与他擦肩而过的一刻，我后背对着他，他坐在桌边，后背也对着我，张开口说道："你昨晚没回家，你妈妈从那时起就开始很烦躁，但我告诉她一切都好，因为我知道你昨晚在哪。"

于是我说"多谢了"，就径直向我的房间走去。

第二章　道德影响力

但是张并不喜欢这样。首先，他对我那晚留宿在格洛丽亚家这件事视而不见，好像我可以忘掉这件事或者摆脱掉格洛丽亚一样。之后，就在我既没有忽略此事，也没把格洛丽亚甩掉之时，他开始就一个体面的女人应该做些啥、有点啥和咋表现等等这些事儿说个没完；还说什么不知廉耻的女人会搞垮男人。据他所言，不正经且水性杨花的女人是唯一能够毁掉男人的力量。而在张发现自己的说教无用之后，他又开始喋喋不休地劝我找一个中国好女孩，而现在他每天絮絮叨叨对我说的东西就只剩唐人街的每一户有女儿的人家，无视我对他的说教所表现出的毫无兴趣。而且随着时间不断流逝，我的生命也变得丰富多彩。因为除了每周见格洛丽亚三次以外，我都在忙活着，开着美国海军多出来的车满金斯敦的转悠，而且因为发现了红山农场的那些中国人不老实，以至于每次买鸡蛋时，我都得数两遍。格洛丽亚还把我引荐给她的两个朋友，所以现在我得罩着三栋房子。而我最不愿意想的事儿就是娶媳妇。

但张不吃我这一套。无论早晨、中午还是晚上，他都在我耳边喋喋不休地教训我，这已经让我觉得有点不耐烦了。所以我同意去中国运动俱乐部瞅瞅，看看能发生什么事儿。我估摸着，这样他就能闭嘴了。可当我到那的时候，我看到一群小孩在打乒乓球喝柠檬水。

然后他们告诉我，他们正在组织一场花园聚会。张，后来是妈，都非常激动，好像这事儿是自打毛泽东赢了战争，建立了中华人民共和国之后即将发生的最好的事儿。张和妈让我烦得不行，于是，周日一早，我破天荒地早早起床，按时出了门，张带着一脸的期待，妈冲我挥了挥手，汉普顿站在大院里，手撑着屁股哈哈大笑，就跟看小丑演出似的。

她也在那儿，黑色的卷发在后脑勺盘了个整整齐齐的发髻，那屁股、嘴唇和一双玉手跟着她说话的姿态而不停地摆动，她一会儿向后转转头，一会儿又在大笑时双眼弯成了两条细线，真是个可人儿。于是，我向旁边的人询问这女的是谁。

“她是王霏。”

“你指亨利 · 王的女儿？”

“就是她。”

在获悉这个消息的一刻，我就知道我跟她没戏，甚至可能连和她说话的机会都没有。亨利 · 王是在牙买加最有钱的几个中国人之一。他有数家超市，遍布金斯敦、奥乔里奥斯和蒙特哥贝的无数批发商和酒商为他服务；他在城里有一幢大房子，里面有无数仆人伺候着。然后我就开始想，张认为格洛丽亚配不上我，难道中意这个王霏了？所以，从那一刻起，我就开始关注她。

当我回到马修斯路时，贾奇 · 芬利告诉我，亨利 · 王是巴里街麻将桌上的常客。于是，在他再去那打麻将的时候，我偷了他的钱包，为的是给自己制造个机会，进城去他那大宅子，把钱包还他。

王家大宅在穆斯格雷夫女士路，有半个环形车道，两个入口之间有一个红色木槿围着的草坪网球场。房子建在水泥楼梯上面，外面的走廊地上铺着瓷砖，瓷砖上是低矮的白色水泥栏杆，里面放着一些藤编的椅子和低矮的小桌。走廊下开满了各种颜色、形态不一的花，这些在花床中的花有粉色的、紫色的和红色的。而一朵十二英尺高的天使喇叭花怒放在走廊的侧面，我知道，当夜晚到来时，这株奇异的植物会散发出强烈、甜蜜而馥郁的芳香。

当我走上这走廊的台阶时，我看到他们还在屋子的侧面挖了一个游泳池，池边种了一些杏树来遮挡阳光。我看见一个黑皮肤的女人坐在一把藤编椅上。然后我向她介绍了自己，她说她是西塞莉·王，于是我知道她是亨利·王的老婆。

我告诉她我是来做什么的，然后伸手掏出了亨利·王的钱包，但是她并没有从我的手里把它拿去。相反的是，她喊了起来："伊特尔！"那个叫伊特尔的女孩慌慌张张地从房子里跑出来，好像西塞莉在喊"着火了！"。然后我才知道，她是来从我手里取走钱包的人，而西塞莉再从她的手里接过钱包。

西塞莉问我愿不愿意和她一起喝下午茶。反正这正是我所期待的，于是我就说"多谢"。她让我坐下来，并把自己没做完的刺绣放到一边，这样我就能坐在她旁边的椅子上了。

但我刚一坐下，她就站起来，走到走廊的尽头开始大喊："埃德蒙德，把树下的那些芒果堆成一堆儿，我可不想让它们变成果酱然后溅得到处都是。你还得把房前屋后的垃圾全扫了，烂水果什么的都堆那儿呢。完了之后，你回头再把猩猩木给剪剪，没看见它在角落里都长那么大了嘛。"然后她回来又坐下了。埃德蒙德站在树下，看起来很疲倦。但我并不知道是因为过度工作还是西塞莉把他给吼的。

伊特尔的茶还没倒完呢，西塞莉又站了起来。"我的上帝啊，埃德蒙德，你觉得我们就凭你这手艺给你钱吗？你沿路到处看看，哪家的花园不比这里的好。隔壁那家的花园看起来就跟皇宫的后院似的，而且人家的园丁还是个兼职的老头呢，可不是你这样的一个年轻傻瓜。把我搞得都想把他请过来看看能帮我们做点什么。我一直都在向上帝祈祷，看看他能不能给你点灵感，但他好像没理我。下礼拜这里要举行夫人聚会，所以我得让这儿又美丽又宽敞，你听懂我的意思了吗？

我可不想让这儿看起来是这副样子。活这么多，可你却靠着树乘凉，装得还挺像回事，就跟干了多少活似的，出了那么多汗。”

西塞莉看起来挺喜欢我的，那次之后，不到一周，她又叫我去喝茶。所以，一周接着一周，我坐在她家的走廊上，一边喝茶一边看她怎么教训男管家，怎么和女管家安排食谱，怎么查看杂货店的账单，然后把家里的杂活都扔给女佣；为了让我们一直觉得凉快，伊特尔不断地给我添冷柠檬汁，但她会在四点整给我们端上伯爵茶，配着沙丁鱼罐头、黄瓜三明治以及一小片维多利亚果酱海绵蛋糕。而这在我跟格洛丽亚之间从未发生过，所以我等着看西塞莉怎么做，我再照猫画虎地跟着学，看起来效果还不错。

然后，西塞莉的很多事情被我观察到了。首先，我发现她喜欢巧克力和葡萄干冰淇淋，所以我保证每次去都带好些给她。而且，她喜欢中国男人。

“中国男人，”她对我说，“既勤奋又努力。他会谨慎又踏实地为自己和家庭创造一个好前景。中国男人是出门找事做来让家业兴旺，不像那些非洲人。非洲男人既无责任感又不能依靠，又懒惰又随便。他们糟践每一分钱。这就是为什么我会嫁给一个中国男人，也是我女儿将来也得嫁给一个中国男人的原因。”

还有一次她跟我说：“菲利普，我觉得你很有钱啊。你看，你衣衫光鲜而且彬彬有礼，这个样子真是很迷人。是啊，非常迷人。你要是能原谅我的无礼，我还会说你这样看起来很帅。我知道你在金斯敦城里有一家商店。我和我的丈夫亨利结婚时，他也只有一家商店。”

她时不时地会让王霏和我们一起坐在走廊里，王霏会来坐一会儿，但她看起来对这种活动并不很热情，所以过一会儿就会起身回屋，或者编个她要出去的理由，就离开了房子。我一直在想我得试着对她说点什么。如果我能让她说点什么，她可能就会至少待上个五分钟。可是每次我要张口说话的时候，她就那么盯着我，好像在想着什么似的，而且她也不管坐在那什么都不说其实是件很没礼貌的事。

在我去见了西塞莉·王几次之后，我对芬利说："西塞莉·王跟我讲话和跟仆人讲话的方式完全不同。当她跟我讲话时，就好像是个举止得体的英国女人，而且每个下午她那儿都会有伯爵红茶和维多利亚海绵点心。"

据我所知，西塞莉的故事是这样的：她在奥乔里奥斯外的香蕉园长大，和她父亲住在一起，但她是从传教士那接受的教育。她学着读的第一本书就是《圣经》，这也就解释了她为什么是个虔诚的卫理公会派教徒，但我也听说她改信天主教了，因为她认为天主教徒来自上层社会。

几个月过去了，在喝了足以以加仑计的伯爵红茶和往穆斯格雷夫女士路一夸脱一夸脱地送了无数次葡萄干冰淇淋之后，在一个星期三的下午，我终于鼓起勇气对西塞莉说："我真的很想知道，您和王先生能否考虑把王霏嫁给我。"

她说："可以啊。"很顺利地答应下来，好像她也在一直期待这件事似的。

"您不需要再跟王霏或者跟王先生确认一下？"

"我丈夫已经把决定权给我了，菲利普。他告诉我，你父亲是一个可敬的人。在金斯敦的中国商人都尊敬他。亨利说你有家族生意而且已经为唐人街服务很多年了。我知道你父亲已经退休了，是不是？"

我太震惊了以至于我都不知道说什么了。我不明白为什么亨利·王没跟她说实话。

然后她说："无论怎么说，你都是个魅力四射的男人啊，如果告诉王霏让她嫁给你的话，她也会同意的。亨利并不插手这类事情，家务事啊，结婚啊，孩子啊，他都不管，他认为这些事应该由女人来管。"

于是事情就这么定了下来。接下来的两天我都忙得不可开交，直到周五晚上，我才觉察到自己得赶在格洛丽亚从别处听说这个消息之前，去告诉她一声。但我到她那儿的时候，她已经知道了。

“我听说你要跟王霏结婚，这是真的吗？”

这让我感觉太糟糕了，以至于都不知道该对她说什么了。无论怎么说我跟格洛丽亚已经好了四年多，而我只能说：“我不能娶你，格洛丽亚，你懂的。”

“我从未盼着你能娶我。”

“那你盼着些什么？”

她想了想，然后说：“我也没想着你还能娶别人。”

我能看出是她占着理儿，于是我跟她说：“我得给我孩子一个身份。”

她转过身去，但我能从她抖动的肩膀判断出她哭了。所以我向她走去，把手搭在她的肩膀上，但她把我的手甩开，对我说：“你走吧，杨宝，我不想看见你。”

婚礼是在圣三一教堂举行的，那里有巨大的彩色玻璃窗和白色拱顶。我只邀请了妈、张、汉普顿、芬利和他老婆（那真是一个和善又直率、老师模样的好姑娘）、汉普顿的姐姐蒂莉以及老乞丐麦肯齐——很多年前张差点杀了他，但是后来他俩成为最好的朋友。麦肯齐穿着苏格兰花格呢袜来的，自打我认识他起他就一直穿着那双袜子，他告诉我说，这双呢袜象征了他在苏格兰的麦肯齐家族。我实在想不明白为什么这样一个男人会为这么一件东西感到骄傲。不过你可以理解为，他很想忘记自己从前除了在一个老奴隶主那有个称呼之外一直都是没有名字的，可不像现在把名字穿在脚上到处如此这般的炫耀。

当我走进教堂的时候，我发现西塞莉差不多邀请了半个金斯敦的人来参加我们的婚礼，所有的人都衣冠楚楚，像是在参加什么皇室的加冕典礼似的。西塞莉穿了一件华丽的、明黄色的大礼服，还戴了一顶看起来更大的帽子，帽子上全是羽毛一类的装饰品。后来，当我们出了教堂的大门，走到中午的大日头底下时，好像另外半个金斯敦的人也来了，整个唐人街翻了个个儿，人们纷纷来看这场盛大的婚礼。那样一个来自马修斯路的男孩居然也能娶到王霏这样的姑娘。

我们开车去奥乔里奥斯玩了一个礼拜，因为格洛丽亚和她的姐妹们经常提到那儿。芬利告诉我，那新开了一家叫牙买加旅店的酒店，玛丽莲·梦露和亨利·米勒刚刚离开。玛丽莲·梦露也许的确在那里住过，我也不知道是不是真的，其实这对我来说并不意味着什么，只不过我猜如果连电影明星都觉得那家酒店很好，那么也许正是王霏所想要的度蜜月的地方吧。

但当我看到那个地方时，我发现自己突然间爱上它了。这家酒店有自己的白沙滩海湾，微风徐徐地从海上吹来，拂动着那些香蕉树、红色的紫薇兰、椰棕榈和九重葛。它就像在地球上的天堂一样，那是真正的优雅。我都不敢相信这地方和我住的、肮脏混乱的马修斯路在同一个国家。

但如果我以为吸引我的东西是美丽的景色的话，那我可是大错特错了，因为我这一个礼拜都在目不转睛地盯着王霏。我能清楚地意识到，虽然我和这女人结婚了，但我对她却一无所知。我在中国运动员俱乐部见过她两三次，之后在她搬离穆斯格雷夫女士路时看过她无数次，但我还是不了解她。我几乎都没怎么跟她说过话。关于她，我只知道她的皮肤是浅色的而且她爸爸很有钱。

但这个礼拜我几乎什么都没做，就坐在那儿目不斜视地瞅着她。看着她在喝水之前怎么拿起餐巾轻擦嘴角，动作是那么的温柔；看着她怎么直视着那个正要为她点单的服务员并冲他微笑，后来在那个服务员放下餐盘时，她又怎么轻轻地碰了碰他的胳膊，搞得他在她指尖下都要化掉了；看着那些女仆们怎么忙忙碌碌地围着她，把她放下的每一样东西都拿起来，取来这个送走那个，并且她们一直都在问她有什么吩咐，她们能为她做点什么，好像只要是为了让她高兴，她们没有什么不愿意做的。而当王霏看着她们说“谢谢”时，她们的表现就像她给了她们一件礼物而她们要感谢她似的。

他们拥向她，但这并非是为了帮助她。在她去吃早饭或晚饭时，或者在海滩打发午后时光时，她总会跟别人打招呼。她知道他们的名字。她总会问他们今天都做了什么，因为她能记得头一天他们告诉她的事。她甚至知道那些他们远在家乡的孩子的名字，无论他们是在纽约还是华盛顿抑或是巴尔的摩。她和每个人都能谈上个两三分钟，在她跟他们聊完之后，我发现他们在椅子中陷得更深了，躺得更加舒适安逸，仅仅是因为王霏认出了他们。

之后某一天的早晨，一个男人穿过走廊，尽管走廊有那么多人，他只停下来跟她说话，问她是否过得愉快以及酒店的每样东西是否讨她欢心。结果证明，这位查理先生正是这家酒店的老板。他和王霏坐了很长时间，又说又笑，后来又点了朗姆潘趣酒。

我坐在阳台上，从那远远地看着她，因为多数时间她都离我远远的。但这却从未让我觉得困扰，因为我看到了一辈子都没见过的场景。我所看到的是那些知道自己属于这个阶层的人们。她清清楚楚地知道这个，百分之百地确定。王霏从未怀疑过自己在这个世界上的位置，哪怕一丝丝的不确定都没有。她对自己是谁或者人们怎么看她丝毫不存在疑问。她认为他们喜欢她是理所应当的，而她则会迈开大步跨过他们，不管那些人都是谁。

可是，这对我来说却是极其罕见的，所以我整个礼拜都坐在那看着她，想象着一旦我拥有那种我不可能拥有的确定感是怎样一种感觉。

我看着她，我的这个妻子，视线穿过走廊落在了白沙滩和门球草地上，落在了由虾衣草和紫姜花组成的花床上，然后我对自己说，你还有好一段路要走啊!

第三章　命令

我刚到牙买加时还是个孩子。那是1938年，那会儿所有的混乱都搅和在一起，罢工和骚乱时常发生，无非是工人们想要更多的工资和更好的待遇。这对我来说并不是那样坏，我从广州来，在我的家乡，日本人为了争地盘而把它变成了人间地狱。

我第一次看到金斯敦时几乎不敢相信，眼前居然出现这么混乱的景象：成堆的木头和起皱的锌皮乱七八糟地堆着，好像向四面八方延伸开去。所有的地方都是棕黄色和浅灰色的，都像锌皮一样不起眼。这可和中国不一样，那里到处都是鲜艳夺目的明黄色和大红色，斜斜的屋顶直插云霄。不，我在那儿唯一能看到的一点颜色就是辽远天边的这座蓝色大山。

金斯敦就像我所见过的最破败的小镇一样。但在这之前，我也从未从货船的顶层甲板上看过任何城市，所以从这个角度广州很可能跟这里看起来差不多。我不知道。在我离开时，我所能看见的仅仅是日本人用灯点亮的晚上。

码头看起来就像涌动着的黑色蚂蚁的海洋，海面起伏不定，人们肩扛背驼，汗流浃背。他们的柳条筐堵住了路，而有的还需要在大热天里闷在一个锌棚里忍受折磨。码头旁边矗立着一幢小小的水泥建筑。

而这正是我见到他们时的情景。那个矮矮胖胖的小个子看起来非常激动，在空气中挥舞着他的胳膊，但另一个人看起来没有那么激动。我想，那个人我认识，妈跟我说起过他。他身材颀长笔直，神情骄傲，体格健壮。我想那就是张，张秀全，我爹在中国最好的朋友。我哥就随了他的名，叫杨秀全。当我爹在沙基被英法联军杀了之后，正是张把我爹遇害的消息带给我们的，但过了好长时间我们才知道战争带给我们什么以及所有的事情。

当我们进到那栋水泥建筑时，那个圆滚滚的胖子正在和一个穿制服的白人争论着什么。白人坐在桌子后面，胖子站在他旁边，频频点头说：“好的，好的。”白人却摇着头说：“不行，不行。”后来那个胖子出去了一会儿，回来的时候手里多了一个棕色的信封，他把信封放在桌子上。他轻轻地拍了拍那个信封，然后退后了几步。白人拿起那个信封，向里面看了看。然后他把信封装进了上衣口袋，冲我们挥挥手，让我们上前去。

当他问起我叫什么时，我告诉他我叫杨宝，但他让我又重复了两遍，然后他就把我的名字写在一张浅棕色的纸上，用一个红色的塑料戳在上面“砰”地盖了个章。然后我就从他手里接过那张纸。在我正要鞠躬并对他说“谢谢”时，发现他并没有看着我，而是默不作声地盯着他的小桌子。过了一会儿，我发现那张纸上写着菲利普·杨。

在外面的码头上，我们互相介绍了自己。妈、我哥秀全和我从小船上下来，张和胖子来接我们。后来我们才知道那个胖子是陈先生。他是金斯敦唐人街委员会的主席。他是张的老板。

当张和妈面对面的时候，他们就站在那，互相瞅着对方。我合计他们这么长时间没见面得说点啥，但张只是鞠了一躬，妈回敬他也鞠了一躬。张长得和妈之前给我们讲的一样，但是比我想象的要老。他的头发都变灰了。

陈先生的马车在等着他。马车靠一匹马拉动，有两个轮子，上面有个黑色的遮阳篷。他跟妈说，她得跟他坐马车，但那辆小马车只能坐下他们两个人。然后他跟张说，让他再叫一辆马车。但张说，不必了，这些小伙子可以走回去。陈说，那也行，因为马修斯路离这里反正也不远，向左转再向右，然后一直走就到了。他叫了一个光脚男孩拉的人力车，张把行李放到了上面。

因为在海上漂了太长时间，一路上我的腿一直在哆嗦。然后我察觉到，我一定看起来挺奇怪的，因为每个角落、每家门口都有人在那徘徊着，为的是偷偷看我几眼。而那个拉人力车的光脚小男孩几乎没办法把他的目光从我们身上挪开。我试着不去看他，但是每次我用余光扫到他看看他是否还在盯着我的时候，我可以确定，他都在直愣愣地瞅着我。尽管每次被我逮到时，他都低下眼或者装作没在看我。而我所能注意到的则是那个孩子的皮肤是黑黑的，而且头发紧紧地箍在脑袋上，眼睛又圆又大。他跟我长得真是一点都不一样。

当我们到家时，我发现那就是用篱笆围起来、带着一个小门的水泥院子。陈先生说，院子的左边是储藏室。储藏室有深红色的木门，门上有一个巨大的镀银把手。在院子深处，靠右侧的一边，是五个连成一排的单间，每一间都有它自己的门以及连接院子的两级台阶。洗澡间在这排单间的对面，用起皱的锌皮搭成。淋浴间和前两间屋子之间的空地上方搭了块锌皮，遮风挡雨。锌皮的下面是一张长方形的木桌和一个小火炉。在院子的最里面，是一方小池塘，旁边有鸭子，较远处是厕所。

张说，第一个单间是给妈睡觉的，然后紧挨着第一间的单间由我和秀全共享，而他自己则睡在离我们最远的第五间，中间隔了两间空房子，为的是对我们表示他的尊敬。陈先生说："希望你和你的家人能在这里过得开心！"

张回答说："多谢，我真心感谢你。"看起来好像是陈先生把这栋房子给我们的。

然后，陈夫人带着整个唐人街委员会的成员和他们的太太来了。

他们拿来了好多食物，大家一起吃，就像举行一场庆祝活动似的，然后他们都说“欢迎欢迎，热烈欢迎”。

他们走了之后，张让我们哥俩去冲个澡然后上床睡觉，他也回到自己的房间。洗澡水很冷，但这让我精神焕发。之后，当我躺在干爽清新的纯棉床单上时，我心里暗想，这儿不再是中国农场了。再也不会有绿色的麦田或者金色毯子一般的油菜花田。但好的方面是，外面不会再有日本兵了。然后我闭上了眼睛。我太累了，真想这辈子剩下的时间就这么睡过去，但我却睡不着，而是躺在那听着狗的叫声和远处不知什么地方人们的喧嚣和吵闹。

第二天早晨，张让我和秀全一定要穿上我们最好的衣服，然后跟他一起出门。而我们最好的衣服则是我们的长衫。我们一人一件，都是黑色的。我们知道这显得有些土气，就算在中国也没什么人这样穿了，除非有什么特殊场合，且依旧喜欢穿长袍的人才会那么穿。但我们只有长袍。张看见我们这副打扮，摇了摇头然后自言自语地说了很多话，关于男人和长衫还有男人的辫子和革命什么的，但后来他也把我们带出了大门，就在那一瞬间，令人发狂的炎热和下水道的臭味迎面扑来。

我们穿过马修斯路到了巴里街，之后我们转过街角，这时我所能看到的就是四轮马车。这些带着黑色顶罩、被马拉着的四轮马车一辆接一辆地排成一条线，排满了整个街道。四轮马车的司机们把马尾巴下掉落的散发着恶臭的粪便收集起来。他们是打算把马粪卖给印度人种蔬菜，张是这样说的。我们在邮局那拐进了国王大街，走进一家叫伊萨的商店里。店里的东西琳琅满目，应有尽有，包括了张要求我们每人都得有的所有东西——内裤、背心、短袜和衬衫。他又把我们带出那里，进到一家鞋店，这家店卖那种结实的系带鞋。我们穿着新袜子试了试鞋子。然后他叫了一辆车，让我俩坐在后面，他自己和前面的司机坐在一起，我们又去了另外一个地方，在那儿，他选了几种布料，整匹地买过来。在我们都换上新内裤之后，张带我们去了一个戴小帽的裁缝那，让他给我们量了量尺寸，好做裤子。两条裤子都用一样质地的布，张让师傅快点做，于是那个裁缝点头哈腰地说，保证以最快的速度做好。然后我们又坐小车回到马修斯路，张看起来对这一切感到很满意。

他在院子里坐下，亲手给我们剪了头发，可是秀全看起来并不是很开心，我也不知道为什么，可能因为他习惯由妈来做这事儿，也可能是因为他觉得张这样做是他自作主张的，有点狗拿耗子多管闲事的感觉。但当我向妈那边看时，发现她正微笑地坐在那儿，用手掌撑着脸颊，歪着脑袋看着我们，好像她很喜欢我们这边正进行的事似的。所以我想如果说她喜欢这样的生活的话，那我也会喜欢的。

在我们经历的这些事情中，最令我感到震惊的不是这里的街道和建筑物与中国的是那么的不同，也不是这里与中国的土壤气息完全不同的海洋咸腥味，而是这里的人长得与中国人迥然不同。有些人皮肤漆黑，鼻子宽宽的，嘴唇厚厚的，而且头发紧箍头皮。就算是那些肤色稍浅的人，也长了不一样的鼻子和嘴。他们皮肤的颜色有很多种，从蓝黑色到各种棕色。他们有些人甚至长了姜黄色的头发。他们还有些人长着蜡黄色而光滑的皮肤，鼻梁高挺，头发还是直直的。还有肤色雪白的人，他们都长着浅黄色的头发和红色的眼睛。我之前从不知道人可以有这么多种不同的样貌。我之前所知道的只不过是顺直漆黑的头发与平平的鼻子和眼睛。

第二天我才知道为什么张那么着急要那两条裤子，因为他要带我们去赴宴。所以直到裁缝把新裤子送到家里来时，张才放下心来。他让我们哥俩穿上。秀全穿好之后，张让他小跑去巴里街叫两辆车来，等他回来妈和我们就一起出发。妈穿了一件深红色底带白色李子花的传统旗袍，而张则穿了一件深蓝色的中山装，领子是翻下去的，还有四个对称的口袋，中山装的名字是来自孙逸仙医生，而现在则是毛泽东军队的军装。

他们在一间很大的屋子里举行宴会，会场里有木桌子和长凳，外面是一圈走廊。楼上和这里的布置是一样的。在屋子中间，楼梯笔直地指向楼上。这里的每一寸都挤满了人，据此我猜测整个唐人街的人估计都到了。陈先生站在门口欢迎我们，并且在人群中护送我们到了他家里人坐的桌子那儿。陈夫人也在那，旁边是他们的三个女儿、两个儿子、一个儿媳妇和一个女婿，以及他们的孙子孙女。每个人见到我们都很高兴，并且冲我们鞠躬。

屋里的每个角落都放置着堆满了米饭的大圆桶，为了保温，每个圆桶上都放了一个盖子。所以你若想吃米饭的话，你可以直接走过去把米饭盛到碗里。肉和菜是放在木制的托盘里被两个人抬上来的，这两个人把托盘里的菜放到桌子上，因为这是给我们家吃的食物。这里的食物应有尽有，就跟在家似的。有腌的咸鱼和咸肉，叉烧，烤乳猪和烤鸭，还有白切鸡；有炒鸭肫和炖牛肉；有姜汁龙虾，清蒸桂鱼，清水大虾，旺火炒菜，炒油菜心，炒小白菜，蒸鸡蛋，云吞面。在人们的喧闹和食物蒸腾的热气中，我们坐在那里大吃特吃，头顶上的小电风扇一圈一圈地转着。

在我们吃东西的时候，我注意到他们把一个柳条筐从一张桌子传到另一张桌子。在楼下大厅里传递完了之后，又传到外面的走廊里，然后又被人拿到楼上去了。过了很久他们才把那个柳条筐拿下来接着又把它拿到院子里去了。然后他们回来把它给了陈先生。

陈先生站了起来，张也站起来，陈先生把篮子给了张，然后两个人一起鞠躬。张又转身走向我们，他给妈鞠躬，然后我想，得了，这儿现在变得跟举行婚宴似的。除了知道那个篮子里装满了钱，我实在不知道他们在做什么。

晚餐结束之后，陈太太拿出了有四个抽格的餐盒，把它给了妈，好让她把剩下的食物装回家。

两天之后，张觉得我们已经歇过来了，于是他说："你们哥俩真是死里逃生啊，到这里应该开创一番新生活。到了该用你们的双手创造点什么的时候了。"然后他走向院门并且希望我们能跟上他。他打开院门，停下来，转身对我们说："牙买加人现在很生气，因为工资太低和总失业，他们已经开始在外面胡闹了，所以你们俩应该注意自己的一言一行。你们不惹他们，他们都会来找你们碴儿。所以行事一定要万分小心。"然后我们走上了马修斯路，也走进了早晨的闷热。

我们穿过马修斯路一直走到了巴里街，在那里，张认识他看见的每个人，那些人在杂货铺、洗衣房、五金店、干货铺工作，有些见到他很开心，有些站在街上，跟他说了几句话后就微笑地点点头。

我们去了每一家商店，然后张从每一家店里都能收到一个浅棕色的黄纸包，店里的人都对他微笑着鞠躬，然后祝愿他身体健康长命百岁。店主们有的说："也给你这俩小伙计一些礼物？"但张拒绝了他们的提议，而且微微点头回礼。我们就是以这种方式把唐人街从头到尾地逛了一遍。

之后，张说我们得找点东西吃了。于是我们出了巴里街，走到一条小巷子里，打开一扇门进到一个院子里，很多中国人都站在这儿。我们走上几级木制的台阶，眼前出现了一条狭长的走廊和一扇门，门里的大房间里都是人，他们都在打麻将，一边洗牌一边扔骰子。我们穿过这间屋子，然后张打开了另外一间屋子的门，屋里的味道把我震撼到了，那是一种又甜又浓而且辛辣的气息。

这间屋和上一间麻将屋大小相仿，里面有很多鸦片床，他们头下垫着木制枕头躺在上面。这间房间里既有中国人也有白人，都是些穿得很体面的白人，有些甚至穿了英国女王的制服。一盏昏黄的小灯摇曳着，他们侧着身子躺在床上，拿着长长的烟斗吞云吐雾。或者就那么无所事事地躺着，大大地睁着眼睛。我听说过很多关于鸦片的故事，但我之前从未真正见过吸食它的人。我所能注意到的则是这些大烟鬼们是怎么看起来半死不活且大汗淋漓的，这些人是怎样穿着张不喜欢的长衫准备烟管泡茶水的，而且这个地方极其安静。真的，就是安静。

然后我们走到了隔壁的房间，这是他们吃饭的地方。那里有木制的桌子和长凳，有蒸熟的米饭和烧红的炒菜锅，还有冒着热气的猪肉包子和酱圆白菜，然后一扇可以看到后院的窗户上带着木制的插销和一条长长的木头。呼吸到从那窗户里飘进来的空气真是好，因为其他两间屋子都没有窗户。

我们吃完饭回到马修斯路之后，我从张挺胸抬头地在唐人街里走来走去的姿态看出他是有一种骄傲的。他说："在过去，那些黑鬼们不但总去唐人街的商店偷东西，有时他们还打劫这些商店，甚至放火烧它们。但是现在情况好些了。唐人街变得又安全又快乐。"

在那之后，事情就接踵而至。做这个，做那个，去这里，去那里。妈做这个，秀全做那个。我是跑腿和取东西的，帮一下这个人，从那间商店里搜罗点东西。好像张把每个人都安排到他们的位置上，把他们放入他们的例行的事情之中。

除了星期天，妈几乎每天都在一个叫蒂莉的女孩的帮助下做咸鱼炸饼。然后蒂莉把这些炸饼带到唐人街去卖。她晚些时候会回来，和妈一起拔鸭毛做枕头然后卖掉。

张教我们打太极拳，尽管秀全已经和我们的爹学过一些，但我们每天早晨都打一遍。从起式——揽雀尾——开始打，到白鹤亮翅，到左右搂膝拗步，再到转身抱虎归山，最后——弓射虎、击拳、挡闪、猛击拳、如封似闭，然后到收式。

张给我们讲孙子的故事，告诉我们他如何在两千多年前创立一套用于谋划作战计划、部署军队还有行军打仗的策略，还有现今毛泽东是怎么依旧从孙子的著作中汲取养分的，以及我们学习《孙子兵法》的重要性。

每天晚上吃完饭，张都要教我们英语。

而我们需要做的则是帮助他，只是帮助他看管唐人街就好了。

然后直到有一天，我正在做家务时，突然见到了那个拉人力车的小男孩。从我们上岸的第一天起我就认识他。在巴里街上他紧跟着我，我走他走，我停他也停，我进到商店里边，他也进去，我出来，他也出来，要么斜着身子靠着墙上的海报，要么蹲下身装作检查地上的一块木头，要么就是无所事事地踢着地上的尘土，把双手插在兜里，看都不看我一眼。但我知道他等的人是我。我那会儿正在帮助陈先生、钟先生和李先生做事情。我换水，扫地，给张守着他开的赌局，但无论我在商店里待多久，当我出来的时候，那个拉人力车的小男孩都在外面等着。最后我实在不能忍了，于是我直接走向他，问道："你跟踪我是吗，小孩？"

他装作惊讶地说："我吗？我跟踪你干吗？"

"就是你，就是你跟踪我。在巴里街的时候就一直跟着我。我想你是在橙子街绕了一圈之后又回来的。"我在空气中挥舞着我的胳膊，指着早晨我们走来的方向气势汹汹地说："你打算一天都跟着我啊？"

"张叔，他是你爸吗？"

"没你屁孩子的事。"

我转过身走了，他继续在后面跟着。然后我突然转身然后对着他的脸大叫道："啊哈哈哈！"但他就那么直愣愣地站着，一点都不害怕，连眼睛都不眨。我只能转过身继续走然后他跟着。

过了一会儿，感觉好像是我自己到处在找那小子的身影，我慢慢逛，等那小子跟上，我从方先生那拿了一杯柠檬水递给他，我从刘太太那拿了米饭和香肠给他。当我们走回马修斯路时，我站在院门口问他："你叫什么？"

"汉普顿 · 斯多克，蒂莉是我大姐。"

汉普顿跟我就是这样认识的，在那之后他差不多每天都跟我在一起，除非他姐姐要他去做点什么。他一直追问我："你多大？你多大？"然后我跟他说年龄这东西没什么，但他却把这事看得很重，因为他一直问一直问。于是，有一天我跟他说："我是在癸酉月第二天生的，属鼠，甲子年。"但这对他来说不意味着任何事情。所以我问他："你多大了？"然后他告诉我他十四岁。我说："跟我一样，我也十四。"

然后有一天，汉普顿跟我说他有一个叫内维尔 · 芬利的表哥，比他大一点，想见见我。"为啥要见我啊？"我问他。

"哎呀，他就想见见你，见你还犯法啊？"

然后在一个星期天，汉普顿就把我带到了他在东金斯敦的家，他和他姐姐蒂莉住这。蒂莉小姐对我倒是很热情，虽然我几乎不认识她。我每天对她说的就是："早晨好，蒂莉小姐，你今天早晨怎么样？"要么就是："晚上好，蒂莉小姐，晚上睡个好觉。"就这么多。但是突然间她抱着他们家门廊上的柱子，给了我一个我从未见过的微笑。汉普顿开始自己咧嘴笑，然后我歪向他，低声说道："她对我来说太老了，哥们儿。"然后他笑得很大声，所以蒂莉小姐怎么想我对他说的话只有上帝知道了。

然后他拉着我的手把我带到屋后的窝棚，告诉我这是他的宫殿。当然这只不过是个快要散架的破棚子，有一扇嘎吱作响的破门，天花板上的椽子暴露在外面。我往上看了看，然后对他说："你看啊，我是说如果我们能够把门修修然后把一些木板安到天花板上，我们就能用这来储藏东西了。”

“储藏什么东西？”

“其实我也不知道。”

然后门突然间被打开了，一个瘦长的家伙就站在那。汉普顿走向他，给了他一个拥抱。我看着站在那的两个人，然后我想，汉普顿虽然长了一张孩子气的脸，但他长得不难看，肩膀宽身体壮实。但是另一个，他长了一张马脸。我虽然没说什么，但汉普顿已经看到我惊讶的表情，然后他开始上蹿下跳，像个傻子似的尖叫。他笑得太厉害了，以至于眼泪都流了下来。“继续你这副表情吧，”他对我说，“你觉得我表哥长得怎么样？”

好吧，对这个问题我实在不该把自己的想法说出来。但是汉普顿不依不饶地说：“快说快说，赶紧说。”到了最后，我不得不说：“他长得像个会相好马的人。”这句话让汉普顿笑晕了，他捧着自己的肚子，好像它马上就要笑爆了。

“相马的！哥们儿，这也太形象了。你咋想的，内维尔？”

然后内维尔·芬利说：“我觉着你这朋友能识别出聪明人。”

在那之后，我和汉普顿以及贾奇·芬利[①] 开始一起混。秀全对这完全不感兴趣，其实，秀全对任何事情都不感兴趣。他几乎不出家门。他也不愿意干张让他干的活儿，而且有时候他表现得好像他也不怎么喜欢张似的。他对在牙买加生活有很多疑问。他所谈论的一切就是他怎么离开这，而张并不喜欢听这些，所以他们之间沟通的并不多。

当我问起他关于他要走的事时，他说从来没有人就是否想在牙买加生活的问题问过他的意见。没人问过他是否想让张取代爹的位置或者掌控他的生活，在他已经成为一个男人之后还把他当成一个孩子。

① 贾奇，即英文judge，前文所说的“相马的”，即horse judge。

一个男人有能力照顾他自己的妈。也没人问过他是不是想当个微不足道的小流氓。

“张可不是啥也不是的流氓。到底什么让你这么说他？他除了管教我们和照顾妈之外什么都没做啊。”

“你觉得他管咱们为的是咱们还是为他自己？他是在等他老得当不了街头一霸时能有人照顾他。”

我几乎不敢相信秀全对我说的话。

“如果我们继续在中国待下去，这会儿你已经是个死人了。”

“如果这样说的话，我宁愿做个死人，也比现在每天不得不去看我亲娘跟在一个她几乎不认识的男人屁股后面跑，还要对他把我们带到这个鬼地方心怀感激要强。这是个啥样的地方，中国人能做的最体面的工作就是商店店员，那些黑鬼们只有求到你时才会正眼看你，事情一完，他们掉过屁股就开始用上下牙齿碰撞发出声音[①]。”

“他们也不都是这样的。”

“他们不都这样？你在给你的小朋友们辩护吗？那你等着瞧吧，看你遇到困难时你那些损友们会怎么做。”

但我根本没把秀全的话放在心上。我和芬利还有汉普顿还是一起在唐人街的大街小巷上大摇大摆地逛荡，就跟这些街道都是我们的似的。我们走进每一家小铺小店儿，理发店啦，杂货铺啦，面包房啦，反正这类地方我们都会去的。我们在那里随便吃随便拿。那些小店的店主们看到我们来都毕恭毕敬地让到一旁。我们完全是爷们了。这虽然感觉很好，但张叔却嘱咐我们说：“你们最好都老实点，别让那些人对你们失去耐心。”还有一次他跟我说：“你别干那正经人不干的事儿。”

然后，有那么一天，我们仨骑了几辆自行车去罗克福德那边游泳。

---

① 嘴里上下牙齿碰撞发出声音，表示对某事物的不满和愤怒，常见于牙买加等西印度群岛国家。

回来的时候，我们骑得又快又爽，直到我们骑到北帕拉德路上，然后不小心一头扎进已经开始变得疯狂的抗议队伍。街上高声尖叫和大声抱怨的人无处不在，到处都是警察和士兵。我甚至觉得自己听到了枪响。街上太危险了，我们只能撇下自行车改为步行。

晚一些的时候，我看见张，他严厉地跟我说："今天看见你骑自行车出去了，拐弯的时候没伸手。大卡车就因为你没伸手，开到路边儿，撞死了一个小奶娃。那孩子的妈妈被吓呆了，她又哭又喊地倒在了街边。而她男人太着急了，把她拉起来，使劲晃荡她，结果警察以为这个男的在打他老婆，最后把他逮捕并关到了警察局。"

"那又怎样？"

"不怎样，但以后你在拐弯时伸手，提示下后边的人。"

第四章　教条

在张关于“骑自行车要伸手”的说教过程中，我始终没捞到一个机会告诉他关于暴动的事，也没能跟他说上码头工人是怎么停止市中心一切活动的。但这无所谓。第二天，整个市里都在谈论着亚历山大·布斯塔曼特是怎么被抓起来的，因为人们觉得他是这场罢工的煽动者，英国政府可能会派一个特派员去调查这场动乱。这就是人们口耳相传的，尽管人们都知道这场动乱没什么意义，因为每个人都知道它带来的严重后果是什么——没工作，没食物，以及对未来的彻底失望。

张说，这不是牙买加人的错，他们每个人都饥肠辘辘。他说，虽然英国人解放了这里的奴隶，但他们并没有给这些奴隶们提供教育或者培训，以及除了在种植园之外的任何工作，这些奴隶们之前就是在做这些工作，只不过是白做罢了。而且那些英国的种植园主们从印度和中国雇佣了大量的劳动力，所以这些“前奴隶”根本找不到工作，他们要的只不过是生存罢了。

尽管很多动乱是反对中国人的，但张说，这并不是他们和我们之间的问题。他说，马库斯·加维只关心非洲人，但非洲人的困境是世界上每一处穷人都会遭遇的。他喜欢“困境”这个词，就跟中国那些贫农为了“自由、平等和博爱”而奋斗一样的“困境”。他说，加维还是考虑正确了一件事情：“在外国殖民统治下的人们永远都不能得到自由。”张说，那些牙买加人和中国人是一样贫穷，一样被剥削，一样被压迫。他说，我们是“难兄难弟”。

张每个晚上都会对我们讲起革命。英国人如何把鸦片偷偷运进中国，然后中国人怎么为禁烟而战，但是英国人派来了坚船利炮，我们于是不折不扣地失败了。在那之后，根据战争赔偿条约，我们是怎么不得不把我们有的所有东西给他们，然后他们却依然把鸦片发送到中国各地。张说，革命就是“一场想要推翻封建统治的武装工农和外国势力之间的战争，然后保皇派和反革命派希望镇压这些武装工农”。他就是这么说的。

然后有一天，我和男孩儿们在巴里街的拐角处，坐在一些装橘子的空柳条筐上，想找点阴凉，就在这时，汉普顿朝大街对面望去，然后说：“那个男哈在别人的地盘上也敢这么撒野。”

芬利说：“你从哪儿学来那个词儿的，男哈？”

然后汉普顿靠向他说：“这词儿不对吗？”这句话让我和芬利快笑死了。

我瞧了瞧那边，看到一个瘦得皮包骨的白人男孩站在邮局外面，努力装出尖酸刻薄的样子。

“那是个白小子吗？”

“不是，”汉普顿说，“他就爱那么想。他爹是白人，但他娘可是西金斯敦的婊子。”

“真是个妓女吗？”

“哥们儿，那地方可都是妓女。”

“那他是谁呀？”

“他叫路易斯·德弗雷塔斯，说他是个歹徒是抬举他了，丫就是一小流氓。”

我转向贾奇·芬利说道：“你认识他？”

“不太熟。我只是听说过他。我知道那孙子在西金斯敦组织了一个小团伙。”

然后汉普顿插话说："他是有个小团伙，但他没有继承权。"

我看着芬利，但他啥也没说，所以我对汉普顿说："你说啥？继承权？"

"唉，虽然这么说不好，但上帝会宽恕我的。哥们儿，你可能不知道，张要是没了，这里所有的一切就都是你的了。"然后他伸出两只胳膊，手掌朝天，"你哥在他那没继承权，而你却是那个继承他的人。每个人都知道。你刚从甲板上下来，我第一次在你那小屁股上扫了一眼时就知道。叔也知道。我能看出来，你看他经常栽培你吧，那他是为了某种目的故意在训练你，哪怕在他教训你的时候，他看你的眼神都带着感情的。"

"为啥都管他叫'叔'啊？"

"因为他不是你爹但却照顾你啊，哥们儿。每个人都有个'叔'，或者说，每个人都知道'叔'是啥意思。他们知道你有麻烦时可以去找你'叔'，然后他就会把事情给你摆平。他们还知道，张虽然严厉，但却仗义。"

"这些他们都知道？"

"当然啦。这跟麦肯齐有关。"

"什么什么？那个天天来我家跟张玩牌的那个麦肯齐？"

"就是他。那个穿着苏格兰花格呢袜的麦肯齐。我发誓每次我看到他时，他都穿着那样的袜子。我不知道他有多少双，或者说他天天晚上洗同一双，反正他总有的穿。哥们儿，有时间调查调查他的袜子吧。别跟我说你没注意。"

"我知道他那双袜子，也知道你说的是啥。"

"难道你从来没听过麦肯齐的故事吗？"

于是汉普顿给我讲了麦肯齐的事。

"当张刚从中国来的时候，他就把唐人街里所有大大小小的事都摆平了，因为人们看到他很能打，而且他这身功夫把他们都吓破胆了。就他天天教你的那些中国功夫。人们都不想把跟他的关系搞砸，而他对他们也彬彬有礼而且理解同情他们的处境。在那之后，事情发展得很顺利，直到某天晚上，有人把李先生的商店烧成平地。这事非常糟糕，因为自从唐人街平静下来以后，李先生对人都是很好的。

“那件事之后，张气得发疯，他到处问：‘谁把李家铺子给烧了？’他不放过每一个人，男的，女的，小孩，非洲人，印度人，中国人，黎巴嫩人，叙利亚人，犹太人，他都会去问。他到处走，每个商店，每条街道，每个酒吧，每家院子，他都不放过，一直在问：‘到底是谁烧了李家铺子？’哥们儿，能想象吗，他就这么过了好多天，直到某一天，有人跟他说，是麦肯齐烧的李家铺子，于是张就怒气冲冲地冲进一家酒吧，拽着麦肯齐就往外走，无论麦肯齐怎么哭叫蹬腿他都不管，他就那么拽着他的胳膊、他的脚、他的头发以及任何一个能拽住的地方拖着他走，从朗姆路最里头拖到巴里街，再到国王大街。然后就在这儿，就在这条街的中间，你眼巴前儿，张脱了麦肯齐的旧鞋和他的苏格兰花呢袜，把他倒挂在一个木质脚手架上，那脚手架是张提前放在这儿的。麦肯齐就那么直挺挺地被挂在这儿，在跟今天一样的大热天儿里。我不知道为啥他没死。那会儿没人敢为麦肯齐做点啥，因为他们都怕张，都不想得罪他。

“后来张又仔细调查了这件事，结果，麦肯齐之所以要烧李家铺子，是因为李先生不准他跟她女儿说话。你知道，就是说话，没别的。虽然李家铺子被烧成平地，但麦肯齐说，他并不想这样。

“当张最终把他解下来时，麦肯齐已经快不行了，张一路上背着他，把他送回麦肯齐在卢克路的房间里。然后张一直照顾他，直到他的状况好转了才离开。

“所以，在那之后，这事就算了结了。张颁布的戒令无人不从。哥们儿，这可是军令，尽管这很严厉但也有仁慈的地方。而且我敢肯定，麦肯齐是张唯一的朋友，因为他是这世界上唯一一个对他一无所求的人。”然后汉普顿不说话了，直勾勾地看着我，继续说道：“除了他的家人，也就是，你明白我的意思。还真是，张重新给了麦肯齐生命，所以现在麦肯齐想回报一些友谊，这就是我对这事儿的看法。”

在汉普顿讲完这一番话时，我们四处张望，发现德弗雷塔斯已经不在那了，取而代之的是两个白人男子站在角落里窃窃私语。然后其中的一个转过身去，清了清喉咙，之后一口痰吐到了旁边一个手推车的水果上，就跟粗心大意不小心吐上的一样。然后两个人继续谈话，好像什么都没发生似的。

那个卖水果的小贩看到自己的小买卖被这样毁了时，变得像发了疯似的，而当他看到是白人干的，他站在路边，呆若木鸡。但是太晚了。那个白人看到他脸上的表情把他打翻在地，冲他喊道：“你他妈看谁呢，黑鬼？”然后开始解下他的裤腰带要抽那水果贩子。他太气愤了以至于他都没有发现自己的巴拿马小帽从头上掉下来，掉进了路边的排水沟里。

我们跑步横穿过马路，然后汉普顿用自己的身体盖住了水果小贩，我扑到了那个白人的身上。他还来不及回身继续挥舞皮带，我就骑到了他身上，用拳头使劲打他的脸。他的朋友急忙赶来，把我从地上拽起来。就在我听见那个“巴拿马小子”说要给中国佬和他的黑鬼朋友一点教训时，贾奇·芬利掺和进来。

“先生，换作是我，可绝不会这么做。那个男孩，他爹是张，唐人街的张。”

趁“巴拿马”恍惚的时候，我积攒了足够的力气，使出一招张教给过我的横踢，然后我用前臂照着那人的颈子狠狠来了一下，当那个白人被放倒后，我对他说：“我不是中国佬，那些男孩们也不是黑鬼。

我们是牙买加人，我们是兄弟。”

当张听说了我们打架这件事情，他派人来找我。当他听完发生了什么事时，对我说：“当我在中国还是个小孩儿时，中国正被军阀统治。那些军阀们对人民非常苛刻，为的是索取更多的税收、经费等钱财。他们既不公平又残忍。有一天，一个军阀跑到我们村子里来收税，但是赤贫的农民没钱给他。于是他就从人群中随便选了一个男人砍了他的头。然后他对着没头的尸体撒尿。之后他骑上马就走了。我从这件事上学到了两点：第一点是人民大众有权在没有抢劫、没有压迫、没有屈辱的情况下生活，尤其是不被那些掌权的人欺负；其次就是一个人也就能做那么点事。我只能冲向那个军阀用我稚嫩的拳头打他，或者你在金斯敦大街中央去打一个白人。但这并不能改变什么。而且这不能让他在未来的日子里有任何更好的行为。人民大众必须起义才能真正改变这不公平的世道。他们必须坚持他们的理想然后把被夺走的土地再夺回来。因为正是这些人民群众，需要摆脱压迫他们的枷锁，而不是像你我一样的个体。这就是你父亲为之牺牲的事业，他就是为了普通男女能够摆脱军阀的暴政以及帝国主义的统治而过上体面的生活才牺牲的。”

第五章　感激形势

在他们在北帕拉德路上因煽动叛乱而逮捕了布斯塔曼特之后，仅仅关押了他四天，然后就让他走了。一个月之后，布斯塔曼特成立了一个商会联盟——布斯塔曼特工商会联盟。三个月之后，1938年9月，布斯塔曼特的堂兄，诺曼·曼利，英国牛津大学毕业的律师，代表了罢工者的利益，成立了牙买加第一个国家政党：人民国家党。

曼利关心的是人民参与选举以及牙买加独立政府。布斯塔曼特希望为工人争取更高的工资。但对于我来说，他们俩谁的意义都不大。当然，曼利是一个真正的绅士，我也相信他是正确的，因为我们应该把牙买加当成自己的国家，也应该把牙买加的命运与我们自己的命运紧紧联系在一起。但在我看来，他好像认为自由是要靠辩论得来的，而不是要为之奋斗的。所以，可能他太过绅士了。

布斯塔曼特非常有精神头，我这样评论他。并且他能够对人群发号施令。但关于那个男人，始终有些什么东西是我从未喜欢过的。他有点装模作样，还有些狂傲，这狂傲是来自他相信凭他一己之力就能控制人民大众。可能这正是张警告我要注意的事情，他对我说："要像一个正派的人那样别过分高估了自己。"

当战争在欧洲爆发时，作为英国殖民地的牙买加同样受到1914年《领域防务法案》的约束，所以那时候，对于商品价格以及外币兑换有着很多规定和管制，在出版、邮政和电信业也有审查制度。

到了 1940 年，英国告诉美国人，他们可以来牙买加设立海军基地。接下来我们知道的事情是，美国水手开始出现在牙买加各地，他们在海港大街和国王大街上横冲直撞，你有多喜欢他们海军军服干净硬朗的白色，他们就有多粗鲁。后来，事实证明，女人们就像蜜蜂喜欢蜂蜜罐一样喜欢这些美国大兵，因为她们能从“蜂蜜罐”里闻到崭新美元的香味，用那些美元来买她们的时间真是合算极了。而且她们一点都不为自己的行为感到羞耻。

那些来自西班牙镇、梅彭、金斯敦、林斯特德以及布尔贝的女人们，都穿着一身美国大兵们喜欢的颜色。红裙、红鞋、红指甲、红唇，鬓上还插一朵红色芙蓉。那些来自纽约、巴尔的摩、华盛顿、底特律和密尔沃基的男孩们，和她们在街上大笑、跳舞、接吻以及喝酒，而且，一层酒吧门廊的玻璃窗，被他们从里面刷成了白色。

我暗自下定决心，自己绝不去看那些地方，对我来说，想到这些事情都是不好的。如果张发现我在那，他一定会揪住我的耳朵把我拖出来。但是，生意归生意，这是另外一码子事了。

于是，一天晚上，我想张可能要提出一些建议时，为了讨好他，我给他拿了一个熟透了的孟买芒果。其实，如果要讨好除了张之外的任何一个男人，你只需要给他一杯酒就可以，但张滴酒不沾。所以，在他剥芒果皮时，我跟他说：“那些美国佬真的花了好多钱在女人身上。”他淡淡地看我一眼，继续剥芒果皮。

然后他说：“我们在这是干什么的？”

“保护唐人街。”

“这就对了。保护唐人街。不是照顾那些想利用唐人街的美国水手们。你看见过哪个中国女孩干那事儿？哪个中国爹愿意让自己女儿干那事儿？”

“在古代……”

“在古代，皇帝有后宫佳丽三千，有钱人妻妾成群。那又怎样？”

我知道他想从我这听到什么，于是我说：“那是因为帝国主义的侵略，以及封建主义对贫农的剥削和对中国妇女的压制导致的结果。”

“正是这样。那么，你现在有什么问题想问我？”

我们就这样结束了谈话，然后我开始想还能从那些美国水手那捞到些什么好处，因为《孙子兵法》告诉我们要利用有利地形。

我给了贾奇 · 芬利一个任务，让他去那些男孩们经常去的酒吧和地方闲逛，然后观察一下他们都进哪些店。不到一个礼拜，芬利就回复我说，他觉得他确实找到了些什么，但并非什么重大发现。于是我说：“不要紧，你发现了什么？”

事实证明，芬利还是有所发现的，一个海军中的底层中士接近他，跟他说他有美国香烟和烈酒以及一些类似的东西。那些“类似的东西”其实是海军多余出来的物资，是“山姆大叔”给这个人，以便他为国家效劳的。这个中士愿意把它们卖给我们，包括衣食住行各个方面的东西。

我和芬利在温德华德路上一家被叫作蓝湖酒吧的地方见到了那位中士。那家酒吧是我最喜欢的一家，因为在那里的人都很忙碌，所以你不用担心他们会泄露你的行踪。那位中士名叫比尔，是个长得十分敦实但看起来很精明的白人，脑袋上长了几撮黄毛。比尔是穿着便装来的，但是就算是个瞎子也能在一百码开外知道他是从美军队伍中出来的，也能闻到他身上那种清洗得干干净净的气味。

芬利站起来，这样比尔就能看到他了，然后比尔向我们这个桌子走来并在我对面坐下了。我叫了几杯啤酒，然后我们就开始谈。我们谈了不到五分钟，比尔就开始焦躁不安。

“汽油！”

“比尔，冷静些，冷静些。哥们儿，别那么大声，这可是公共场合。”比尔退回他的椅子半英寸，但他的脸看起来因为焦躁而涨得通红。

“比尔，你想让我买下你的香烟、烈酒以及其他的东西，我都会为你做到这些。这没啥问题。我对这也不抱怨。实际上，我还高兴有酒呢，虽然在岛上我们有这么多带劲的朗姆酒，但是那些有钱人还是喜欢苏格兰威士忌。但我还需要其他的东西，比尔。现在正在打仗，我们什么东西都缺，所以我希望你能帮我搞点大米和汽油。毕竟，我还得用汽油才能开车把你那些东西给运回来。而且我还需要一点东西，就是，唐人街……对，就是唐人街。我们需要大米。我只求你帮我办到这些事。”

当比尔又坐回去时，他要求收入五五分成，但我说那不可能，我们承担所有的风险。于是他说：“难道你们认为我一点风险都不承担吗？”在这个过程中，他一直都在四下张望，好像有什么人正盯着他在干什么一样。他似乎没察觉到，在这个酒吧里发生过无数次青天白日下人就被刀给捅了的事情，但所有人都表现出啥也没看到的样子。反正这里白天也没多少光。

但我看到他说的也不是完全没道理，于是我跟他说：“比尔，你知道的，我需要付出很多，你只是跟我一个人做生意，而我却得跟整个唐人街的人做。我需要讨价还价，需要运送这些物品，需要好好分配它们，还需要保护它们。”

然后我们又谈了一些事情，我叫了很多杯啤酒，直到最后，我们达成一致，收入三七开，他对这个结果非常满意。这对我来说也是件好事，尤其是我并没有打算给比尔看账本，这就使得他只能通过我说的数拿钱。

接下来我们要做的就是重新装修蒂莉小姐家的外屋，把门修好，并吊上大椽，就跟三年前汉普顿第一次带我去那时我跟他说的那样。然后我们搞到一辆卡车把那些剩余物资都运了过来。

在马修斯路上的每个人看到有米饭吃了都很开心，因为直到现在，我们吃的只有面条，除了面条还是面条。我们甚至听说过，有些人把意大利面切成小粒当米饭煮了，尽管我不是很清楚他们是从哪搞来的意大利面。然后就有一个男的每天早晨三点推着个小车在市中心卖大米。这个男的天天早晨去敲别人家的房门，把人们吵醒，这是他想出来的闹着玩用的一个点子，但是他的米不纯，掺杂着棕黄色的小颗粒。而我也不知道他那些米是从哪搞来的。

比尔的大米非常好，非常符合妈做菜的要求。妈用橙汁鸡肉和罐装豌豆取代了橙子鸭肉，有时做洋葱和爱尔兰土豆炖咖喱鸡，有时做猪肉奶油豌豆，有时做猪肉炒菜心。妈甚至自己做叉烧来吃，事实证明，她做的叉烧肉比任何一家店里卖的都要好。

我出售剩余的大米，就跟我卖多余的汽油一样。我把汽油卖给一两个特殊的客人，他们不想把轿车里的发动机单独拿出来，像其他人那样用马拉轿车，而这种马拉轿车在我们这到处都是。那是怎样一副不堪入目的场景啊！马拉的轿车在路上走着，它们旁边是一架架被流苏、蕾丝花边和发网装饰起来的轻型马车，而且也都用马拉着。所以，从这你就能感觉到，富人真是有钱都没处花。

跟比尔达成的这个协议其实是对我有利的，但我并不知道他每个月是怎样把这些东西搞出来的。但我觉得他迟早得被抓起来，而我希望在那时他会把他的嘴闭得紧紧的。于是，为了保险起见，有一天我对他说："比尔，你知道我是谁吗？"他点了点头，然后我说："我们在一起好好赚钱。我们是搭档。但是如果你想侵犯我的利益，我就会杀了你，你知道吗？"尽管我这辈子都没杀过人，我还是这样说了，然后他点了点头。他看起来害怕极了，我想，即使他被吓得当场尿了裤子，我都不会感到惊讶！

有趣的是，比尔从来都没有意识到，我只不过是个男孩。而之后，他也从未好好审视过我。他只是看到了我的主意和傅满洲[①]。

① 傅满洲（Dr. Fu Manchu），是英国小说家萨克斯·罗默（Sax Rohmer）创作的傅满洲系列小说的虚构人物。1875年在《福尔摩斯遭遇傅满洲博士》一书中首次出现，号称世上最邪恶的角色。傅满洲是一个瘦高秃头，倒竖两条长眉，面目阴险。按照罗默的描写，这其实是“黄祸”的拟人化形象。

第六章　场地的优势

有一天，比尔跟我说，美国海军打算运一整车烈酒和美味食物去上园营给英国人办舞会。比尔说，这是个友好的表示。而我却连这事的毛都不知道，但比尔说这是件好事，而且能赚很多钱，所以这对我来说也是件好事。

拉货的卡车会从海军基地出发，然后在南卡普路上拐弯，之后就直接到上园营了。比尔要弄清楚，护送这批货物的美军是不是要晚一点出发，并且缓慢行进，只有这样，我们才能在希望路的拐角处招手截住卡车，然后赶在护送队追上我们之前，快速把货卸下来。因为每一步都需要非常快地进行，我决定叫秀全来帮助我们。可是他并不想做这件事。

"我说，这对你一点影响都没有，只不过占用你几分钟罢了。"

"你那是在教唆我参与光天化日之下的抢劫。"

"这可不是抢劫。这都是事先计划好的。卡车司机在期盼着我们，护送队也在期盼着我们。所有的一切都是事先计划好的，我的亲哥哥啊，我们要做的只不过把箱子搬下来，然后再把它们放到我们的车厢里，拉走它们，然后事儿就成啦！"

但秀全好像并没有完全被说服，而我也不想随便找个陌生人来干这事。人多嘴杂。可能接下来当你到了希望路的拐角时，你就能看到好多个汤姆、迪克在那等着抢走几份东西然后逃跑。哦，老天，我可不想到那时发生这种情况。于是，在我们行动的前一天，当我和秀全穿过巴里街去邮局的时候，我跟他说："之前我从未求过你。我和那些男孩儿们都是自己做事自己担着。你是可以保持自己不在光天化日之下打劫的好人品，但当妈把饭食端上桌时，我可没见你抱怨过。要知道，那些东西可都是用张开赌局挣的钱或者我倒卖物资挣的钱买的啊。"

秀全啥都没跟我说。他双手插兜一直往前走，好像也不准备给我答复，就跟他根本没听见我跟他说的话似的。

"你脑袋上的屋檐、你身上的衣服和你肚子里的食物都是用你不喜欢的方式得来的。"

然后他突然间停了下来，转身对我说："你当我不知道这些吗？"就在那当儿，几个混混从我们之间的空隙中挤过去，差点把我推倒在路边，我径直倒向卖果汁的小摊，差点把那小贩和刨冰撞倒在路上。当我再次寻找秀全时，我发现他已经走远了，所以我一路小跑追上了他。

"我真不知道我们为啥非得去邮局查看那个空邮箱。张觉得谁会写信给我们？真不知道他咋想的。"

我也不用自找麻烦地回答他了，因为秀全根本不想知道答案。他只想抱怨，然后气鼓鼓地走着，他在跟他自己生气。

"你想要什么啊，秀全？"

"我只想每天早晨起来知道我要去做一些正经事。我不想再用那样的食物来填满我自己，因为我知道钱是怎么来的。我不想在有人敲门时再那么焦虑，唯恐是警察要来带走你或者张或者我们所有人，然后把我们关在恶臭的牙买加监狱里永不见天日。我不想再去忧虑，也许有一天那些黑人会暴动，然后在晚上睡觉时闯进来把我们几个都杀了。那些印度人、中国人、犹太人和白人，每个来到这儿的人都想给自己建个家。我想让妈高兴，因为很多意义存在于她的生命中，因为她虔诚地信着点什么，比如她和爹一起在地里开荒劳作，干一些有意义的事，然后产出一些美好的事物。这些事物意味着更好的生活，但不是为了他们自己，而是为了在那个小村子里的每个人，让每个人都能吃上他们种的蔬菜。那些蔬菜是他们自己播种并亲自照顾的，是他们跪在泥土里以及下雨之后的泥巴里换来的。”然后他就不说话了，大口喘气，接着说道，“我管那叫诚实正直。你管这叫什么？”

我们两个面面相觑地站在邮局的外面，那里是巴里街和国王大道交汇的十字路口。整个世界带着它的喧嚣、吵闹和抱怨就在那里。街上的每一寸土地都被人力车和轻型马车所占据；公共汽车里挤太多的人，以至于都往一边倾斜，如果有东西放在它旁边或者有人站在旁边，当它倾倒时，也许只有上帝能救他们；至于那些小汽车，人们应该拿斧子把它们砸了也不应该再让它们开出来，免得这些破得快散架的家伙在马路上一路走一路把零件掉得到处滚。而轿车的尾气又是另外一回事儿了，这就是那些拉人力车的男孩在车流中迂回穿梭的原因，这样他们吸进肺里的空气就不至于全是汽车尾气了，并且根本就用不着担心跟丢那些用真马拉拽的小汽车和轻便马车。而当这些轻便车在路上缓慢地挪动时，那些拉人力车的男孩们就开始跟司机谈论那些轿车，有的是关于他轿车的情况的，有的是关于他要怎么开的，有的是关于司机应该在堵车时做什么，从而不需要在车里呆呆地手握方向盘坐着。因为天气太热并且那些交通工具连一英寸都挪不了，于是那些司机们斜靠着窗户冲着街角站着的小贩大喊要他们拿来一杯冰镇啤酒或者苏打水，而有些司机则冲着蹲在街边的女人喊，要一个甜芒果，这女人刚把装着香蕉、芒果、菠萝、番荔枝、番橄榄[①] 以及一些西班牙青柠的大筐从头顶上取下来。或许他要一点加了草莓糖浆的刨冰，但是那个卖冷饮的小贩并没有注意到他，所以他得多喊几声，或者叫住一个骑着自行车经过他轿车或者在街上走的男孩，让他帮他去买冷饮或者水

① 番橄榄，漆树科槟榔青属，又名岭南酸枣、莎梨、太平洋橄榄，太平洋诸岛、热带广有栽培。

果或者他要的东西。于是，他开始用左手掏衣服口袋里的零钱，然后用右手指着他想要的东西，期待着他可以相信这个男孩，他若能把他要的东西带回来，他就给他小费。他费这么大劲其实就因为他不能从轿车里出去，如果他走出轿车，去街角买东西，就那么一会儿工夫，这部车子就会被街上那么多游荡的男人中的一个夺走，这些男人们有的站在街边，有的则斜靠在路边的柱子上，拿着几本肮脏的杂志快速翻阅。

于是我看了一圈周遭的形势，说道："我管这叫生活。"

第二天，当汉普顿问我秀全会不会参与我们的劫持行动时，我告诉他我不知道。

"这没关系。四个人是做，三个人也是做。芬利也会帮助我们的，他不会就那么傻呵呵地坐在车厢里等着逃跑。我们用不着望风的。整个事情也就是搬几个箱子而已。"

第二天，当我准备出发的时候，我看着秀全，好像在对他说："好吧，我的亲哥，你想怎么着啊？"但他就那么坐在桌旁啥都不说，所以我走出大门，然后随手关上。

我走向邮局，在那里和汉普顿以及芬利碰面，他们开着货车来。但是当我刚走到一半，在巴里街上时，我听见秀全喊我名字，我一回身，发现他正向我跑来。我在原地等他赶上，然后我说："你想怎的？"

"我和你一起去。"

"你和我一起去？为啥啊？"

"因为你是我弟。"

"你这是怎么了？你不是想做诚实正直的事吗？这事儿可不怎么着，既不诚实，也不正直，你是知道的。"

但他啥都没说。我们就这么在街上走，然后钻进小货车，从东皇后道向南坎普路驶去。等我们把车停好了，不大一会儿工夫，所有事情就都像比尔所说的那样发生了。那辆大卡车出现在路上。我们挥手把它在角落里拦住。比尔说我们必须用暴力制服那个司机和其他跟着他的水手。所以我让汉普顿打他们。不用太使劲，但那力道也得足够留下瘀伤，最好还能把嘴唇撕裂一点再出点血。然后他照我说的做了。在那之后，其中两个人就坐在马路边上一边抽烟一边看我们卸下卡车上的货物。

就在我们正干了一半的当儿，我听到一个低沉的声音说："你们这群小孩儿在卡车这儿做什么？"我抬头看了看，是一个又瘦又高，长着大脚丫子，骑自行车的警察。接下来的事情就是，秀全把我推开，跳下了卡车，不管不顾地走了，连看都不回头看一眼。他就那么低着头走了。

我站在卡车的后面看着那位警察。然后我又瞅了瞅那堆装货的箱子，说道："你反正也看到这儿的情况了，这卡车是美国海军的，我们把它劫了，而且把它里面的货运到那辆货车里，就在那儿。如果你想帮我们，你可以为你自己挑选两三箱的东西，之后我们会帮你把你的货和你那自行车运到你想去的任何地方。"

那警察啥也没说，但他把自行车推到一边放好，小心翼翼地让脚踏板贴着路缘，然后他摘掉帽子，把它放到车座上，接着又向卡车这边走来，把手伸给我好让我把他拽上卡车。

当我们把那些箱子以及警察和他的自行车都装上车后，我们对美国水手说了再见，然后把车开到南坎普路上。我沿路看去，发现海军的吉普就停在路边等我们结束，于是我从车窗伸出手去向它挥舞，然后芬利右转，我们成功脱身。

我们把警察送到了他要去的地方并且帮他把他的那几个箱子挑出来，然后我们就把劫到的货堆在了蒂莉小姐家的外屋里，在所有一切都结束的时候，我们开了几罐红带啤酒放松下来。

当我回到马修斯路上时，我看见秀全正坐在那，然后我偷偷瞄了一眼张，发现他已然对我暴怒了。

“你妈和我正为你犯愁呢！生怕他们把你抓到警察局去！”

我啥也没说，因为我知道这不是个容我说话的时候。这是张教训我的时候。

“你难道没想到你干这事有多危险吗？你是从美国海军那偷东西啊！你会被抓的！他们会把你关进监狱。你不想想，这么干让你妈多着急！你觉得这是你跟你那群狐朋狗友玩的游戏吗？你认为孙子也这么鲁莽这么傻吗？这事绝不是什么好事，它让你变成了一个贼。”

然后他转过身，回到他自己的房间里。我看了看在那里坐着的、在这个过程中吓得不轻的秀全。我暗自思忖，你是个懦夫，你出卖我，我真什么都不想跟你说。我也不想告诉你那个警察怎么了，也不想问你到底跟张说什么了。于是我也走了，冲了个凉就上床睡觉了。

1943 年年底的时候，秀全宣布他要离开牙买加。我们都震惊了，因为直到秀全临行前头一个晚上在家打包的时候，我们才第一次听说了这件事。他说，美国要雇佣一批能在农场干活的临时工以满足战争时的需要。

于是我对他说：“你不想让妈开心，让她的生活有意义吗？你就这么一走，她能开心吗？你就这么去美国了，真打算把我们都给忘了吗？”

“我从来就没说过我要把你们忘了，但我实在不能再这样生活了。我要一些更好的东西，一些比在唐人街里当一个中国人更好的东西。”

秀全把行李箱放在床上，在床和他的大衣柜之间不停地走来走去。但是每当他把一样东西放进去，妈就会把它拿出来然后再扔回到抽屉里，所以他们两个就这样在屋子里把东西从一个人手上传到另一个人那里。我在角落里站着对他说，“你清楚你起码应该事先跟我们说一声。”

“你的意思是说你根本不明白我的感受？”

“我不是说你平时跟我聊天时说的话。我是说你得严肃认真地跟大伙说一下，你认真地考虑过离开。”

“你的意思是说，在你大谈特谈香烟和海军剩余物资，还有他喋喋不休地讲他的光荣革命的时候，说出我的想法吗？好吧，我对他光荣革命那一套早就感到恶心了，恶心到想吐。”

然后秀全制止了站在屋子中间的妈继续从他箱子里掏东西的行为，从她手里抢过他的衬衫，然后又扔进箱子里。妈扑向他，用拳头一下一下地打在他的胸口上，大声叫嚷着什么，她叫的我一句都听不懂。

我从后面抓住她，不是因为她打他，而是因为她就是一个柔弱的女人，她需要让自己平静下来，这是对她好。我用双臂环抱着她的上身，为的是把她的胳膊束缚在身体两侧。秀全开始发作了。他怒视着我和妈，转身站在门边。

“够了，我听够了，从早到晚光荣的共产主义革命，武装起义暴动，然后中国怎么和它的子民们一起受到帝国主义和英国鸦片贩子的压迫，然后我亲爹是怎么因为支持广州罢工而被外国大兵给杀了的，我怎么又跟伟大的张秀全和那个贫苦的教师、太平天国运动的领导者洪秀全叫一个名字的。我够够的了！”

“张秀全怎么成了一个拯救了整个金斯敦唐人街商人生计的大人物，以及牙买加的贫穷完全都是奴隶制直接造成的，所以，甚至直到今天，这都是英国人需要负的责任。”

“那么，也许并不是所有的中国贫农都是英雄，可能他们也只是一群把生命看得很低贱的嗜杀的野蛮人。当他们能杀西方人时，他们就去杀，而当他们割完了白人和传教士的喉咙时，他们就自相残杀。难道说蒋介石没有回过头来反对他的联盟，下令要追杀在上海的共产党吗？杀戮，就是这一切的全部。这又有什么好荣耀的？那我又为什么要对自己不想再听到这些而感到羞耻呢？”

我越过秀全的身影向外看时，看见张站在门口。秀全一闭嘴，张就转身离去了。当我放开妈然后追出去的时候，我看见张正在向院子里自己的房间走去。外面雨下得非常大，硕大的雨滴砸在院子里的水泥地上，但张并没有像往常他喜欢的那样，用一张报纸遮住脑袋，而是就那么在雨中走着。他被雨浇透了，所以当他刚踏上自己房间外面台阶的第一级时，他的衬衫就像用胶水粘在他身上一样。

第二天早晨，我和妈把秀全送到了码头。张早早起来离开了家，我们也找不到他。我们三个人在路上都默默无语。就在他要上船的时候，秀全给了妈一个拥抱，然后他也抱住了我，我对他说：“你都安顿好了之后，会给我们写信吧？”

然后他答：“当然，我会的。”

第七章　责任

当我看到秀全的船渐行渐远时，我意识到自己永远都不会离开牙买加。永不。我已经把自己托付给了她，无论境况如何，无论贫富与否，有福同享，有难同当。我站在那，想起了那日在马修斯路上，我问张他为什么离开中国来到牙买加。正如张一贯直来直去的作风，他从桌边站了起来，把我推到院子深处他的房间门口。我之前从未进过这个房间，于是我就在门口站着向里面张望。屋里很暗，因为尽管这屋子有一扇门，但它却没窗户。接下来我就意识到，只有前四个房间是带窗户的，最后一间只有一扇门。也就是说，张给自己安排了个仓库睡觉。

让我感到惊异的第一件事是屋子里干净棉花的气息。然后，当我的眼睛适应了黑暗，我发现这屋子干净得让人吃惊，好像他每天都清理打扫一样。屋子里的东西很少，有用来睡觉的帆布吊床，有樟木橱柜，还有一把老式摇椅，然后在他床边的墙上，挂着一把有着黄铜把手的细长的剑。

他让我坐下，我就坐到了摇椅上。然后他打开橱柜，在里面翻来翻去，好像在找什么东西。当他转过身时，手上多了三封信。他走过来，在我身边蹲下，给我看了第一封信。那是陈先生和唐人街的商人们写来的：

“我们听说你是个勇猛的士兵，对中国人民非常忠诚，既是武术专家，又是射击能手。我们在牙买加遇到了一些麻烦，希望你能够尽快过来。你会得到很高的报酬。你一到这我们就会把船票钱支付给你。不要惹那些捉人去卖苦力的人贩子。那些卑鄙无耻的中国歹徒会按人头把你卖到奴隶市场。请直接去设在广州的英国移民局，并务必告之我们你离开中国的日期。我们会在金斯敦码头迎接你。”

张向我靠来，用一种近乎耳语的声音说道：“我其实并不知道他们怎么找上我的。我之前听说过这一类事情，也知道如果他们不去接我的话，船长在码头就能把我卖了来补偿船费。他会把我卖给出价最多的那个人，要是真这样的话，我可能得一丝不挂地站着，好让买家评估我的价钱。所以我其实并不着急去面对这样一种命运。”

他在这半明半暗的环境中跟我低声说着这些事情，给我一种感觉，就是他在跟我讲一些他之前从未对别人提及过的事情。这给了我一种荣耀，同样也给了我一丝恐惧，因为我怕我什么时候会泄露他的秘密，把他出卖了。但他还在继续讲。

“中国社会已经被外国人的战争赔偿条约、重税以及进口商品彻底搞垮了。我们已经变成一个半殖民地半封建国家。这就是你爹和我一起参加斗争的原因。我们想要建立一个不在外国势力控制下的国家，在那里，哪怕是最普通的饮食男女也能过上体面的生活。事情的经过就是这样。”

我之前听了不下一百遍这个故事。但这一次，在他屋子里，在他幽深眼神的注视下听还是头一次，这样就使得他这次讲的有了一些特殊的意义，所以我就让他继续讲下去，我满怀热情与期待地听着，好像是我第一次听这个故事。

“我根本没理会陈的这封信，因为那会儿我正忙着打仗。但是在我们取得巨大的胜利，并且建立了中华民国之后，孙逸仙却把大总统的席位让给了袁世凯，这让我们的努力都白费了。洋鬼子都喜欢袁世凯。袁世凯有他们撑腰，所以只要他掌权，所有的一切就都不会改变。中国人民还是被压迫被剥削，还是被军阀和洋鬼子统治。我就是在那会儿决定离开的。我当时想的是，帮助那些在金斯敦的中国人，可能是一项更好的使命。”

张站在他屋子中央，身体笔直，充满骄傲。“你爹是我的发小，我俩从小到大都是最好的哥们儿，所以当他娶了你娘时，我真是替他高兴。他终于安定下来。你娘是个勤奋的好姑娘，来自一个清白正直的家庭，是民主共和的信徒，也是孙逸仙医生的支持者。你爹真是再找不到除了你娘之外更适合他的了。”

就在这时，我看到一只鸭子竟摇摇摆摆地想要进到屋子里来，我从椅子上跳起来把它赶走了。我回来以后，张拿来了第二封信。这会儿夕阳西下，光线不足，他就走出房间，站到了室外。

“我到了牙买加安顿下来以后，马上给你爹杨子写了一封信，但我一直没收到回信。直到三年后，你娘才给我回了一封。”然后他开始念：

> “杨子很好。我们在地里辛勤耕种，所以衣食不缺。但时事艰难，军阀无情。他们不断提高地租，又不断增加税收的种类和数目。袁世凯打算称帝。杨子继续支持革命运动，但这非常艰难。许多中产阶级都愿意追随军阀，尽管孙逸仙为保护中国革命而做出妥协退让，但革命已经偏离正途。当下，杨子非常关心日本人的行动，他们已经控制了山东和满洲，而且有向中国内陆进一步扩展自己的势力的趋势。他已经很确信，在其他列强忙于欧洲战场的战事时，日本想把中国变为只受其一国剥削的殖民地。我们已经有了一个儿子。杨子坚持这个儿子应该叫杨秀全。可见，他也一直非常想念你。”

张继续说："而到了1925年，她又给我寄了一封信。"

"杨子去世了。被英法联军在沙基给枪杀的，因为他支持广州、香港的罢工。我们有了第二个儿子，杨宝。想念你的弟妹，美菱。"

"这就是那会儿我去找陈和唐人街委员会要钱的原因，因为在这些年里，我从未得到过一分钱。我只是从商店里拿我需要的食物和日用品，然后陈替我在卢克巷租了一间房，所以我要钱也没用。但是现在，我需要钱来支付你们的旅费。我也请求陈让我开一家小赌馆。咱们中国人喜欢赌，所以我想在这上面做点文章挣点小钱，陈也同意了。

"陈对我说：'你要从中国把女人和孩子们接过来吗？好极了。到结婚成家的时候了。'"他看起来很期待的样子，但却大错特错了，而我却觉得没有跟他解释的必要。我只是写信给美菱，告诉她我会把你们三个人来牙买加的旅费给她寄过去。"

第二天，我问妈，为什么爹那会儿不给张回信。她说："他几次三番想动笔写，但每当他提笔时，眼泪都会把信纸打透。"

在那之后，张让我做什么我就做什么，同时也希望我自己有一天会成为像他那样的人：一个有信仰的人，一个对事业忠心耿耿的人，一个值得人们依靠的人。孙子说："任命不合适的人做统帅，这就像胶柱鼓瑟那样（愚蠢）。[①]"

---

① 此处为作者谬误，《孙子兵法》中并无此原文。

第八章　确定地盘

秀全去美国的第二年，张告诉我他不想干了。

“我失去了两个姓杨的。杨子献身光荣和革命了，而杨秀全则去了美国投身他们的战争。我累了，杨宝。这活不是给我这个年纪的老人干的。”

我觉得他这么做是考虑到一个新时代到来了，因为在1944年，牙买加制定了新宪法，宪法规定成立新的代理政府，新政府准备实行一次公众选举，所以每个人为能够参加第一次全民选举而兴奋不已、奔走相告。或者，也可能是张觉得该让我管管事了。我的时代终于来了。我一点一点接手张的权力，到了1945年二战结束的时候，他们说我已经二十一岁了，我完全掌控了唐人街。正是从这时开始，我成了别人眼里的成功人士，而在此之后的许多年里，我再不把保护和掌控唐人街当儿戏了，因为它是担在我肩上的责任。

接下来，蒂莉小姐给自己找了一个丈夫，于是她要汉普顿从家里搬出去。张同意汉普顿搬来马修斯路，于是汉普顿就住进了张隔壁的房间。而直到此时，我才发现汉普顿已经长得高大健壮，因为在他搬家时，他只带了一个装着他个人物品的小包，以及一整块铁，他把那块铁放在院子里，每天忙着拉伸肌肉，跳转腾挪，清理房间。

但是，蒂莉说她希望我们把所有的剩余物资也从她家的外屋搬出来，而就算我们在马修斯路也有自己的仓库，但张说他不许我们把剩余物资放在家里。所以我和汉普顿还得给它们再找个地方。

我们在西街租了一家商店。那商店虽然阴暗破旧，但它很便宜，而且后面还带一个又大又干燥的仓库。我们并不想转行干站柜台的营生，但我们还想把前面的商店简单收拾一下，刷个漆，这样就能把我们的办公室从马修斯路的家里搬出来了。

唯一的问题是，我们得弄点货摆到架子上，至少让人看起来我们在做买卖。所以我们得去买点什么，因为我们存在后面仓库里的剩余物资是不能跟别的货一样在大白天就摆出来的。其实做到这点并不难，只不过我们不想弄巧成拙摆出过多货物而引来真正的买家，当然像西街这样的地段这种事情几乎不可能发生。所以我们得掌握平衡。每次有乞丐来的时候，我们都会给他点东西赶紧打发他走。后来，这些店面的布置产生了我们预先设想的效果。

现在，我和汉普顿还有贾奇三个人整天坐在那吃牡蛎喝啤酒。我们依然每个礼拜会接替张在唐人街收保护费，以及管理他的小赌馆，生意做得很顺利，因为陈先生和唐人街委员会跟张刚开始做这个生意时不同，对我们不加干涉。陈先生说，那是很长时间以前的事了，那会儿是另一种管理模式。于是，现在我们得自求发展。于是我们找来了比尔。而且，现在我们在红山养鸡场还雇了一个中国人，当那些鸡有六磅重时，他告诉他的老板它们只有四磅，并且对老板能拿多少鸡蛋精确计算，而我们则开车把鸡和鸡蛋拉到城里卖并且从中获利。

当生意蒸蒸日上时，我们开始考虑是不是应该雇个人来帮忙，而正是这时，她出现了：格洛丽亚。而且所有的事情因她的出现也开始了。

第九章　人性

在我把我要娶王霏的消息告诉格洛丽亚时，我想到的第一件事是格洛丽亚怎么知道这个消息的。我向西塞莉请求我想娶王霏到我要告诉格洛丽亚我要结婚了，这之间只不过隔了三天，可当我到了那正要开口说时，她就已经全然知晓了。这令我感到诧异，整件事只有我和西塞莉知道，而也许西塞莉会去告诉王霏，而我却看不到任何王霏去告诉格洛丽亚这个消息的可能。所以，无论如何，我决定自己得去问问格洛丽亚，但我却不知道怎么开口。我想等到周二左右再说，这样她就有一整周的时间去考虑这件事情，而且周二是我俩定好的约会日。于是我就在煎熬中等待周二的到来，我想，到了那时候，我就会走上格洛丽亚家门口的台阶，和往常一样，因为我们约好了周二、周四和周五的下午见面，而周五晚上则是我收取保护费的时间，但那是生意上的事了。

我也不知道为什么会定在那些时候见面。对我来说，周一、周三、周五都感觉更好，但不管我是怎么想的，我约会的时间是定好的，正如格洛丽亚希望它是这样的，于是它得按照上面的时间表来。

周二就那么来了，而我却无法决定究竟是去还是不去。我不想去的原因是怕她不愿见我。而我想去的原因则是怕她觉得我对她不再感兴趣了。我不想让她这样想：我跟王霏结婚之后她就对我一点意义都没有了。我希望她能清楚地认识到，她对我的意义十分重大，尽管我不能娶她。然后我开始琢磨，自己对她又意味着什么？她床上有那么多来来往往的男人，我只不过可能是其中之一。也许我也是那些又蠢又笨，要啥啥不行，格洛丽亚和其他姑娘儿们经常嘲笑的男人们中的一个。但我不觉得她认为我和那些男人们是一样的。她有时甚至告诉我如果我不想给她钱的话就可以不给，但那对我来说不可想象。要真是那样的话，我就好像在占她便宜，因为我觉得她对我这么说是为了回报我对她的保护。而我又觉得自己怎么着对她来说都有点别的意义，如果不这样的话，她就不会在听到我要娶王霏时表现成那样了。她本可以耸耸肩膀然后说“给我倒杯酒好祝福你”。可是她并没有那么做，所以这一定告诉了我什么。

星期二到来的时候，我去了她家。我敲了敲门，过了很长一段时间她才出现并把门打开。她从上到下地打量着我，然后她就关上了门，啥也没说。她来了又进去了，就那么把我撇在一边，我傻呵呵地站在她家的走廊上。对着关得死死的大门，我意识到那天我其实并不想从她嘴里问出些什么。

周四那天，我觉得我真的不知道应该怎么做了。她是在考验我吗？她是在盼着我去她那表示我有多对不起她吗？可能她就想给我个教训，或者她已经死心了。但我最不想做的事就是表现出自己对她无动于衷，于是我又一次向她家走去。

格洛丽亚打开了门，然后又向屋里退了一步。接着，她就那么站在那，直勾勾地看着我。我轻轻地从她身边蹭过去，走到了客厅里。过了一会儿，她走开了。我猜她去泡茶了，于是我就自顾自地坐在沙发上，尽量装出一副一本正经并伤心欲绝的样子。我双脚着地，双膝并拢，双手放在大腿上，尽管只有我一个人坐在沙发上，但我并没有占很大的地方。然后我开始打量这客厅，觉得如果是四个女人在这住，这里有点显得男子气太重了。于是我又开始琢磨为什么这地方的男子气这么重，然后终于发现格洛丽亚家的客厅一点装饰物都没有。墙上连幅画都没有。啥都没有。这地方空荡荡的，只有两张沙发、一张咖啡桌，窗户上挂了一幅百叶窗，墙角里有一个吧台。我意识到，这地方与我第一次来吃晚饭的后屋太不相同。除了从窗口吹进来的一小股微风外，整个房间看起来死气沉沉，空旷地让人惆怅。这与那天的气氛是有多大的不同啊！那天四位姑娘儿们和我在后屋，我看她们跳舞，听她们唱歌以及讨论布斯塔曼特创立的牙买加工党。那时她们的精神抖擞和生机勃勃是怎样充满整个房间的啊！而现在，我就这么坐在空气似乎都凝固的房间里，觉得什么别的事都不可能再发生了。我又开始琢磨，怎么之前我都没有意识到这屋子是这副样子。我之前从未意识到这屋子里的悲哀。然后我想起来，之前我来的时候，这栋屋子里都充斥着男人、音乐和酒精。而另一种情况则是我、茶和格洛丽亚。那会儿，我根本没工夫看墙上是不是挂着画，我满眼都是她。

我在那坐了很长时间，而格洛丽亚都没有回来。我开始仔细查看地板，然后试图找出围绕着灰色地砖的白色图案的规律。又过了一会儿，我突然觉得有人站在门廊那儿看我。当我抬头看时，发现那是玛莎。她对我说："格洛丽亚没在这儿，你懂的。"

"她没在这儿？"

"是，她去城里了。"

"她去城里了？"

"你在学我说话吗？"

我停住了，盯着玛莎看，因为我不敢相信格洛丽亚能这样对我。这已经不是一个玩笑了。

"我不知道她什么时候能回来，所以我也不确定你需要在这等多久。"

第二天下午，我不想再费心去格洛丽亚那儿一趟了，像我原本应该做的那样。但当夜晚来临我去她家收保护费时，她却在那儿，穿了一条让她曲线毕露的红色连衣裙。我能看出来，在场的每一个男人都想伸手去碰她，但他们也清楚得很，你不能就这么直接把一个女人搂入怀中，你所能做的只有装作无意中轻轻碰她一下，或者在你说话的时候拍拍她的胳膊，或者也许可以开玩笑似的抓住她的手，或者拉着她跳上一小段舞，而当你想要用另一只手搂住她的腰，把她拉入你怀中时，你就要掂量掂量自己几斤几两。就好像格洛丽亚的脖子上挂了一个大大的警示牌，上面写着："当心着点儿，哥们儿。"

她终于觉得是时候过来把钱给我了，她始终一言不发。她只不过走向我站着的门口，而当她走近我时，我却向外退了一步。然后她跟着我，直到走廊里只有我们两个人的时候，我对她说："你这周对我咋样我都没啥好抱怨的。我就想知道你用这样的态度对待我还会维持多久。"

她望着被黑暗笼罩着的院子，过了好长一段时间，她用一种平静而冷漠的声音对我说道："我只求了你一件事，你已经做到了，我们之间也就是生意关系。这就是这事儿怎么开始的。这并不开始于两个人之间的那种关系，而我不知道发生了什么。可能是因为你非常耐心地坐在那儿一边喝茶一边做你的木匠活，直到最后是我允许你向前走的。你是唯一一个我所知道的这样的男人。其他的男人看我一眼就急不可耐地想跟我上床。这就是我一生是怎么过的。"

我们之间沉默了，只有一两只蟋蟀在不知什么地方叫着。于是我静静地等着，因为我觉得她还有话要说。

"当我知道你要娶王霏时，我不敢相信这是真的。开始我觉得你对我还有那么点感觉和尊重时，我想我一定是在做梦。处在我这个位置上的女人是没什么资格谈尊重的。但它却能伤害到我。它把我伤得太深了，因为它最可怕的地方就在于它让我看清楚了现实中我的位置。它告诉我，我对你来说真正意味着什么。你'一个礼拜三次'的婊子。"

我抓住她的肩膀把她转向我。

“格洛丽亚，不是你说的那样，真不是你说的那样。”

她盯着我的脸，然后说道：“那是怎样的，杨宝？它是什么样的？”

“它好像是——”我停住了，因为我必须好好想想我要对她说什么。“就好像你每天出门都能看到一只自个儿待着的又强壮又好看的动物。可能是老虎，然后你就会对见到它感到很高兴，但是每个人都告诉你，一个成熟的爷们需要在家里养点什么东西。他不能每天都出门跟在老虎屁股后面跑，而这老虎自己还有事情做。然后你觉得这样可以，于是你就去给你自己找了一个笼子然后把老虎关进笼子里。之后你可能会开心一阵子，但可能不久之后，你就会觉得，好了，那只老虎现在天天都在那儿了，等着我去喂，去清理笼子，去逗它玩儿，它生病了我还得照顾它。它不再自己做事儿了。然后又过了一段时间，它开始惹你生气，因为它不再是你所熟悉的那个自由奔跑充满活力的动物了。现在它懒得要死。你不再从它身上得到快乐了，但你不得不跟它在一块儿，因为是你杀了它。”

“这就是关于你的一切。你有没有设想过，那只老虎在想要自由的同时，有些时候也想要安定和休息，这样它就不用再天天为下一餐在哪而感到焦虑，或者为如何防备想要猎杀它们的人伤害自己而感到担心忧虑。也许是这只老虎想要找一些支持和陪伴，尤其是它越来越老而且不再那么独立、强壮，或者美丽了之后。也许因为那只老虎只是想在某天找点安宁。”

“你会拥有所有这一切的，格洛丽亚，你甚至都不需要把自己关在笼子里。”

她就那么盯着我，也许她信了，也许她不信。然后她说：“你花了太多时间去听别人想要你做的事情。”

在我们说完这一切之后，我发现自己不能去问她是怎么知道我要娶王霏的了。于是我就失去了我的机会。然后事情就那样了。

在我离开格洛丽亚之后，汉普顿在外面的轿车里等着我，我对他说："来吧，哥们儿，咱走回城里吧。"

"这都十点了，你疯了吗？你不知道现在很危险吗？"

"怕啥？你还怕鬼把你抓去怎么着？你觉着有谁能在你我这撒野？来把，把车扔这，明儿一早再来取。"然后我们就开始步行。

当我们快到城里时，我们听见一个小巷里传来一阵喧闹，那声儿就跟撞倒一个木桶或者什么别的东西似的。然后我们就寻声而去，因为我们觉得有些人可能会遇到麻烦。我们到那儿的时候，还真有俩人陷入困境了。其中一个站着，裤子拉链开着，另外一个跪在他前面。当跪着的那个回头时，我们发现他很年轻，不过他站起来就跑了。另一个是一个上了年纪的人。他整理了一下自己的裤子，然后就消失在下一个拐角处。我和汉普顿互相看了看然后就走回了城。

第十章 怜悯

后来我就娶了王霏。我们的婚礼是在教堂举行的，然后西塞莉在穆斯格雷夫女士路上为我们举行了派对，派对上不仅有粉红色的香槟，还有一支小型交响乐队来为我们助兴，而且我还见到了一群之前从未见过也从未说过话的人，他们也没什么好跟我说的。之后我们就开车去了奥乔里奥斯。

在度蜜月的一整个星期里，王霏几乎不跟我说什么。她忙着做头发，做美容，熨平她的裙子。她指导女佣并且告诉餐厅服务员她要吃什么，然后她就和那些完全陌生的人在一起聊天，她总能在这儿或者那儿遇到他们。至于我，她一句话都不肯说。她甚至都不用正眼看我。屋子里摆的是一张双人床，而我只能贴着床边睡，几乎快掉下去了。要不是床单掖到了床垫下面，我可能真的要掉到冰冷的瓷砖地上去了。

在我们回家前的最后一夜，我们和往常一样做着每一件事。王霏先洗了澡，把自己打扮好，而我则在她用完浴室之后，也去洗个澡，简单收拾一下之后，我们就准备吃晚饭。饭店每晚在同一时间做好晚饭。七点半开始茶水时间，阳台的长桌上摆着一些小零食，乐队们在演奏一些本土民歌。八点整的时候，我们坐下来，开始享用他们每天都会上的五道菜。我对这些并无不满。食物很可口，并且每天晚上都有些我从未见过的新鲜玩意儿。对于我来说，卡拉罗叶[1] 就是卡拉罗叶，但是在饭店里，他们把它夹在一些煎好的薄面包片之间堆成三明治塔

① 可食用的芋头叶子，类似菠菜叶。

的形状，并且在塔尖用咸鱼条摆出一颗星星的形状。而他们究竟怎样做的龙虾我不知道，但它尝起来充满奶油的香味并且无比鲜美，牛排、奶油、猪肉、苹果以及一大堆绿色和紫色的、我认不出是什么的蔬菜都和那些肉一样好吃。这一切都太好了。加勒比海星光璀璨的辽远天空也实在漂亮，并且无论是音乐，还是白麻桌布以及在巨型水杯里叮当作响的冰块还有在清风中摇曳的烛光都显得那么优雅迷人。这一切都是好的，都是经过文明熏陶的。在这儿，他们懂得如何照顾你。

对我来说这简直是奇迹。这不是美梦成真，因为我从未梦想过这些东西。王霏则把这些当作是她应该得到的，跟其他她所拥有的东西一样，只要她想，她就能得到。她在这如鱼得水。

所以，今晚我洗过澡之后，穿了一件浅蓝色的海岛牌纯棉衬衫和一条灰色的宽松裤，把一条干净的手帕放进我的口袋里，然后我走到走廊上，而这会儿她正端坐在那儿，远眺大海。她把她的摇椅向走廊的边缘挪了挪，伸直了腿，并把脚交叉着架在墙上。她静静地坐着。于是我就在她后面的沙发上坐了下来，这样可以看到远方的落日。我们什么都没说，就那么静静地坐着。王霏看着草地、沙滩和椰子树之间绷紧的吊床，而我则看着那一片橙色的光沉入大海。

过了一会儿，我听见一阵轻微的喘息声和抽泣声。那种小小的抽泣声好像是她在哭。我不知道该做些什么，我只能在那坐着。但过了一会儿，那声音越来越大，于是我起身向她走去，好过去看看她怎么了。我看到了她的脸，她果真哭了。我从口袋里掏出手帕给她，她接过手帕，轻轻擦了擦她的眼睛，似乎不愿意弄花刚化好的妆，但她依旧什么都没说。于是我只能又坐回到沙发上。

而此时，天色将晚，我已经能够看到另一条走廊上的灯被一盏一盏地点亮了。但无论是我还是王霏都没有起身去点亮我们的灯。我们只是在渐暗的天光中静静地坐着。

之后她对我说："我爸爸跟我说，嫁给你总比我用余生来跟我妈做斗争要好得多。"

"你其实没必要一定要嫁给我。你可以等着，一直等到比我更合适你的人出现。"

"什么？在西塞莉看好你之后吗？"

"我相信如果你能找到令你更开心的人，西塞莉不会那么顽固地非让你服从她的。"

王霏笑了起来。她笑得前仰后合，笑的时候刚才的眼泪还在顺着她的脸颊流淌。她转过身来看着我。我也看着她，那感觉好像是我在中国运动俱乐部见过她之后第一次好好地端详她，这会儿她卸下了自己的伪装。

"你真这么觉得？"

我傻傻地坐着，因为我不知道对她说什么。她看着我，然后似有若无地笑了起来，之后她就起身走了回去。正当她与我擦身而过时，我伸手抓住了她，把她拥入怀中。我不知道是什么让我觉着这么做是对的。我从未对她这样放肆过。我觉得这就是天性的冲动，尽管我只在教堂给她戴戒指时碰过她。这会儿只有我俩在这站着，我突然意识到我们错过了婚礼上的那个环节，那就是牧师说，你可以亲吻你的新娘了，于是我猜不是王霏就是西塞莉告诉他让他省了这一步。

我们两个人在黑暗的走廊上纠缠在一起，而正是这会儿，她开始哭泣。那是一种真正的抽泣，好像她的整个身体都在颤抖，并且需要我耗尽全部气力去抱紧她，以免我们两个从上面掉到地上去。这种善意像一把钥匙打开了洪水的阀门，让所有东西都一泄而出。于是我猜她一直背负了沉重的负担，但我什么都没说。其实，是我不知道该对她说些什么。所以我就紧紧地抱着她，希望这就足够了。

我们就这么相拥着，我越过她的肩膀看到服务员们穿着白色的工作服，把巨大的木制托盘举到他们肩膀上，并把食物分发给那些要在房间里用餐的客人们。他们的忙碌的身影让我知道了时间，于是在她最终平静下来之后，我跟她说："你想吃点晚饭吗？"当她轻轻撤回身体，我看到她也正看着我，眼中的温柔让我的心脏狂跳起来。她用我给她的手帕擦了擦脸，又擤了擤鼻子。

我看着王霏站在走廊里，觉得自己不了解她，甚至觉得她自己也不了解她自己，因为她面对所有人的那张脸，现在在我看来好像是面具一样。

那天晚上我们睡觉时，她爬向我，把我从床边拉到床中间，她把她的头放在我的肩膀上，并让我用手臂抱着她，而那时我正在听树蛙在树上歌唱。

当我和王霏结束了蜜月旅行回到家时，她看了一眼马修斯路然后就哭了起来。第二天她回了一趟她父亲那，第三天她又回来了。她又开始哭上了。

我问她怎么了，但她看都不看我一眼。我只能看见她的后背，要么躺着要么坐在床边。

"我知道这栋房子和你之前住的没法比，但也不至于那么糟啊。我们可以把它翻修一下。"她什么都没说，于是我拿不准她到底是生气了还是伤心了，于是我说："总比你在家和西塞莉吵架好。"而这时她转过身来看着我。

"你想什么呢？我会来马修斯路然后住在这样一个破地方吗？"

"但是，王霏，这是我家。这是我和妈还有张的家。你想要我怎么做，离开他们吗？你看看他们，都已经老了，我不能就这么把他们扔下。我也不想这么做。我是儿子，我有这样的责任。你忘了自己是中国人吗？"

"你觉得我是中国人？"

“你说什么呢？”

她什么也没说，起身走了出去。

我觉得我应该买点什么好让王霏高兴，比如说一件上等丝绸制成的衬衫、一双丝袜或者一些能装点卧室的花瓶。后来每天晚上我们睡觉之前，我都跟她说说话。我跟她说关于唐人街所发生的一切然后我问她她的一天怎么样。可是我只能看见她的后背，只能听见她抽泣和擤鼻子的声音。我从未见过一个这么能哭的人。我从前曾经觉得这种人终有一天会因为缺水而哭不出眼泪，但王霏却不会。她日夜不停地哭，直到所有人都开始有点被她惹恼了。

我不能忍了。事情变得太糟糕了，我开始在商店里睡觉，但是张说，这对其他人不公平，我得想个法子对她做点什么。于是，终于在三个星期之后，我让她坐下来然后对她说：“王霏，在这栋房子里，谁也不能再继续忍受你的哭声了。你得告诉我，我们怎么做才能让你高兴点。”我认真地盯着她，她坐在床边，而我则跪在她前面的木质硬地板上。

我用手指把那些粘在她脸上的、湿湿的头发撩到一边去。她默许我这么做。我觉得这是个好迹象。于是我说：“我们需要做些什么，嗯？”

“你为什么要娶我啊，杨宝？”她说完这句，一股羞耻感向我迎面袭来，因为我没有说得出口的答案。

我想至少我可以面对我自己肮脏的意图，于是我说：“是的。这就是真相。事情就是这么开始的，王霏，但现在，事情已经不是这样了，事情在咱们度蜜月的那一个礼拜已经变了，不再是它最初的样子了。当我们还在酒店的时候，我看到了你的另一面。你必须承认，在那一个星期里，我们已经跨过了一座桥。别告诉我这对你不意味着什么。”然后我把她的手攥在我手里。

她就让我那么跪在那儿，抓着她的手，接着她对我说：“杨宝，我不能这样生活。难道你看不出来你和这栋房子就是我妈妈为惩罚我而选的吗？这正是她所想的，让我后半生无比痛苦。”

“什么样的痛苦？”

“跟我小时候所遭受的一样的痛苦。她那会儿经常打我，饿我，然后在她去教堂的时候，把我关在音乐室里。”

我简直不敢相信王霏跟我说的这一切都是真的，倒不是觉得她在撒谎，而是觉得西塞莉怎么能做出这种事情。

“她为什么打你啊？”

“因为总是一件事做得太过和另外一件事做得又不够好。”

我实在不懂她在对我说什么，于是我就跪在那看着她，她所说的事情有那么严重，以至于我觉得她被诅咒了而无能为力。

“其实，你知道，事情可以不用那样。我们不用坐着等待西塞莉来决定我们未来的生活要怎样去过。”

王霏什么都没对我说，但第二天她不再哭泣。当我下班回家时，我看见她刚从市场回来，带着刚买来的花站在院子里，她把这些花插在我们卧室的花瓶里，那些花真漂亮。

第十一章　天时

在那之后，芬利有一天跟我说，当地警局从蒙特哥贝新调来一位警官。他们把他安排在北街警局，为的是帮助他们打击贪污腐败。这个警察局很有钱，因为我有一半收入都要流入警局，为的是让他们能够睁一只眼闭一只眼。于是，不管怎样，我对他说："也许我们得去会会这个新警官。"但芬利却不太清楚这是不是一个好主意。

"你到底想跟他说点啥？"

"可能我俩就打个招呼吧，然后祝他工作顺利，就是对他到这边的警局开始工作表示祝贺吧。"然后我俩都笑了。"好吧，既然他们派他盯梢，所以我们至少得去和那人握个手。"于是芬利说他想想这事儿该怎么安排。孙子有云："天者，阴阳、寒暑、时制也。"

一周之后，芬利想了一个好法子，就是让那个长得圆圆的陈老板去请布朗警官到批发供应商协会那儿去做个演讲。陈老板倒不确定他自己是不是愿意做这件事，尽管他觉得听听布朗警官要说什么也许会带来好处，另一方面他也害怕把自己和警察搅和在一个锅里。他说，每个人都乐意付保护费，这样就能保证唐人街的生意。他说我们没必要去请外人来跟我们纠缠。我们可以像多年前张刚来到这里时的那样自己处理好每一件事。于是我跟他说，好吧，我们也不做什么，只不过花几分钟听听那个男人都说些什么。

几个月之后，布朗警官终于来参加我们的会议，陈老板在指定的时间走到台上，高声宣布他有多高兴能请到布朗警官和我们一起开会：

“北街警局的克里夫顿·布朗先生将要给我们讲讲，他在城里进行的反腐工作将如何帮助我们中国商会。”然后我们一起鼓掌。我带上了芬利和汉普顿，因为我猜他们都想亲眼见见这个男人长得什么样子，并亲耳听听他要说些什么。

当布朗警官站起来时，我和汉普顿面面相觑。过了一会儿，当别人把我介绍给他时，我把手伸向他然后我用我的双手握住了他的一只手。我就这样长时间地、紧紧抓着他的手，同时盯着他的眼睛看。我抓他手的时间越长，我看他眼睛的时间就越久，然后他就越能感受到我们之间建立了一种联系，我会在以后的日子里靠着他去解决我们的小问题。因为他认识我的方式和我认识他的是一样的。

当汉普顿和我往家走时，我对他说：“你觉得布朗警官怎么样？就是说那天晚上你对他的印象，就咱俩撞到他和一个小孩儿在那个小巷里干事儿的那天晚上。”

“哥们儿，那可不是个小孩儿。”

“那就是个小孩儿。”

“不，不是。你只是把他说得像个小孩儿，但他已经是一个男人了，虽然他很年轻，但他不是个小孩儿。你给了贾奇·芬利错误的印象。”

“好吧，那你觉得布朗警官怎么样？就说那天晚上的印象，就是咱俩把他和一个小伙子在小巷子里捉住的那天晚上。”我像是专门说给汉普顿听得一样。

“他很平静。”

“平静，就像他之前做过这种事一样。”

“对啊，真是，就跟他以前做过很多次一样。”

“我猜一个做到他那个位置上的男人该有多么强烈的欲望才不惜这般铤而走险？他那么绝望，而又那么平静，所以我猜那不是他的第一次，也肯定不是最后一次。”

然后我看着芬利："我们需要的是找个人盯住他。那个人必须不能引起他的怀疑。也许得是个小伙子。"

于是芬利说道："我妻子有个侄子，米尔顿，他爸刚被人撞死，撞他的是一个在常春路上冒冒失失开车的英国人。现在米尔顿是他家一个老娘四个娃的头儿了。"

"他知道怎么保护自己吗？"

"这有啥不知道的。"

"那让他来见见我吧。"

第二天米尔顿来见我的时候，我觉着他就是一小孩儿。然后我就想到，在我开始干这买卖时，自己也就是个小孩儿，所以情况也许没那么糟糕。我觉得要派他去格洛丽亚那拿钱，他还有点嫩。那些姑娘儿们会把他做成甜肉馅吃干抹净，然后有滋有味地咂摸他从头羞到脚的每一分钟。所以他肯定干不了这事儿。但你又不能因为仅仅让他从早到晚地跟着布朗警官而给他钱，于是我就让米尔顿去当司机，尽管任何一个半梦半醒的警察都能发现他还没长到能够开小面包车的年龄，但我让他去拉鸡和蛋，有时也扔给他一些烟卷来拉。

但这也正是布朗警官所要小心堤防的，那些他的手下们都喜欢那些美元票子。这些美元能让任何事发生或者不发生，消失又回来，黑白颠倒，你只需要散出一些印着老乔治 · 华盛顿的钞票，或者更好是印着亚伯拉罕 · 林肯先生的。如果事态发展到相当严峻的程度了，你只需要把安德鲁·杰克森先生[①] 扔给他们就好了。因为当你面对警察时，这些脸是你知道会屡试不爽的东西。

这就是全部的安排。尽管在内心深处，我依然有点担心米尔顿会和克里夫顿 · 布朗惹出什么事儿来，因为他微微撅起的嘴唇和光滑的皮肤让他看起来那么年轻。

---

① 1 美元纸币正面印有乔治·华盛顿的肖像，5 美元纸币印有亚伯拉罕·林肯的肖像，20 美元纸币上印有安德鲁 · 杰克森的肖像。

第十二章　雇佣了一个秘密特工

在我们让米尔顿跟踪布朗警官几个月之后，有一天，贾奇·芬利带着米尔顿来到马修斯路，带来一个消息说布朗警官想要跟我谈谈，于是我说让布朗警官去蓝湖酒吧见我吧，但芬利说事情比那要复杂，因为米尔顿也要跟我说点什么。

而当米尔顿准备要告诉点我什么时，我发现他站在那，几乎躲在芬利的身后，于是我说："过来吧。"

芬利站到了一边，推了米尔顿的后背一把。

"我并不想让事情发生，但事情还是发生了，就那么发生了。"

我看着芬利，因为我实在想象不出来，他这个侄子还想拖多久才能告诉我这件事。

"他突然袭击了我，打了我一个措手不及。"

"谁偷袭你了，米尔顿？"

"我按照你的吩咐跟踪他，布朗警官。在我绕过一个拐角处时，他突然向我扑来。接下来我知道的就是他一把抓住我的裤子然后撕开了它，所有的扣子都崩脱了，然后他扯下我的裤子，把我压倒在了一个圆桶上面。"

到了这会儿，米尔顿又是出汗又是哆嗦的，我已经做好听到最坏一部分的准备了。

"他把我紧紧压在圆桶上，我感觉到他整个身体的重量都压在我身上了，于是我想，耶稣基督啊！这事儿发生得太快了，我只能躺在那穷等。然后他把他的嘴贴在我的耳边说，告诉你老板，我要见他。”

“这就完啦？这就是你要告诉我的事？这事啥时发生的啊？”

“你告诉我去跟踪他的两周后。”

“过了这么长时间你都没告诉我？”接着我扭头跟芬利说：“你啥时候知道的这件事？”

“今天早晨他告诉我的。米尔顿不敢跟你说。他怕你知道他做事这么马虎惩罚他。”

“他应该感到害怕。他自己做了那么蠢的事居然谁都没告诉？克里夫顿·布朗那天就应该狠狠揍他一顿，完活儿！你这孩子真是头蠢驴。”

后来我又把这件事从头到尾地想了一遍，我又觉着，无论如何，派这么小一孩子去盯克里夫顿·布朗是我的不对。也许我应该庆幸，克里夫顿的行为没对他造成什么实质性的伤害。

“去吧！”我对他说，那语气跟让他出院子一趟一样，当他快走到院门口时，我冲他喊：“去找根腰带把你裤子拴紧了！”

当我终于去见克里夫顿·布朗时，他坐在蓝湖酒吧的一个阴暗的角落里，把玩着一杯红带，就好像他并没有要喝它的意思。当他看见我时，他的表情有点不耐烦，于是我坐了下来，告诉酒吧的伙计给我上一杯啤酒。

“你怎么对我带给你的消息不理不睬？”

“我不是来了吗？”

“但你用得着这么长时间吗？我都跟那小孩说了好几周了。”

我心想，你打了我的男孩，然后还把他吓得半死。那可能是你开玩笑的一个伎俩，但这并不意味着我欠你个解释，于是我说：“我现在人都在这了，告诉我你想要什么吧。”

“你找的那男孩成宿成宿地跟着我，接着白天他开车在城里拉鸡和烟卷。除了那些都是偷来的东西之外，你和我都知道那孩子没驾照。”

“驾照！那就是你所关心的事吗？”我不禁仰头大笑道，“我才不信你这大老远的开车过来就是为了跟我说米尔顿没驾照的事。你是想告诉我你真没别的事可做了？”

“我能把你这笨蛋扔进监狱，反正你也知道。你那些买卖实质都是一样的，那些海军的酒还有赌场还有你经营的妓院，都一样。”

“我这笨蛋能进监狱？那我想知道，如果我把你在小巷和那些男孩的事给你捅出去，你这笨蛋该怎么办呢？你觉着他们会对哪个笨蛋更感兴趣？”

克里夫顿开始翻来覆去地把玩手里的啤酒瓶，好像他在仔细观察瓶子上的商标似的。然后他说：“其实这事不用发展成这样，你也知道。我们现在有机会去互相帮助。”

我看着他，然后我觉得我自己没问题，他抓住问题的关键了，因为我觉得事情一开始就应该是我们互帮互助。这就是我派米尔顿去跟着他、取得一些小情报的原因。所以，如果他从他那一方邀请我与他互相帮助，事情岂不是更好？孙子云：“来委谢者，欲休息也。”①

于是我对他说：“那天晚上，如果不是我撞到你和那小孩在巷子里乱搞，他们可能会把你阉了，暴打你一顿然后让你留在原地等死。”

但他什么都没说。

我坐下来看着他，因为我突然明白克里夫顿给自己的生活带来了多大的麻烦以及对于他来说牙买加是个多危险的地方。

“那你想干点啥，克里夫顿？”

然后他开出了条件，他会提供什么样的保护措施，他要多少分成，我一口答应下来，因为我觉得他的条件合情合理。但我意识到，克里夫顿真正想要的是认识一些人，这些人知道他的特殊嗜好而不会用刀

① 出自《孙子兵法》之“行军篇”。

捅他。克里夫顿其实挺孤独的，他要给自己买点朋友。于是我跟他说，咱别喝啤酒了，接着我让酒保给我们拿来了上等朗姆酒[①]。

当我离开蓝湖时，我感觉非常好。这感觉好得足以让我有了去一趟唐人街，给王霏找点什么逗她开心的物事的念头。尽管她已经有六个月没哭了，但是我听妈说，她现在成天闷闷不乐，懒得动弹，就那么坐在那，一点忙都不帮。而且她也不总在马修斯路了，实际上，她只要想就跑回新金斯敦那边她爸爸那里。但妈对这个一点都不在意。她只告诉我王霏有多懒，她既不炸油饼，也不拔鸭毛来填枕头。她真的是一点儿菜都不做，一点儿都不做。据妈所言，王霏还在那等着仆人给她铺好床拾掇好屋子，然后把饭菜摆到她面前，等她吃完再收拾下去，因为在王霏的生命中，她连双筷子都不曾捡起来过，甚至都不是自己用筷子吃，因为西塞莉经常让他们用刀叉，非常英式。王霏甚至连怎么端碗都不会。而我知道这是真的，因为我用余光看见她在盯着我，那样子好像哪怕是饿死也不亲手把碗端到她自己的嘴边。这太糟糕了，我不得不为她买了一把叉子，只有一把，所以现在她可以坐在那，端庄地用一晚上时间去吃一碗饭。

妈说，王霏想让蒂莉小姐来伺候她，但是妈不许她这样做："蒂莉来这是为了帮助我做生意而不是伺候你的。"这就是她跟王霏说的话。所以现在，王霏连早晨好晚上好都不跟蒂莉说了，因为对于她来说，蒂莉是不存在的。

我跟妈说，她可以试着用英语跟王霏聊天，因为她似乎不太明白王霏的汉语真不算太好。

"我跟她说英语？她不是个中国姑娘吗？她能说汉语。"

于是我说："不是的，妈。你跟蒂莉说英语的时候不是说得挺好的嘛。

① 原文为 Appleton，指产自牙买加阿尔普顿庄园的上等朗姆酒。

跟王霏说一样的就可以了。”

但妈死活不这么做。她依然平上去入地说中文，在厨房里兜着圈子地一直抱怨王霏，但她从不跟王霏说一句话，除非有时有意刁难她一下。

我跟王霏说，也许她可以跟妈一起做点什么。

“你有什么建议吗？”

“我不知道啊，霏。女人们一块儿的时候都做什么啊？肯定有你能做的。你看看你们是去逛街呢还是你把你插的花给她看看？你弄的这些花其实挺漂亮的。”

王霏就那么坐着，看着我，而我知道她在想什么，因为我看不出来妈有要跟她去逛街的意思，而至于插花，我觉得妈会把那些花都剪了然后煮熟它们。

“嗯，要不你试着洗洗锅碗瓢盆啥的？”

我现在站在商店里，注意力被一枚翠玉戒指吸引过去了。深绿色的玉被镶嵌在22K金的戒指上，于是我买了它。我让店员把它装在盒子里用绿色的软纸把盒子包装起来，并且在上面打了一个蝴蝶结。尽管这不是我第一次试着用类似的东西去讨好王霏，我依然觉得整个人都有了精神。但这次我能找到她喜欢的东西，也许是因为她真的尽力在家去和妈相处。我知道这并不容易。

回家的路上，我脚底像长了弹簧一样，裤兜里包装好的戒指蹭着我的大腿，让我觉得是给老师的一个又大又亮的苹果。虽然我不知道关于苹果和老师的任何事，但我从美国电影里知道，能买这样一个东西送人的感觉有多好。

而当我回到马修斯路时，妈说王霏没在家，她回她爸那去了。我不知道为什么，而这次我再也抑制不住内心的怒火。也许是因为那枚戒指还在我的裤兜里。于是我跑出院门跳进汽车里。

我一路上按着喇叭狂奔，脑海里不停浮现出这样的公路路标，上面写着“送葬人最爱超车爱好者”。甚至当我遇到了十字路口时，我也无视“小心的司机在红灯处停下”的标语，一直踩着油门向前开着。当我拐进穆斯格雷夫女士路时由于车速过快，以至于我闻到了橡胶轮子与路面摩擦留下的印迹的气味。

这里的情况和马修斯路的一样。女仆伊特尔跑出来告诉我说王霏没在这。她和她的妹妹达芙涅一起出去了。我想，伊特尔可能看到我就那么站在那，觉着有点抱歉，因为后来她让我坐在走廊里，然后给我端了一杯柠檬水。但我不想喝柠檬水，于是她就又给我倒了一杯上等朗姆酒。

她把朗姆酒放在我旁边的桌子上，然后说道：“霏小姐和达芙涅小姐有可能一起去为宝宝庆祝了。”我坐下来看来是对的，如果不这样的话，我可能会摔倒。我看着伊特尔，然后我能看出来她可能觉着她自己说了一些不靠谱的傻话，因为她说完之后突然间跑进屋去，多一句话都没有了。

当我再到她家时，天色将晚，我可以闻到美人蕉在晚上散发出来的香味。但我知道这会儿我没有做梦，因为在我身边的小桌上，留了三个空杯。之后，我听见关轿车门的声音，亨利·王走上走廊的台阶。他高大笔挺的身影看起来很疲倦。当他看见我坐在那时，他伸出一只手来把他额前灰白的头发向后拢了拢，然后他过来坐在我的旁边，轻轻地握住了我的手。

“这是我的错，”他跟我讲，“你觉得自己是一个好爸爸，也许会给孩子们他们想要的每一样东西。但可能这并不好。也许他们长大以后一无是处。王霏不是个坏姑娘，就是被宠坏了。”

我看着他，想象他怎么做到住在这种都是女人的房子里。

“王霏跟我说了马修斯路的一些情况，房子怎么小，你怎么得不到帮助。而我告诉她，你是一个年轻的小伙子，正在事业的上升期。等你的买卖做大做强了，你会让她搬进大房子的，给她雇几个佣人，然后把各种事情都做好。她只需要一些耐心去等待。当我娶她妈妈时，我也是跟你一样的年轻小伙子。只有一家商店，而当生意好转之后，所有一切事都好转了。耐心，杨宝，这就是成事的关键。这也是我告诉过王霏的，她需要和你在一起充满耐心地等待。我告诉她，无论如何，在城里和她现在的家庭住在一起远好过像我一样住在这片沙漠里。”

“西塞莉不也每隔两个礼拜跑回她娘家吗？”

“不是的，那是完全不同的情形。”然后他看起来有点伤心，停顿了一下，“女人和男人是不一样的，杨宝，她们变得跟风一样快。这也是为什么咱们男人得让自己变得牢固。用辛勤工作和生意兴隆来成为一只结实的锚吧！”他停顿了一下，想了一会儿，然后又说道，“你现在得回家了。你也不想这么晚还有话要对王霏说吧。”他朝空杯子那挪了挪。“明天你有的是时间去解决问题。”

第二天早晨，我又去了王霏娘家，但王霏又没在，她已经走了。当伊特尔告诉我这个消息时，她看起来怯生生的，但她还是对我充满歉意。于是我对她说：“伊特尔，你知道我在西街上的商店吗？”

“当然，菲利普先生。”

“下次你休假的时候，去那看我吧，好吗？”于是她同意下周三去。

而当我正要离开时，王霏和达芙涅出现了。达芙涅在王霏身边团团转，因为王霏是她姐姐，她得表示出一些尊敬。但也是因为达芙涅很普通，而且每个人都会更眷顾王霏，就好像他们不知道达芙涅也在那一样。达芙涅过去常常被人忽视。

我从轿车里出来，在车道上，站在王霏面前。她看起来有点尖酸刻薄，好像随时就要从嘴里发出鄙夷的声音跑进屋似的。但她并没有那样做，她就是在那站着，把手放在她屁股上，而达芙涅则进屋了。

“你在这做什么，杨宝？”

“你又在这做什么，王霏？”

“这是我家。”

“不，这是你爸爸的家。你的家是和我在一起的，在城里的马修斯路上。”然后她做出和我想象的一样的动作，不屑地走开了。我跟着她走上了走廊。

“你知道这没你的事。”

“你就是我的事。妻子是应该和她的丈夫在一起，而不是把他当成一个傻子，然后每周回娘家。”

“这就是你所担心的吗？担心我的所作所为让你看起来就像一个傻子？你就省省吧，单单你自己做的那些事还不够丢人吗？”

这时她想往里走，我一把抓住她的手，把她拉了回来，但她从我这挣脱开，开始大喊，好像她想让所有的邻居都听见她要跟我说什么一样。

“把你的臭手拿开。你以为你是谁，能这么抓着我？你现在不是在城里和你那群婊子和狐朋狗友混了，你在一个体面的地方，你的行为也得体面起来。”

“你觉得咱俩就这么在走廊里大喊大叫算是体面的？”

“你是这世界上最没资格谈什么是体面的人。要不是你看起来就像个可怜虫，那该是有多滑稽可笑啊！。”

这句话让我疯了。我就这么用一种极其冷淡的目光盯着她，于是她停止了挣扎喊叫，我觉得她终于意识到她到底在跟谁说话了。她终于平静了下来，我问她：“你怀孕了是吗？”但她不想回答我，于是我又问了她一遍。

“你怀孕了是吗？”

但她还是什么都不说，于是我深吸一口气，盯着她说：“记住你是个天主教徒。”

我把手伸进裤兜发现那个装着戒指的盒子依旧在那。于是我把它掏出来递给她。她看着我手上的那个东西，然后看了看我的脸。

“拿着。”

“这是什么？”

“拿着它然后打开看看吧。”她伸手从我这拿走了那个小盒子。

“继续，打开看看。”

她打开了蝴蝶结然后撕开了软纸。当她打开那小盒子时，她盯着那枚戒指看。她伸出右手把那枚戒指从盒子里掏了出来。然后她扬起胳膊，把那枚戒指扔到了院子里。

“这个跟你给东金斯敦那婊子买的翡翠项链是配套的吧。”她看着我，“你以为我不知道吗？”接着她就那么进了屋子，关上门，那是我第一次看到那扇门关上。

三天之后，她回到马修斯路，最有可能的是她爸让她回来的。但她什么都没跟我说，戒指，孩子，其他什么的，什么都没说。我也没跟她说什么。

当伊特尔周三来看我的时候，她把那枚戒指给我带来了，说是她在花床上捡到的。

“我觉得你可能想拿回它。”

于是她把它装在盒子里递给了我，那盒子肯定是她在走廊里捡的。我从她那拿来这盒子，说了声谢谢，然后把它装进了我的口袋。

伊特尔很年轻，除了跪在王家的桃木地板上擦地，跟在王霏、达芙涅姐妹屁股后面，照顾她们的小弟弟肯尼斯，他出生的时候人们还以为西塞莉早就不能再生育了，她还想要更多的东西。

伊特尔心气很高。我跟她说我会付钱让她去学速记然后靠这个打发时间，可以买一个小打字机以及她练习需要的所有的书，还帮她付了考试的钱。她对此感到很高兴。于是这成了我们之间的秘密，如果西塞莉发现一丁点她所做的事情，她就会炒了伊特尔。在牙买加这种地方，一个女仆差不多二十便士就能买到。

从那以后，伊特尔每周都来看我，把穆斯格雷夫女士路的新闻告诉我。这可是一个很好的安排，正如孙子在三十六计中第十三计说的那样，战争艺术的原则是，雇佣一个卧底去打探消息。

先知者，不可取于鬼神，不可象于事，不可验于度，必取于人，知敌之情者也。

第十三章　谋攻

我再去见格洛丽亚的时候，把那枚戒指带上了，因为王霏说得对，这戒指和格洛丽亚的那根项链配极了，她把那根项链锁在一个盒子里，然后放在她柜子的最里面，只有特殊场合她才会戴。但那枚戒指她却想马上戴上。它非常配她，好像就是为她买的一样。于是她伸直手指然后伸长胳膊去欣赏它在她的手指上有多优雅。它真的很配她，真的。那个东西让她的皮肤看起来饱满水嫩。她戴着它，非常高兴，于是我想也许这对她来说意味着比对我来说更多的东西。于是我也没讨人厌地去说王霏以及她那些令人猜不透的古怪行为和说过的话。况且格洛丽亚也不想听关于王霏的任何事情，因为这就是格洛丽亚在我结婚之后所保持的一贯状态。她不想听关于王霏的任何事情。我们继续保持着从前的关系，就跟王霏不存在那样，因为娶了王霏并没有改变我和格洛丽亚之间什么。我依旧从她那里收保护费，依旧保护她，我依旧去她那喝立顿黄标茶包泡的茶，依旧每周去看她三次，依旧跟她说这说那，因为格洛丽亚是唯一还在乎听我说关于我自己和生活对我来说意味着什么的人。

然后她对我说："我有些事情要告诉你。"

于是我说："什么？"

她说："我有孩子了。"好吧，幸好我伸手抓住了一把椅子的扶手把自己稳住了，于是我顺势坐下，因为我的膝盖不受控制地要让我跪在地上。

“你知道这事多久了？”

“上周知道的。好吧，我觉得可能过了两个月了。我只是想确定没有弄错。”我能肯定，格洛丽亚不知道现在该做什么表情。她不知道她是应该高兴呢还是担心呢还是生气呢，因为她不知道我怎么看待这个消息。实际上，我也不知道。

于是我说：“那你打算怎么办？”

她问：“你什么意思？”

“你想怎么着……它？”

“你的意思是说，把它做了？”

“不。我是说你打算怎么办？你想留下它还是怎么着？”

“你想怎么办？”然后她看着我，现在她有点害怕问题的答案了。

“这跟我没关系，格洛丽亚。这不是我的孩子，是你的。”

“你不知道怀孩子是两个人的事？”

“你说这是我的？怎么能那么肯定呢？”

她站在那，直愣愣地看着我。然后她说：“好吧，如果你说这个孩子不是你的，也行。我会继续我的买卖然后自己处理好这件事。”

“我不是那个意思，格洛丽亚。我只是对这一切感到很惊讶。如果你说这孩子是我的，那就是我的。但还轮不到我去为它做决定。它不会像改变你的生活那样也对我造成什么影响。”然后她的表情轻松了下来，因为她能看到，我真的给了她一个选择，而她的表现好像是她从未想过我能够这样处理这件事一样。实际上，就像这样尊重她的选择。

于是我跟她说：“你无论做什么决定我都支持。但如果你决定留下它，你得让我在一个比这儿好的地方照顾你们。”然后我环顾四周，这房子装修得仿佛就是为了取悦男人似的，而她清楚知道我的意思是什么。“反正我早就想让你别再干这营生了，但一码归一码，这营生不适合怀孕的女人。”

她却笑着说："有些男人看到怀孕的女人更来劲。"

"不能在我儿子身上搞。"

"谁说它一定是个男孩？兴许是个女孩呢。也许她会成为牙买加的第一任女总理。"

"也许吧。"

在那之后，格洛丽亚开始去找一个新地方住。她和她姐姐玛莎找遍了整个金斯敦，但实际上我更中意巴比坎这个地方。那里又新又干净，而且有很好的邻居。但我什么都没跟格洛丽亚说，因为如果我跟她说了巴比坎这个地方，她会搬到莫娜海茨去。她不喜欢让我来告诉她该做什么。她说我没这个权利，尤其是在我娶了别人之后。但到最后，其实没什么好担心的，格洛丽亚和玛莎找到了一套非常好的三室一厅的房子，那里有三间卧室，两个浴室，还有一个精致整洁的小院子，就在巴比坎。

有一件事我实在想不明白，那就是为什么过了这么多年都没事，现在格洛丽亚怎么就这么正好、偏偏和王霏赶在一起怀孕了。于是我认为这是命运对我的安排，或者这也许是格洛丽亚为自己做的打算。

当伊特尔再到商店见我时，她告诉我说王霏开始去主教的小屋去见一位神父，然后他也去穆斯格雷夫女士路拜访她。他叫迈克尔·基利神父，又年轻又帅，这就是伊特尔说的。她说他长得像电影明星杰夫·钱德勒，"但是比他在《断箭》那部电影里扮演的印第安酋长克齐兹要黑一些。"伊特尔说他甚至有钱德勒那样卷卷的灰白色头发以及脸上的酒窝。于是我又多了一件要去解决的事情。

我派芬利去打探消息，然后确定了基利神父是美国华盛顿神学院里刚毕业的毛头小子，尽管他曾经是一个金斯敦男孩，后来和耶稣会会士一起在圣乔治学院上学。伊特尔告诉我说他和王霏一整天一整天地坐在走廊上或者在那边的大芒果树下荡秋千，所有的时间都在聊天。

这事儿似乎已经进行了好几个月了，但直到这时伊特尔才决定告诉我。她说她不知道怎么去说这件事，但她还是说了，有一天半夜当基利神父敲门时，亨利先生很生气，他走出去然后让神父回家。

“亨利先生不是个容易发火的人，于是我猜也许在王霏小姐和神父之间有点什么不可告人的秘密。而西塞莉小姐则同样看重这件事情。当他们在走廊里谈话时，她就会使劲弹钢琴，声音非常大。她唱那些当她还是个卫理公会教徒时，跟约翰·韦斯莱学的歌，所有的歌都是关于罪人要在地狱里被火烧之类的事情。”

“昨天，西塞莉小姐和霏小姐大打出手，好像是关于霏小姐怎么和一个神父在一起混以及她都跟基利神父做了什么。然后西塞莉小姐骂霏小姐她的一生都是怎么被宠坏了，还有她是怎么让她父母把她送到‘圣母无原罪始胎会’去当一个寄宿生，而那学校就在家门口的路上，她这样是为了和她那些有钱的朋友们在一块儿，然后她也能装成和他们一样像个白人。西塞莉小姐又说霏小姐是怎么把她的时间大把大把地花在参加聚会和打网球上，而她本可以利用这些时间去学习的，西塞莉小姐认为，网球不适合牙买加女孩去消遣。然后西塞莉小姐还说，他们让霏小姐进网球俱乐部的原因是她一半的中国血统以及她有钱的爸爸。”

“然后事情就变得很糟糕，因为西塞莉小姐总是认为霏小姐自我感觉比除她之外的每一个人都要好，因为她的皮肤那么白，她可以完全忘掉她是从哪来的。好吧，菲利普先生，就在这会儿，霏小姐开始告诉她妈妈，她一点都不为自己的肤色而感到羞耻，反倒是西塞莉小姐为此感到羞耻。所以西塞莉小姐矫揉造作地表现出种种的优雅和品尝她的伯爵茶以及果酱夹层蛋糕，好让她看起来像是一个白种英国女人。”

“然后整栋房子都能听见她俩的吵架声，当一切安静下来时，我们都以为西塞莉小姐把霏小姐的嘴打烂了，因为只有这样才能让她安静下来。但事实并不是这样，接下来大家都听见钢琴盖被‘咣’的一声合上了，这声太大了，整栋房子都颤抖起来。然后霏小姐跟西塞莉小姐吼，说她从来没有关心过自己，说西塞莉小姐这一生都在报复她，因为她嫉妒霏小姐，然后还有西塞莉小姐怎么——”伊特尔突然不说了，就好像害怕会口无遮拦说出什么不该说的，然后她也不知道她是否能够继续跟我讲这件事。

于是我说：“继续，没事的。”但伊特尔还是非常害怕跟我继续讲，而我只能又跟她说了一遍：“继续。”只不过这次我又对她说：“挺好的。你想喝一杯清水或柠檬水或其他什么吗？”

于是她答：“好的，一杯清水吧，谢谢，菲利普先生。”后来她在椅子上扭了两下，好像在放松她的后背，我告诉汉普顿去给她拿一杯冰水。她静静地坐在那，当汉普顿回来时，她一下子喝光了整杯水，就跟要渴死了似的。

然后她说：“霏小姐说因为她不断地跟西塞莉小姐吵架争斗，她才会嫁给你，为的就是摆脱西塞莉小姐。但是现在她发现了……”然后她又停下了。

“继续，伊特尔，没事的，真没事。”

“她发现了和你住在一起跟和她妈妈住在一起一样糟糕。甚至更糟糕，因为你是一个贼，你还嫖妓，然后在城里做各种下流的事情。”

“那西塞莉对这怎么说？”

“西塞莉小姐说，她在一个种植园专给奴隶住的小屋长大。她说小屋的地板就是硬泥土，那个地方纯粹是痛苦和不幸。‘你能从墙上闻到不幸的味道，我每天就祈祷，祈祷上帝能怜悯我的灵魂。’这就是她跟霏小姐说的。然后她接着又说：‘如果那对我来说足够好，马修斯路是个对你来说也是非常好的地方。’事情就这样结束了，因为接下来我们听见的是轿车从车道上启动的声音，然后霏小姐就走了。

“之后，当我走到音乐室时，我还担心霏小姐会当场流产，因为她们吵得太激烈了。”

于是我决定，我唯一能做的就是去见见这个男人。我打电话先预约，然后当时间快到了时，我洗了个澡，换上一套好西装。

当我到了主教屋时，我见到了这个平静而温和的男人，他说话轻轻的，好像是害怕上帝会听见似的。当我与他握手时，我觉得他的皮肤是那样柔软，我的手好像要沉没并消失在他的掌心一样。他身上每一点都好像要把你整个人融化进去，但这种感觉倒还不错。实际上，它能让人感到安心。

我告诉他，我知道我老婆来找过他。我不想知道她跟他说了什么。我知道那是属于他们俩之间的秘密，因为他是神父。但我想让他见到我，让他知道我也是有血有肉的人。我不想让他根据王霏的描述来想象我是谁。也许我和他可以互相认识一下。不是谈论王霏或者相关的事情。也许我会帮助他做一些在他神职任期内的好事情。我只想让他认识我、了解我这个人。

他盯着我看了很长时间，在这段时间里，他用手捂住了嘴，好像是他在想好说什么之前什么都不想说。然后他跟我说：“仁慈的上帝已经知道你是有血有肉的人，他的大门永远为你敞开。他所需要你回报的只是你也向他敞开的心。”

在那之后，当我再去拜访西塞莉时，我都会带上很多果仁冰激凌，接着我坐在走廊上跟她一边喝柠檬水一边看埃德蒙德在花园里干活，就跟过去的时光一样。

我开始定期去那里，但我从不提起王霏，甚至有时在她也在那儿的时候也不说起她。我只是跟西塞莉聊天，就跟王霏不在一样。有时达芙涅也会过来和我们坐坐，她话不多，就是坐在那看着我笑。她喜欢给我倒茶，然后催促我赶快喝干最后一滴牛奶并吃完最后一点三明治。

我喜欢我自己。但也有一件烦心事，那就是王霏的小弟弟肯尼斯经常偷偷问我，我有什么活能让他来干。每次我都找借口敷衍过去，因为这孩子现在应该上学，但他太想在街上混了。

当王霏快到预产期时，他们把她送进久望路上的医院。她在那躺了一周，后来人们开始感到不耐烦，决定无论如何要让她把孩子生下来。我觉得王霏也想赶快把这孩子生下来，因为她不再抗议，所以这一定是她想要的。

那是个男孩。我告诉王霏，我要按张和我去美国的哥哥的名字来给他起名，管这个孩子叫秀全。她什么都没说，但当我离开医院时，我听见她抱着他跟他轻轻地说话，她管他叫卡尔。

格洛丽亚在公立医院生了一个女孩。这个地方是她选的。她管她的孩子叫埃丝特。那是格洛丽亚妈妈的名字，然后她所有的亲戚都从乡下过来看她。他们又高兴又骄傲。玛莎不断地对着那婴儿说“玛莎姨妈”，抱在她的胳膊里温柔地摇晃这个孩子，格洛丽亚带着女儿看起来安顿了下来，而且她很高兴，尽管我试图说服她要给她一些帮助，她只是说，不要。

当王霏和孩子从医院回到了家，她令我感到惊奇。我以为她会把儿子扔给妈和蒂莉去照顾，但事实并不是这样。王霏突然间变得充满母性，于是我想这也许是她一直都想要的，她终于找到了她真正想做的事情。而且这是自打我认识她以来，第一次看见她真正开心。

连妈都会因为王霏和孩子在家而开心。她跟王霏讲孩子衣服的事，每次王霏把他放下，她都会轻声跟孩子说话，表示她对他的爱意，看起来王霏也并不介意妈抱一抱孩子。

妈说："这个孩子长得和杨宝小时候一模一样。"

王霏问："杨宝那会儿长得什么样？"

"杨宝是个强壮的男孩，聪明，非常聪明。他学什么都比其他小孩快，而且他很高兴。他爸爸把他扔上去，他就哈哈大笑。就这样扔上去……"然后我想耶稣基督啊，我站起来为了能从窗户看到外面发生了什么，当然妈是抱住那孩子的胳肢窝的，然后她把他扔上去，他咯咯地笑着，王霏站在桌子旁边，扶着桌子，她得抓着点什么，要不她就要把孩子从妈的怀里抢过来了。我对她的自我控制能力感到很惊讶。

扔了三四次之后，妈筋疲力尽，她把孩子还给王霏，王霏把他放进摇篮里。于是我坐回到椅子上，继续读报纸。然后妈跟王霏说："你想念你妈妈吗？"

"其实不怎么想。"

"那你为什么一个劲儿地往回跑？"好吧，我觉得这一段我得听听，于是我从椅子上站起来蹲在窗户底下，这样她们就看不见我了。

"事情其实挺复杂的。"

"复杂，什么意思？"

"妈妈和我是吵架，但是…"

我能听见妈不再搅拌准备用来做油炸什锦点心的混合了牛奶、鸡蛋及面粉的面糊。可以想象到，她就站在那，看着王霏，等着她继续往下说。

"我想念那栋房子，也愿意和我弟弟妹妹们在一起。"

"是的。那你爸爸呢？你想你爸爸吗？"

"是的。"

"是，当你离开一个地方时，必然会有很多思念。就跟你离开一个国家一样。一个像中国似的国家，你从那坐船到了另一个地方。那有很多让你想念的东西。但是回不去了，是吧？太远了。不仅远，而且时间也过去太久了。”

“你现在还想中国吗？”

“每天都在想。想那里的稻田和开阔的天空，那里的村庄，想我们的家和孩子们的爸爸。他是一个好人，一个值得尊敬的人，一个本分的农民，就跟秀全一样。他跟他爸爸一样都是庄稼地里的好把式。”

“你想念秀全吗？”

“当然，当然想念他，想念说得都太多了。这对你又有什么好处呢？这事也来了，那事也来了。打仗，死人，新国家，一个儿子走了，一个孙子来了。谁告诉世界让这么多事发生？这就是佛说的，想要高兴就要少经历一点痛苦，少经历一点痛苦就要没有欲望。你得接受你有的东西。所以现在我在这跟杨宝还有张一起过。”

我听妈和王霏在一起聊天真高兴。也许妈和王霏之间的战争并不会永远持续下去。真的没什么别的比这更让我松了口气。也许秀全从中起了不少作用。但还有两件事是现实摆在那的。

第一，尽管张就跟得了个跟他一个名字的孙子一般高兴，但王霏从不叫这孩子秀全。她总是管他叫卡尔，尽管这座房子里的每个人都意识到了这点，但他们什么都没说。第二，王霏依旧往主教屋跑，所以基利神父的事还没彻底解决。

孙子云：“上兵伐谋，其次伐交，其次伐兵，其下攻城。”于是当我听说年轻的伊丽莎白女王将要在访问澳大利亚的中途，抽出两天时间来访问牙买加时，我跟克里夫顿·布朗说，我需要一份让西塞莉·王参加这场在皇宫举行的盛大宴会的请柬。

“你他妈的怎么觉着我能做成这事儿啊？”

“你是警察，你当然能做成。你怎么做是你的事。如果你需要钱，我给你就是了。但你得履行诺言，哥们儿。你得把场面给我搞活了。我要两张请柬，一张给我老丈母娘，一张让她爱请谁请谁。”

西塞莉带着达芙涅去了，她都不知道怎么感激我。喝伯爵茶和吃果酱夹层蛋糕这么多年，她终于要去见英国的女王了。她其实已经被介绍给女王了。这就是克里夫顿·布朗的能耐。

三周之后，我让汉普顿陪着西塞莉和达芙涅去迈阿密进行了一次短暂的购物旅行。他们开心得快到月亮上去了。他们在那玩得非常好，给我带回来一条领带、一瓶剃须液还有一件浴袍，尽管只有上帝知道他们是咋想的，给我买这些东西。但对于达芙涅来说，只给我东西显然是不够的，她想请我吃饭，然后我们就能坐下来一边吃一边打开那些礼物，好像它们真的是什么了不得的玩意儿似的。

于是我去了穆斯格雷夫女士路，跟西塞莉、达芙涅还有最小的弟弟肯尼斯一起吃鸡肉，这个小弟弟一直盯着我看，好像他等不及晚餐结束好把我拉到一个角落里，再次求我带上他给他点事做。我已经讨厌再跟这个男孩说不了，于是我细嚼慢咽我的食物，然后和西塞莉聊天，希望这孩子被我拖烦了之后自己去找点事干。

可以肯定的是，当他吃完之后他开始变得焦躁不安，因为我还在一边嚼着食物，一边跟他的妈妈姐姐聊天，看起来我这顿饭吃到新年也不会结束。于是肯尼斯站起来就跑了出去。感谢上帝，他终于走了。

吃过饭，西塞莉说我们可以坐在走廊上，于是我们就那么做了。达芙涅坐在那，全神贯注地聆听我跟西塞莉聊天中提到她和女王见面以及去迈阿密购物旅行的每一个细节。正是在这时，达芙涅跑进屋子，取出了那些礼物，让我当着她们的面打开。当有人送我东西，对我说谢谢时，那感觉真是好极了。这不是经常发生的事情。实际上，连我自己都忘了上次我收到礼物是什么时候。

就在我要表现出很感激很高兴的样子对她们说谢谢的时候，达芙涅起身过来，亲了我。就那么在脸颊上亲了我。然后她又坐了回去，扯平了她的短裙。我太惊讶了，我看了看她，但她的目光越过了我，好像我身后有什么人过来似的，但其实我身后并没什么人。于是我又看看西塞莉，但她似乎什么都没注意到。

到了我定期捐款给基利神父的孤儿基金以及他关于农村地区的医疗和教育工程的时候，他已经开始让我叫他迈克尔而他叫我宝。

有些时候，我们就坐在主教屋聊天，他告诉我他的工程是怎么运作的，都是他在找话题。另一些时候，我们出去吃午饭。迈克尔是个谨慎的男人。他从未跟我提起过王霏。同样，我也知道，他也从来不对王霏提起我，因为她从未在他面前说起我，而且我想如果她知道我总来见他，她一定会说点什么的。

于是我觉得我实践了孙子的理论。我分散了王霏的联盟。不是因为王霏那样看待西塞莉，而是因为她当作避难所的穆斯格雷夫女士路的房子现在是我的了，因为西塞莉、达芙涅还有伊特尔都被我收买了。正如基利神父带着他的上帝和他的希望来找我，想从我身上发现点仁慈一样。与此类似的是，亨利 · 王也将会把我完完全全地看成是他的女婿，因为这是我的下一步棋。

第十四章　兵不厌诈

到了 1950 年，牙买加的经济开始繁荣，大部分原因要归功于铝土矿的发现。但是巨大的经济利益却被海外的铝业公司分去，他们在这投资开矿，因为直到 1954 年，布斯塔曼特政府同意出口铝土，10 美分一吨。当 1955 年政府改选了之后，诺曼 · 曼利谈妥了新的条款，铝矿土的矿区使用费和税金提升到 1.4 美元一吨。相对于那些国外的铝业公司所挣到的钱，这些税收是太少了，但是牙买加的确不断地在挣钱，而且人们找到了工作和获得了培训。这样虽然好，但这依然不能让我停止觉得，整件事就跟当年种植园的利润最终去了英国如出一辙。这就是当年的模式的翻版，包括那些法律条款，它们是为了保护那些外国人的权利和地位的，用他们的话来说，就是为了让外国人感觉更加自信。

当完成了所有能说能做的时，人们还想赚钱，于是发展了工业、农业和第三产业，尤其是旅游业。酒店、宾馆如同雨后春笋一般出现在这里。牙买加很高兴，它跳着、舞着，并且渐渐发福。于是，就跟四十年代金斯敦地区到处是美国水兵一样，在五十年代，奥乔里奥斯充斥着很多有钱的名人——洛克 · 赫德森、凯瑟琳 · 赫本、诺埃尔 · 科沃德、克拉克 · 盖博、约翰 · F. 肯尼迪——数不胜数，他们在那晒太阳、游泳、开开舞会。牙买加成了白人的派对天堂。他们之中的有些人就住在当年我和王霏度蜜月的那家酒店。

于是我就对亨利 · 王说我们应该一起做生意。他有批发商和酒商，而我有一辆小面包车和一群哥们儿，于是接下来，汉普顿和米尔顿就开始忙着给北部海岸的每一家主要酒店送食物和酒，而我跟亨利·王的合作关系则让王霏非常恼火，但她却对此无能为力。亨利是一个生意人，他只关心怎么能赚到钱。

尽管我理解她的感受，但实际上她已经没地方倾诉了。她已经不能向任何人抱怨我了。而更坏的是，她又怀孕了。她抓狂得跟在地狱里一样。我保证我把这件事及时准确地告诉了基利神父，于是她也不能做除了怀孩子和当它出生以后给它一个完整的家以外的事，因为她不能在他面前做其他的事让自己蒙羞。

实际上，我对这件事感觉并不好，因为她怀上孩子那会儿，每次我们发生性关系，都是我逼她就范。倒不是说向来王霏在这种事上有多么配合，但那会儿状况确实比较糟糕。每次都免不了一番挣扎反抗、推拉扯拽。她甚至想用床头灯来打我，但电线太短了。

我不知道自己被什么控制了，只是想给她一个教训，让她对我不屑一顾，表现得自己比其他人都好似的；比那些对我十分重要的人都好似的，妈，张，芬利和其他男孩；就跟她真的在我们头顶上似的。而她对我们不屑一顾的表情，看起来好像在闻什么腐烂的肉。这让我想起来，当你从格洛丽亚家里跑出来不小心撞到一个白人时，他也会这么看你，那表情非常鄙夷，好像在说，你就是来收保护费的一个小混混，而他自己则不是什么小混混，从那栋只有上帝知道他做了点什么并且为此付钱的地方出来——而我在那的唯一理由是去保护那些女人，以免她们受到他的侮辱和伤害。但莫名其妙，他们并不这么看这件事。他们只是带着那副表情。无论你给他们提供什么样的服务，你都会看到相同的表情，好像他们认为你是一只蟑螂，而他们没有抬脚上去踩你已经仁至义尽了。

于是我抓住她的胳膊然后把她放倒在床上，尽管她在不停地哭闹，双腿乱踹，我还是上了她。

事情很快就办完了，但在那之后，我并没有变好的感觉，而结果却是，她怀孕了。所以我不能说她有多生气，她有多不想为这个孩子做点什么。那孩子就在她肚里，当它出来时，她会很开心的。

我去医院把她们接回来，我发誓如果我不把孩子抱出来放进车里，她就会把孩子扔到医院不管。我把装婴儿的筐放在车后座上，因为在回马修斯路的途中，王霏连抱都不愿意抱那孩子。三个星期后，医生给我打电话问我婴儿的名字叫什么，因为我们得给她登记户口。但我从王霏的口中得不到一丁点东西，于是我就那么看着那小东西躺在那，随口对电话说："妹。"

"妹？"

"对，妹妹。"然后我跟他拼读了这个名字。于是我听见莫里森医生挂断电话的声音。也许他在挂电话之前长叹了一声，我不清楚。我只能说，他对这样给我打电话有点不高兴了，一个大忙人，从老远的苏格兰跑到这岛上来帮助我们，也是。

尽管我不清楚那些人来这干什么，但我们也应该表示一下感激之情，因为就算曼利先生在忙着成立独立政府的各项运动时，我们始终还在有组织地筹备纪念威廉·宾上将和罗伯特·维纳布尔斯将军登岛三百周年的庆典[1]。我不知道我们为什么要做这件事。这就跟我们觉着英国人给了我们什么值得骄傲的东西一样，那些除了奴隶制和被一个四千英里以外的政府统治之外的东西。这并没有让我对牙买加感到骄傲，而是更多地提醒我我们还在被殖民，而这又有什么好庆祝的呢？但这无所谓，庆典需要吃喝，能帮我做生意，所以至少从这点上来说，

---

① 1655 年，西班牙被威廉·宾上将和罗伯特·维纳布尔斯将军赶出牙买加岛。西班牙人被迫逃离该岛，但逃走以前将他们带到山上的奴隶释放，这些人日后成为英国人的眼中钉。

庆典还是好的。

后来某一天，我在国王大街经过站在中午大太阳底下的莫里森医生。他就那么站在那，满街的轿车和人力小车，汗水和噪音让他显得恨不得让人把他给推倒。那会儿我还在想，是要把他拉回来还是让命运决定该不该把他的命拿走。可能莫里森医生已经不想当医生了，或者医院让他厌烦了，或者他觉得这是一个让他能够尽快回到爱丁堡的方法。这是他的事，但当我想到即将有个可怜的人儿会因为在光天化日之下把这白人撞死而进监狱时，我决定自己还是过去把他拉回来。于是我穿过马路，一把抓住了他。

在我把他从大街上拉回来之后，我带他去了一家酒吧，让他坐在那，点了一些朗姆酒。酒保一脸奇怪地看着我，好像在说："你他妈和这白人在这干吗啊？"好像我要敲诈他一样，而这酒保不希望我给他的酒吧带来任何麻烦。但无论如何，他还是把朗姆酒给端上来了，并给我俩一人倒了一杯。

莫里森一口就把杯里的酒全喝了，把空杯放在桌子上，对我说："我是一个长老会教徒，我不喝酒。"于是我盯着他，非常肯定地知道我正在盯着一个绝望至极的男人。我啥都没说，只是让酒保再把瓶子拿来，然后又给他倒了一杯。当他把杯子举起来时，他对我说："其实，你要是把我扔在那，对你更好。"

"那不是很糟糕吗？"

"是啊。"他喝了一小口，然后又用手蘸了一小滴并把它舔光了，就跟一个真正的酒鬼似的。我在那等着，因为我知道，一会儿这可怜的男人就会告诉我，他之所以会在大中午的站在国王大街上和死亡共舞的悲惨遭遇。人们都是这样。他们想告诉任何一个有时间和耐心去倾听的人。

事实证明，莫里森有一个妻子，一个非常好的长老会女人，在一家教堂做志愿者，来照顾年轻的妈妈们，于是我就想，在这种地方做志愿者有什么特殊的，但他说："不是的，我是说小孩子们。有一些女孩只有九岁或者十岁那么大。"于是我点了点头，表示我觉得这下没问题了。莫里森夫人千里迢迢地来到牙买加，把上帝的福音带给那些可怜的女孩们。当她还在苏格兰时，她在她的教堂期刊里发现一则关于这里情况的公益广告，于是她决定过来帮忙。莫里森其实是跟着她来的，因为他觉得她是一位这样虔诚的基督徒，所以他也想跟她一样做个虔诚的基督徒。但他不是。他身体不好，所以他不能给她她真正想要的东西。那是上帝给每个女人的恩典——就是她能听见小脚丫蹬水的声音。他就是这么说的。于是我心里想，直到我意识到莫里森夫人想要一个孩子之前，我都不知道莫里森在说什么。这就是事情的原因吗？这就是事情的所有经过吗？一个傻女人想要个孩子？不，我不觉得这是，但我什么都没说，我只是又给他倒了一杯酒，然后想知道她为什么不能领养一个。她所在的那个地方很方便就可以领养个孩子啊。然后我想到了，这虔诚的女基督徒也许不愿意养一个黑皮肤的孩子，这可能就是她直到现在尚未功德圆满的原因，莫里森这样说的。

就在我坐在那看着长着一头姜黄色头发和一双胖手的莫里森的当儿，我开始想生孩子这事对于一个牙买加女人来说意味着不同的东西。也许永远不会一样，不是因为奴隶制，而是这里本身就跟地狱一样。因为对于牙买加女人来说，生孩子就是生命的一种延续，也许更是悲惨命运的一种延续。她并不把这种事当成她的成就。她只是把它看作是一件她必须完成的事。好吧，不管怎么说，我也是这么想的。

当我再抬眼看莫里森时，我看见他几乎要被刚喝下的朗姆酒搞哭了。于是我意识到，我等待的时间到了，他正是这会儿要跟我讲自己为什么会在大中午出现在国王大街上想自杀。但事与愿违的是，他并没有说这部分，而是变得十分安静，然后把自己收拾整齐，好像要离开那里一样。于是我跟他一起站起来，说道："这没什么，你知道的，你说什么都行。"

但他看着我，好像不太相信的样子，他说："多谢你今天好心相救，但我真得走了，要不玛格丽特该担心我出什么事了。"于是我就让他走了，尽管在开门的时候，他几乎跌倒，门外明晃晃的太阳刺伤了他的眼。

几天之后，我从贾奇·芬利那听说，莫里森在全城都有欠款，而他却还不起。这人是个赌棍，尤其喜欢赌马。好像凯曼纳斯公园里马场的那群人看到他来时，都摩拳擦掌，准备赢他的钱。他真是一个大输家。并且他还在城里赌马，最坏的事情是，他欠了路易斯·德弗雷塔斯一屁股债，被人追着要。

"你是说那个虚伪的混血白人？就是那个从蒂沃利花园来的那个人？"

"是的，哥们儿。"

"莫里森怎么跟他扯上关系了？"

"这是意外。莫里森就是想找个人跟他赌。他其实不知道黑道上谁和谁有联系谁在干什么买卖。他就是想找下一场赌局。于是德弗雷塔斯就派了几个男孩跟他搭话，而且事情就在后来的一个下午变得很糟糕。反正这就是我听说的了。后来他想穿过国王大街，在半道上，他停了下来，站在大太阳地下，就跟你当时发现他时一样。我想他并不是真想干什么，只不过就是在大街上停了下来。"

当我回到马修斯路时，那地方挤得要命。这是周一、周三和周五的惯例。张在院子中间跟"花呢袜"麦肯齐、胖陈还有从唐人街委员会来的李先生在打牌。妈跟一些老女人坐在院子里面的小桌上打麻将。新生的婴儿躺在她自己的小床上，穿着一件我的旧T恤，吮着一个芒果核。王霏和秀全都没在家，跟惯常一样，她走到哪都带着他。

我把小宝抱起来哄了一会儿，我跟陈太和冯太说了再见，然后我看见蒂莉正在用水浇火腿，准备把它腌好了晚上吃。晚餐之后，房子空了，妈去了庙里，我跟张说了莫里森和德弗雷塔斯的事情，然后他对我说：“你到底想从这医生身上得到什么？”

“我付了好多钱给医生们，有为王霏和孩子们的，有为格洛丽亚和她的孩子的，我需要给我的那些女孩做一些事情了。”

“你是说那些婊子们？”

“你为啥总那么叫人家啊？”

“因为她们就是那种人。”后来我就那么看着他，因为就算是过了这么些年，他始终不能放弃对这种事的成见，而且不断地提醒我他对这件事是什么看法，尽管从这些女孩身上挣到的钱被换成食物摆在餐桌上。不知什么缘故，在他的脑海中，始终存在着两种不能统一的想法。也许是因为他希望还能免费获得他想要的任何一样商品或者服务——草药商、理发师、药、衣服、鞋子——当他想吃白食时，他依然去唐人街。

“好吧，这花了我很多钱，然后我想如果我能找个医生的话，我可以省下一些钱。”

“你不给他钱？”

“不给，他只是帮我一个忙。”

“那你帮他什么？”

“我能让他的赌债一笔勾销。”

“你把它们都买了？”

“我觉得这很值。因为就算他在此后一年一年地还，他始终还是欠着我的。而且我还能保住他的面子，因为我不会对他的妻子提起这件事情，所以他可以在她面前继续做一个虔诚的基督徒，正如她所希望的那样。”

“德弗雷塔斯不是老实生意人。他一旦察觉你想请这个医生，就会提高赌债。这也许不划算。”张不再看我，就跟他在想事情一样。然后他说：“你可以让德弗雷塔斯一笔勾销你的债，你也可以帮他一个忙。”孙子云：“不战而屈人之兵，善之善者也。”

第二天早晨，我给克里夫顿·布朗打了一个电话，让他在蓝湖酒吧等我。

“你让我因为这个医生去恐吓德弗雷塔斯？”

“我让你带去一些穿着制服的男孩和一辆大一点的警车去凯曼纳斯公园，告诉他你不能让他就这么在光天化日之下折磨这个白人。告诉他，莫里森已经跟你抱怨了，然后他是一个白人和一位值得尊敬的医生。你不能坐视不管。德弗雷塔斯就会放过医生的。”

“那钱怎么办？”

“告诉他，你不会给他一分钱。他的行事方式很不给你面子，不管怎么说，你来是为了反腐的，所以你不能让他表现出他不尊重你权威的样子。告诉他忘了医生那码子事，要不然你就会让他闭嘴，关闭他所有的生意，然后你会变得非常认真严肃，所以，无论莫里森医生欠他多少，最后还的都会只是一点点小钱。”

然后这种恐吓真的起效果了，因为一周之后，全城都在传德弗雷塔斯免了莫里森医生的赌债。于是我给了他想要的一半，然后他拿着钱就走了。第二天，我告诉芬利去还上莫里森剩下的欠款。

第十五章　武力

孙子云：“知可以战与不可以战者胜。”

但莫里森欠的钱越来越多，他几乎欠了全城赌场的钱。我只能不停地跟那些人解释说，我没有再替他还钱的意愿了。连我自己都烦了。但不管怎么说，他们如果要动莫里森的话，也得先想想我这个人情。于是，最终我下定决心要找他谈谈。

我在一个雨天开车去了医院，医院里的人把我领到楼上的一间办公室，他们把莫里森的名字用闪亮亮的铜字镶嵌在门口，“乔治 · 莫里森医生。”然后来了一个骨瘦如柴、穿着白色制服、长着一口龅牙的护士，她告诉我在屋里等着。我向窗外看去，看到一个中间开满了天堂鸟和鸡蛋花的小花园。那里看起来很漂亮，尤其是那些绕树而造的小木椅子，看起来很有情调。而这一切在雨打芭蕉的滴答声中显得十分安宁。当莫里森进到屋子时，他径直走向窗口，站在我身边，盯着花园看。

“你喜欢吗？”

“是啊，这是个好地方，又清净又安宁。”

“这给了我很长时间的快乐。”

“我很惊奇一个你这样的人会花时间在这上面。”

“我是个勤劳的园艺师。”然后他冲着花园抬起下巴说，“这是我允许自己做的为数不多的娱乐活动之一。”他有自己的小心思。然后他说：“我能帮你做点什么？那孩子好吗？还有你那位娇妻，她好吗？”

我盯着他看了看，然后我跟我自己笑了，因为我实在不明白，像他这样一个有着不堪秘密的人，怎么能表现得这么得体正常呢，而且还是在跟我一起喝了朗姆酒告诉我他的不育之后，还能表现成这个样子，他在想什么呢。也许，仅仅是因为他记性不好，因为我发现白人的记性都不太好。

于是我对他说："她们都很好啊，医生。多谢你还想着她们，但她们不是今天把我带到这来的原因。"

他耸了耸一边的眉毛，惊讶地看着我，好像他不能想象我还能来这干什么似的。于是我伸手从口袋里拿出一叠他的欠条，在他面前举了起来。他看着它们，那表情好像根本不知道那些东西是什么一样，然后我看见痛苦像蛇一样爬过他的面部，而这是他第一次看着我，认真盯着我看。

于是我说："你知道这些东西是啥吗？"但他什么都没说，他就傻乎乎地在那站着，脑袋摇得跟拨浪鼓似的，似乎他觉得现在是一场梦，如果他这么摇下去，自己就会醒来。于是我也摇了摇手里的欠条，从我手的一边摇到另一边，然后我跟他说："现在这些欠条归我了。实际上，你所有的欠条都归我了。我已经把它们全部买下。哪怕你朋友德弗雷塔斯那里的我也都买了。"

莫里森看起来很焦虑，但实际上他对我什么都说不出，就跟他被震撼到了那样，他能做的也就只剩下流汗了，因为现在他那张面团脸变得又湿又红。

于是我跟他说："我不想伤害你，你知道。我没在那上面正经花钱，所以我不能伤到你。"

但他依旧什么都没说，于是我又说："你能想到，在国王大街上那件事发生之后，会发生什么吗？你都没观察到，在那边所有事都变得安静下来了吗？"

他开始张开他的嘴，然后就跟他把肺里的空气都挤出去了似的，他开始说话了：“我以为他可能走了。”

“走了！德弗雷塔斯？你觉得德弗雷塔斯就那么走了，忘了你还欠他钱？”

“我以为他被警察抓起来了，他看起来是那个样子。”

这回我真笑了，放声大笑。我几乎把肠子都喷出来了。当我最终让自己平静下来时，他就在那不知所措地站着，好像他自己不知道发生了什么似的，于是我跟他说：“不是，德弗雷塔斯哪都没去。其他人也哪都没去。他们还在城里，但你现在不欠他们的了，改欠我了。现在我来告诉你的是，到该你准备还钱的时候了。”

莫里森在他巨大的皮椅子上坐下来，听我说话。然后他同意了所有的事情。有趣的是，在我说完之后，他竟然跟我握了握手。这看起来好像是他太害怕德弗雷塔斯了，所以对我的介入感激涕零。

于是，现在我有了私人医生，不用再发愁孩子们生病的事了，而姑娘儿们也不用担心她们的小病小灾了。作为回报，乔治·莫里森医生要保护整个杨家，但只能跟我接触。在我走的时候，我跟他说：“你得把赌瘾戒了。”

我从医院出来以后，我把车开到久望路上，然后下到汤姆·莱德坎姆路，经过上园营，直奔华德沃德路而去，那里的海风轻拂着穿过帕利塞多兹和皇家海港的小轿车。那里有卖炸鱼面饼的，基利神父就好这口。当我到那的时候，他已经把车停好了，正坐在桌边欣赏风景。

“我喜欢看阳光洒在海面和浪尖上。这是一种闪亮光辉啊，是不是？”我对他微笑着，因为他经常能提醒我去发现生活中稀松平常的事物，而我正是喜欢花些时间在欣赏这些东西上。我就在那里站了一会儿，看着他和大海，心里暗暗赞同。

就在那会儿，我真想象不出自己还会待在牙买加以外的任何地方了，因为我想象不出其他的风景会比这儿的充满灵性的风景更好。于是我暗自思忖，虽然我不知道基利神父对我做了什么，但每次见他的时候，我似乎开始考虑关于生前死后、关于对错等等的事情，而且是在他开口之前我就已经开始琢磨了。就跟他把上帝的全部和美善都集中在他身旁似的。就跟天空射下一束光，正好打在他站的那个点上，或者他坐着等着吃烤鱼的那个位置上一样。

当服务员去里面下单时，他开始跟我讲他在附近一个穷困的国家里为孩子们办学校的事。他非常激动。我能这么说是因为我知道每当他把他的上帝带到一个新地方时，他都会非常开心。并且在当地的居民们开始意识到《圣经》的意义要比它所显示出来的一个词挨着一个词的意思要丰富得多时，他也会非常高兴。

服务员把菜端上来摆好之后，在他去叉红色的加吉鱼时，他突然间问我："那孩子怎么样了？"这个问题让我感到非常震惊，我不得不把这个问题在脑海里又过了一遍。"那孩子怎么样？"好吧，他之前从未问过我这样的问题。从来没有过。就在我准备回答他之前，他又说："我经常能看到卡尔，他长成一个大男孩了，但我从未见过妹妹。"在他对我说这番话时，他的注意力始终在盘子里的食物上，好像他装着对这个话题漠不关心似的跟我闲聊。然后我看着他的侧脸，接着想，好吧，伊特尔是对的。他真是个英俊的人。比我年轻。啊，对，伊特尔又对了，他带着酒窝的脸和一头卷发让他看起来确实像在《断箭》、《苏门答腊以东》和《全速返航》那些电影里的杰夫·钱德勒。然后我开始琢磨，好看的标准到底是什么？一个比我年轻的男人问我孩子的事？他跟她到底什么关系？

我不知道时间过了多久，但这会儿我看见他已经不吃了，端端正正地坐在那，看着我，好像期待着什么似的。于是我说："孩子很好，但她已经不再是个小奶娃儿了。"

他对这个答案很满意，然后继续吃他的鱼。而我则开始往回想，这段时间我们都说了什么。我搜肠刮肚地想，但我能想起来的无外乎是他跟我说的孤儿基金、穷人医疗以及农村地区的教育问题。而更早一会儿，他问我为什么每个人都叫我一声叔，因为他听过这样的传言，想让我给他解释解释。于是我就把我刚到牙买加时汉普顿跟我说的话又跟他说了一遍：人们管张叫张叔，是因为虽然他不是你爸，但他却罩着你，你可以依靠他来帮助你。

然后有一会儿，他在跟我谈论什么是贪婪。还有一会儿，他跟我讲什么是傲慢。而我认为最好的话题是他跟我讲什么是淫欲，于是我当时很想知道，他关于这事儿有啥想法。不管怎么说，他们把他从圣乔治学院带出来，然后就安排他在修道院待了七年，而他现在凭什么调过头来跟我谈什么是淫欲？但是那会儿，我想的是，好吧，他是个男的，他们让他跟上帝结婚，所以也许他就是那个最清楚淫欲是什么的人。不管怎么说，我猜他非常想跟我谈点关于格洛丽亚的事，于是我决定避开这个话题，装作我对他跟我说的东西一无所知的样子。

实际上，我觉得他很喜欢说话，而对我是不是在听其实并不关心。但是，在他告诉我，我可以考虑去办告解的那天，我坚决反对此事，于是从那时起他就再也没跟我提过这件事。

“至少，”我跟他说，“我还是想成为一名天主教徒的。”

然后他说：“那好啊，我们正可以致力于此事。”

于是接下来我三个月没去见他，给他足够的时间让他冷静下来。

但现在他就坐在那，故作平静地问我那孩子的事。他甚至连她的名字都知道！他叫她的名字。那名字还是我给她取的呢。王霏都不叫她的名字。当王霏不得不说起她时，她管她叫“那孩子”，而连这都是不常有的，因为王霏大部分时间都当她不存在一样。

于是我跟他说："如果你想的话，过两天我把她带来，让你们认识一下。"

然后他说："好啊，我喜欢这样。"后来他换了话题，开始讲他的新学校。我知道该我付钱了，因为他要么没钱要么要把钱留着干他脑子里的大事。于是我就听着，不跟他谈钱的事。我们不这么做事。但是他和我都知道，下个星期天，当他打开捐款箱时，就会发现里面有一张大额的美元钞票，这会让他很开心。

我吃光了自己的炸鱼面饼，开始暗暗地想，这人身上的什么东西能让我感觉如此平静？除了那孩子的事不谈，我还真喜欢和他坐在一起听他声音中的深沉平和。这跟他说什么没关系，当我跟他在一块儿的时候，我就会有种安全感。我不再瞧不起别人，也不用再去盯着蓝湖酒吧的某个阴暗的角落。我就那么坐在大白天的太阳下面，就在那坐着，无所谓谁看见我。我可以跟他讲我要什么，而这些话不会反过来纠缠我。而至于我为什么跟他隐瞒一些事情的原因在于我要保护他，而不是保护我自己。

尽管最初我跟他接触，是为了断掉王霏和他之间的来往，但这种接触好像对我来说真的值了。如果有人一直看着你，好像他们觉得你还行的话，那这就是这种接触的意义和价值所在。那种人眼中没有害怕你的神情，他对你很好，因为他们相信你的意图是好的。他们相信你有善良的打算和真诚的心。

当我回到在西街的商店时，芬利在那里等我。他递给我一杯冰镇啤酒，对我说："城里对开车送食物这事开始严抓了，他们已经开始对这事儿施加压力了。"

"真的吗？"

"所以咱得找点外援。"

我对他说："那你觉得肯尼斯·王怎么样？"

“你是说霏小姐的小兄弟吗？”

“正是他。”

“那孩子太小太蠢了。”

芬利否定了这个想法。我跟他说：“那你有其他人选？想好了？”

“你还记得跟着德弗雷塔斯的小圆脸不？就小时候见到的那个？就是娶了个西班牙镇傻妞的那个。”

“你是说萨缪尔斯？”

“就是他。他昨天来了，问咱们是不是有活儿给他干。”

“他不当德弗雷塔斯的小跟班啦？”

“他说不了。说他自己已经很多年不为德弗雷塔斯工作了。他现在开出租车，但他一天实在挣不了多少钱。现在他有四个孩子要养，他们吃饭穿衣上学一切费用都得由他来赚。”

“那你想拉他入伙？”

芬利停住了，他开始想。然后他就走回后屋了。五分钟后，他端出两盘牡蛎，一瓶辣椒酱还有两杯红带啤酒。于是我把两个空橘子筐翻过来，靠墙放在阴影里，我们就坐下了。

“他的眼神空荡荡贼溜溜的，我信不过他。我就是跟你说一嘴，因为他昨天来过了，我觉着我得告诉你一下。”

“你确实听说过他什么事让你觉得雇他很冒险？他人很懒或者骗过你吗？”

“那倒没有。”

“那你为什么要跟这人作对啊？”

芬利皱了皱鼻子，从眼角斜着看我，说道：“我就不喜欢他身上那股味。”

“他很臭吗？”

“那倒没有。”

“那你就得给这人一个机会让他去证明自己的实力。要是他不行，咱们就让他走。他确实需要钱，而且我们对人要公平。”

芬利等了好长一会儿，吞下了好几块牡蛎肉后才跟我说：“你跟神父待在一块的时间太长了。”

第十六章　改变策略

1961年，他们进行了一次全民投票，来看我们是否应该退出西印度群岛联邦[①]，尽管诺曼·曼利觉得待在英属加勒比海十三岛联盟中对牙买加比较好，但是布斯塔曼特有一种大岛心理，认为我们应该独立。他说那些小岛会拖我们后腿。于是曼利组织了这次全民公投，输得很惨，这样我们就退出了联盟。

在那之后，国家独立就被提上议程。在1962年的2月，曼利和布斯塔曼特去了英国，跟女王陛下请示，问我们能不能脱离殖民组织，她说，可以。于是事情就成了，牙买加独立了。

这件事情太让人激动了，我几乎不敢相信。洛德·克雷特居然创作了这样一首歌唱独立自由的歌给我们所有的人。

在一个炎热的下午，胖陈的孙女来见我。她叫莫琳，来的时候还穿着校服。我一看到她站在门口就知道麻烦来了。尽管外面有100多华氏度，但这个女孩居然在瑟瑟发抖。于是我叫她进来，让汉普顿给她拿了一些冷饮。

她坐了下来，一口气喝完了一整杯柠檬水，然后开始号啕大哭。但她也就是眼角掉了几滴泪，后来就掏出一个绣着花边的小手帕，擦了擦脸。她轻轻地碰了碰她的脸，就跟个淑女似的。我静静地等着，显然，没有要赶这女孩走的道理。然后她说："叔啊，您别介意我这么

---

① 西印度群岛联邦，1952年由独立的加勒比海内的前英国殖民地组成。在牙买加投票决定脱离后，联邦瓦解。

来找您，因为我听说您能帮人做事，然后我现在遇到点麻烦，觉得也就您能帮我了。”

我看着她，发现她不是因为冷而发抖，而是因为害怕。于是我说：“是这样啊。你跟我说说，看我能帮你做什么。”

“我到你商店来是因为我爷爷经常和张爷爷一起打牌，我不能让他知道我来找过你。”

我看着她，点了点头。然后我看了汉普顿一眼，暗示他该离开了。汉普顿走了之后，她继续跟我讲：

“您别觉着我没礼貌，因为不管您是否决定帮我，我都求您，一定帮我保密。”

“我想，这得取决于是什么秘密，因为有时我得把它告诉另外什么人然后才能帮到你。”

“我觉得，要是我爷爷知道了，他肯定会杀了我的。”

“你现在就跟我说说是什么事吧，然后我们就可以着手去解决它。”

于是她说我听，我觉得她找我算找对人了，因为她确实所处的情况不太好。如果这些都让陈先生知道了的话，他就会飞奔到我这来解决它，而我却得不到任何好处。

于是我问她：“你多大了？”她说十二岁，然后我说：“你还跟谁说过这事？”

“没别人了，我只跟您说过。”

“好，我们就把它当成个秘密吧。你明天这个时间再来，我让你见个人。你不用再担心了。你就把这事儿交给我处理吧。”然后她就开始鞠躬。她抓住我的手，就跟要亲它似的，但她只把它放在她的脸颊上，然后一直说谢谢，直到我告诉她该回家了，她才放手。哪怕在她离开商店时，她都一直在哭，好像永远都不会停止。我觉得对于这个女孩来讲，她哭成这个样子其实只是一种解脱。

第二天，莫里森问了莫琳好多问题后他把她带回医院，给她做了检查。当她离开之后，莫里森跟我说："她很有可能是怀孕了。"但他需要再通过血检和尿检进一步确定。

于是我对他说："你打算怎么办？"

"你什么意思，问我打算怎么办？"

"你怎么把这事儿给了了？"

"我不会让这事儿就此结束的，这是违法的！"

"你说什么？违法？她才十二岁就怀孕了啊！你觉得谁违法了？"

"我是个医生，我发过誓。这就是违法的。"

"那你在东金斯敦干你那大事业时你怎么不担心违法啊？"

"那是完全不同的情况。那些女人是……好吧，她们就是她们，而这个女孩确实是无辜的！"

"好吧，她是个无辜的孩子，并且如果让她祖父知道了，他一定会杀了她，接着她就会变成一个无辜的死孩子。你想让你的手上间接沾上这样的血吗？"

莫里森看着我，然后说："也许玛格丽特能做点什么。"

"不，兄弟！不能再有人知道这件事了！你得想点更好的办法。"

"这什么时候变成我的责任了？"

"当你拒绝为她做流产手术的时候。我已经答应这个女孩我们要帮她解决问题。所以你现在得做点什么，听清我说什么了吗？"

于是第二天，莫里森过来跟我说，他和他老婆想要收养那个孩子，我说不行。然后他请求我，说玛格丽特有多想要个孩子，然后说他知道这对于她来说很重要，并且她也会成为一个非常好的母亲的，也会非常爱那个孩子，好好照顾它，然后他已经告诉她我会让她得到这个孩子的。

"你疯了吗？你缺心眼缺到家了吗？我不能让你收养那个孩子。那些文件怎么办？我们不能用莫琳·陈的名字去上户口，你明白我什么意思不？”

“我明白，但我可以去搞定这些事情。我可以在医院给那孩子上户口，然后说它母亲去世了，父亲是谁不知道。”

“不行，这肯定不行。”

“不，我已经把这些都研究过了。我在希达谷那里的山上有一栋房子。玛格丽特和莫琳可以住在那，我每个星期去看她们，然后给莫琳做产检，当孩子要出生时，我可以给她接生。接下来所有的人都可以回到金斯敦。”

我用完全不信任的眼光看着他，尽管他充满希望地站在那里。

“我以为你昨天说不想做违法的事情，现在你开始在医院伪造文件了？”

“玛格丽特想要那个孩子。”

“她真那么想要这个有一半中国血统的孩子吗？”

“这是她的机会，不会再有了。”

于是我说好吧，在我问莫琳之前，我们不要决定这件事情。她也得同意，因为现在她在想我们会帮她解决这件事。

然后他说，好吧。后来我对他说：“所以你打算让我告诉陈先生，莫琳要在希达谷做什么吗？”

“你确定你不想让我把所有事都想好了？”

我看到他胸有成竹，于是就说好的，就把事先那么放着吧。

所以，现在我得去找到莫琳肚子里孩子的爹，那是一个在军营里的英国上尉。事实上，莫里森认识他。他在皇宫的鸡尾酒会上认识他的，于是我想，是的，这是应该的，因为这群白人喜欢抱团。

“你还知道他的其他什么事情啊？”

“我还听说过他跟另外两个女孩有过联系。”

“有过联系！你是说这个男人上过她们吗？”

“我不知道那两个孩子怀孕没，但我确实知道，他至少还跟这俩女孩有过亲密接触。”

这真让我大开眼界。有人强奸幼女，有人跟我谈紧密联系。于是我跟莫里森说，让那个上尉带着钱来蓝湖酒吧见我。

“如果要做人流的话需要多少钱？”

“你觉着我知道那事吗？”

“那你去查查看嘛，然后告诉上尉带美元来。不要英镑、先令和便士。”

当我见到查尔斯·米查姆时，发现他长得跟我想象中的一模一样。不仅是因为他又高又壮，而且他身板笔直。他直直地站在那，僵硬得好像是一块木板。尽管他没有穿军装来，但是你可以说他全身心地在想为不列颠帝国服务。他是一个人。但他一个人却能命令任何一个人为他做任何事。

他走到桌边，把钱递给了我。就是这样。他甚至都没有把钱装在信封里。于是我也就坐在那，胳膊肘支在椅子扶手上，手托着腮帮子，然后我让他坐下了。尽管他看起来很惊讶，但他还是那么做了。

我对他说：“你好像要在这耍你那坏脾气？”

他看了看我，然后说：“我其实知道你是谁。”

“那我是谁啊？”

“就是一个当地的小混混，觉着自己还不错，能伸手去威胁一个英军里的官员。”

“那你觉得我做到了吗？我指你说的威胁这种事情。”米查姆看了看我，然后把钱放到桌子上，之后扬长而去。

当我回到商店时，我跟芬利说，去银行给莫琳开个账户，把这钱存里面。

到了现在，我们解决了希达谷的事，因为当我跟莫琳谈时，她对那孩子能有一个家而不是连个活下来的机会都没有而感到高兴。我跟她说，她得仔细考虑这件事情，因为这意味着她得怀上九个月而她只有十二岁大。她说，她仔细考虑过这件事了，觉得没什么问题。她见到了莫里森夫人，并且觉得她是一位非常善良的女士。而且那位医生看起来也不错。之后他们把她带到了希达谷，她觉得那栋房子也很好。那栋房子在一处僻静的小山谷里，一条河在它前面流过，有一个河水汇成的游泳池，还有美丽的山以及甘蔗和橘子树。她觉得这一切都会很好。而且莫里森先生也是个医生，她知道所有事情都会被处理好的。于是我说，可以了，后来她问我该怎么去跟她祖父说。我告诉她："你不用跟他说任何东西，我会帮你把事情处理好的。你就把自己的东西准备好，因为我们要在你生产之前开始计划。"

但其实也没什么好方法跟陈老板说这件事。陈先生是整整比我大出一辈的人。我觉着直接过去跟他谈他孙女这一类非常私人的事情对于我来说不太合适。唯一的办法就是我跟张说明整件事情，然后让他跟陈老板说这事，因为他是唯一一位跟陈老板年纪差不多又有声望的人，这样也许能行。

当我跟张说了整件事时，他整个人都疯了。他生米查姆的气，同时也生莫琳的气。

"他打了她？还是他强迫她？"

"都不是。米查姆告诉她说她已经是一个女人了，他要以对待成熟女人的态度和行为来对待她，这让她觉得自己很重要。"

"她是个坏女人吗？"

"不，她只是太小了，就这么多。她就是太小了，所以才犯了错误。"

"你不也知道很多吗？怎么现在自己也搅和进去了？"

"你想让我怎么做？把那孩子扔到我商店门口哭吗？"

“你去跟她爷爷说。”

“然后你觉得会发生什么事？”就在这当儿，张不说话了，因为他很清楚这个问题的答案，正如我和莫琳都知道的一样。

“那个英军上尉怎么说？”

“当她跟他讲了时，他大笑起来。但是他已经给了我钱，这说明至少他承认那个孩子是他的。”

张摇了摇头，喃喃自语道：“钱，钱。”然后他转身，穿过院子走向他自己的房间。后来我能听到的就是木头拖鞋走在水泥路面上，一下一下地敲打地面的声音。

当我把这一切告诉格洛丽亚时，她其实非常了解米查姆。他问了她的一个好朋友，有没有做那种事的女孩，当她说“有”时，他又说：“我是说那种非常非常年轻的女孩。”然后她说：“滚吧你，你以为你在干什么？”然后事情就这么结束了。但她知道他其实在到处打听这事。

之后她问我：“张会帮你吗？”

“我不知道。”

“那你打算怎么办？”

这时我才意识到，这次我真的给我自己惹了一个麻烦，因为没办法好好解决这件事，除非我们能给陈老板留面子。而张是能做到这点的唯一人选。

在接下来的几天里，我担心得都快生病了。我茶饭不思，坐卧不宁，每天为莫琳即将隆起的肚子而感到忧虑，到那时每个人都会很丢脸，并且事情会变得一团糟。我太担心了，以至于把这件事告诉了基利神父，但事后我觉得跟他说就是一个错误，因为他只说他会为我祈祷的。于是我想，好吧，也许我需要我所能找到的所有帮助。

后来，张终于跟我说：“陈老板明天过来吃点心，十一点整，你得在这。”

张早晨早早就起来了，然后自己把所有的东西都准备好了：鸡汤，糯米，香肠、猪肉和花生馅的饺子，虾饺，烤猪肉包子，凤爪，姜香牛肉包以及凉拌菜心，简直是一顿专为陈先生准备的盛宴。

我不知道他跟每个人说了什么，但是当我起床的时候，房子已经空了。蒂莉和妈把妹妹带走了。我冲了个澡，把自己收拾妥当。十一点的时候，陈老板准时出现在门口。

张热情地欢迎了他，然后我们坐下来吃饭。张非常高兴，并且彬彬有礼。他非常周到地招呼着陈先生，虽然没什么特别麻烦的事需要他去做。

“多吃点米饭，陈老板，还是多要点肉或者汤？”张做了够十个人吃的饭菜。然后他跟陈老板侃侃而谈，谈的事情无非就是中国新闻、陈老板的面包店生意，还有陈的儿子是怎么替他跑腿的等等。最后，直到陈老板一口都吃不下去了，张邀请他走到院子里面，他在那放了一把靠背椅和他自己的摇椅，那两把椅子正好在树荫下面，紧挨着鸭子游泳的池塘。

我眼睁睁地看着他俩走进那条小路，两个人低头谈论着什么，我不敢想象张要对他说的话。然后他们坐了下来，张请陈老板坐在他的摇椅上，两个人开始聊天。

他们在那谈了三个小时，在这期间，茶一凉张就喊我给他们送点热的。谈完之后，他们二位并肩走下小路，到了我面前。这会儿我正坐着等他们。

当他们走到我面前时，我站了起来。张说：“陈先生的孙女打算去参加一次游学活动，他想给你看看她的行程安排。”然后就给我看了。陈先生就站在那，点头表示他同意了。他们向对方行礼，非常缓慢，并且头很低，然后陈先生就走出了院门。

张看着那些乱糟糟堆放着的碗筷，对我挥了挥手说：“把它们都收拾下去吧。”之后他就向院子里面走去，把他的摇椅搬回了自己的房间。

第十七章　喜恶因素

每一个人和每一样东西都准备好了。甚至英军都打算悄悄地离开我们。我们十分高兴挥手送别皇家汉普郡军团，因为他们已经在这块土地上统治了三百年了，现在正是他们该离开的时候了。这也是查尔斯·米查姆走的时候。所以当莫琳从希达谷回来的时候，米查姆并没有在那里跟她说再见。

在英国人走了之后，每个人都只关注一件事：1962 年 8 月 6 号。独立日。男的、女的、小孩都洗得干干净净的，穿上他们最好的衣服，然后把整座城市用旗子装饰起来，并且用八天时间来狂欢庆祝。当玛格丽特公主到达这儿时，他们站在街的两侧挥手向她致意，并且在前一天，数千人涌进了国家体育场。

我并没有费事跟着跑到体育场去，因为我并不想看统一着装、前面有个挥舞指挥棒的人的游行队伍，我也不想看男孩侦查方队、女孩向导方队、警察队伍或者穿着传统服饰的舞蹈队。我不想听女王陛下的演讲，或者曼利或者布斯塔的什么东西。相反，我去了蓝湖酒吧，和男孩们静静地喝上一杯酒。在半夜的时候，当我知道他们降下英国国旗然后升起牙买加国旗时，我举杯为此庆祝："干了这杯，为牙买加，为我们热爱的这片土地！"接着我和男孩们碰了杯。后来当我们走出酒吧时，我们看到夜色笼罩下的国家体育场上空，燃放起了巨大的礼花。

当我觉得自己听够了洛德·克雷特为独立创作的歌时，我犯了个错误，因为第二天就是独立日，我听了这首歌每一句歌词不下十遍，他们从各个角落传来，从每一辆轿车、每一栋房子、每一家商店、酒吧还有街角的小吃摊上同时传过来。他们一遍一遍地放着磁带，直到需要倒带时才停，而每次当播放这首歌时，人们都要跟着按喇叭，大声地跟着唱，有时还会跟着拍手欢笑，真是一种发自心底的开心。人们唱啊跳啊挥舞着新国家的旗子啊，然后把它到处插到处放，好像他们在表现自己有多爱它似的。国家的旗子由黄黑绿三种颜色组成，黄色代表我们自然资源的富饶，黑色代表之前的痛苦挣扎，而绿色则代表了希望。

男人们穿着那三种颜色拼成的T恤，女人们则穿着那三种颜色拼成的连衣裙，因为我们已经独立了，并且当洛德·克雷特告诉我们，我们会独立自主、进步繁荣时，每个人都相信了。这令人感到高兴。你几乎不能用一生时间去描绘一幅更加兴高采烈的图景了。

我、张和妈去城里看了一些庆典和游行。我把妹妹带在身边，因为我又不知道王霏去哪了，而且跟往常一样，她是带着儿子走的。但我还注意到，这几天，如果王霏出去的话，有时她也把妹妹带出去。她带两个孩子出去。我实在不知道这一切是怎么了，也许是基利神父告诉她到了对第二个孩子多费点心思的时候了。但无论如何，我还是没跟她说什么。

汉普顿和贾奇·芬利在城里的什么地方，我其实不知道在哪，但今天并不是那种你想去找人的一天。你在路边找到自己的位置，然后你站在自己的土地上。

在整个城里，有钢鼓乐队，有卡利普索乐团，有瑞格舞还有斯卡[①]。然后歌曲《黄鸟》的声音混进洛德·克雷特和拜伦·李以及巴斯特王子和斯卡特拉浓的歌声里，但是这并不影响什么，因为今天是独立日。独立的牙买加。那天是我们的未来，那天真是充满希望，这些希望是

① 以上均为牙买加当地的音乐表演。

英国人从全世界各个角落带来的，我们可以成为一个民族。

那一整天我都没看见王霏。实际上，我觉得她对独立日没兴趣。但她也不是唯一一个对此没兴趣的人。也许不同的人有他们自己的理由去评判独立到底好还是不好。对于他们其中一些人来说，独立意味着我们最终获得了自由。我们终于把过去的奴隶主赶走了。英国人走了，奴隶制结束了。对于其他人来说，比如说诺曼·曼利，我们终于能够掌管自己的命运了。牙买加正在走向强大，这给我们带来了责任。牙买加到了好时候。而还有一些人说，我们切断了和英国的联系，也许我们可以与美国建立更好的联系。而在那些想法之外,还有一些人不会因此开心。他们觉得在英国的统治下更安全，或者说他们觉得女王陛下会比我们自己更好地关照我们自己。当然,也有人其实对是否独立一点都不关心。我觉得王霏就是属于那群人的，因为她并不觉得独立能使她的生活水平有任何提高。尤其是新选上来的总理布斯塔曼特并不讨她喜欢，因为布斯塔对工会的影响实在太强了。也许王霏在担心她那些在圣母无原罪始胎会时认识的有钱的闺蜜们，她们不是嫁了有美国教育背景就是有英国教育背景的医生、牙医、律师、会计，然后他们浅肤色的孩子在银行和保险公司跑来跑去。或者她觉得如果布斯塔曼特给工人们多发工资的话，这就意味着她爸爸的生意会受到影响，她就得再扣掉一部分私房钱，这种想法一直在她的脑海中徘徊不去，因为哪怕是很多年以前我问她，如果和西塞莉的关系处得太差了的话，为什么她不离开在穆斯格雷夫女士路的家而另找一处去住时，她回答说：“谁会去做那事？”

“好吧，你不用因为这个原因嫁给我，或者任何一个人。你是个成人了。你可以就这么走了。”

“那我怎么生存？”

“你可以去找份工作。”她看着我。这就是她一贯的作风，从来都把我的话当耳旁风。

但实际上，我都错了，因为后来当我再问她这事儿时，她跟我说：“我的整个生命都花在演戏上，我得在西塞莉面前装一个白人不至于让她觉得丢脸，同时也得在她面前装成一个黑人，这样她才不至于感到孤独。我得为西塞莉成为一个天主教徒，因为卫理公会实在太黑人化。而且我得在学校表现得笨一点，因为如果表现聪明的话就太白人化了。我得跟西塞莉的风格保持一致，所以她好显示她的财富和阶级，而我得为西塞莉保持自己的贞洁，因为这样她才能保护黑人女性的名声。而我并不知道我的中国血统对于她意味着什么。但无论我做什么她都会插一杠，嘲笑我，讽刺我，挑我刺，因为在牙买加，你的肤色始终是最重要的。”然后她停了下来，过了一会儿，她继续说道，“你觉得独立会改变这些吗？”

格洛丽亚对独立则充满热情，也许因为她是黑人，独立给她带来的好处是直接的，因为白人不会再统治黑人了。所以这是值得庆祝的，尽管你是个女人。但对于我们这种在黑人堆里显得太白、在白人堆里又显得太黑的，或者对两堆人来说都过于中国化的人来说，事情并不是那么简单。而我从王霏那接受到的消息则是：这并不仅仅关乎你的肤色，这关乎你怎么看待你自己和你的生活。

但这对张来说无关紧要。他对独立感到非常高兴，但当我抓到他眼中闪现的那束目光时，我知道他其实并没有在想牙买加的独立。他在想中国，并且在想象 1949 年 10 月 1 日毛泽东主持的开国大典的气氛。

好吧，我知道那会儿的中国一定跟这里不一样，因为中国人对于唱歌跳舞并不擅长，跟牙买加人不一样，牙买加人能跳舞。中国唯一能赶上的地方就在于吃，但那天在牙买加，食物堆得就跟山一样。米饭和咖喱羊肉、鸡肉米饭和豌豆、炸鱼炸鸡、油炸肉馅饼和饺子、西非荔枝果和咸鱼、面包果、炸香蕉、炸小馅饼、椰子蛋糕、香蕉馅饼——就是你能想象到的吃的，现在你都可以就着红带或者喜力啤酒把它们冲进肚子里去，就看你是否喜欢了。而每个人不是在敲钢鼓就是在弹吉他，或者在吹长号，或者就在空中挥舞着胳膊，手上再端着一盘吃的。

我不敢确定我们这样庆祝是不是正确，因为直到现在为止，女王陛下也只说了好的。但好像每个人都觉得我们正在做自己需要做的事情，而对我来说，独立正是我们也许接下来要做事情的开端。当毛泽东在阅兵时，他至少打赢了一场持续了二十五年的战争。而布斯塔却需要向我们展示他有发展这个国家的能力，尤其是在农业、工业、教育和民生方面。且越来越多的人留了下来不愿意去英国，这件事让布斯塔曼特面对的挑战更加严峻了，因为他得照顾更多的人。

我为曼利感到遗憾。他在殖民政府时期就是牙买加的总理，然后他花费了大量的精力为我们争取自由，这包括1944年的选举以及所有和联邦政府打交道的事情，以及为独立极其辛苦勤奋地工作，但当我们真正获得自由之后，他却不得不退居幕后，看着布斯塔成为独立之后牙买加的第一任总理。那也许真的让他很受伤吧。

不到一个星期之后的某天，我去找格洛丽亚，发现她正在为埃丝特上学的事犯愁。

我跟她说："这孩子才十岁。你愁个啥啊？"

然后她对我说："十岁啦，这正是你该为她操心的年龄。她明年不再是个小孩子了。她应该去上小学的高年级，你觉得她应该去哪念？卡尔去哪念？他们俩同岁。"

"我猜他会去圣乔治那边。我能想象王霏会这样为他打算。"

"那小妹妹去哪？去圣母无原罪始胎会学校吗？"

“她才七岁啊，格洛丽亚！你省省吧！”

“才不是这样呢，你得为这事上心了。”

“我们不能把埃丝特送进圣母无原罪始胎会，格洛丽亚，你懂的。那些嬷嬷们会一个劲儿地问她父亲是谁。你想怎么样，在我脑袋上扣屎盆子吗？”

“什么屎盆子？你觉得谁不知道埃丝特是你的孩子？”

“王霏。王霏对这事儿一点都不知道。我跟你在这说这些事是一码事，而当王霏知道了我跟你有一个孩子那就完全是另一码事了。”

“你觉得王霏不知道？你做什么白日梦呢，真以为王霏什么都不知道？”

当我四下观望的时候，我发现门正在关上，缓缓地、轻轻地、静静地关上。然后我意识到，我和格洛丽亚站在厨房里聊天，埃丝特正躲在门后偷听我们说的每一个词，而这些话是她不想听到的。

整件事情让我感到恼火至极。用得着这么大动干戈吗？就跟这真的会影响那孩子去哪上学似的。我从来没上过什么学，但这并不影响我的读写计算，而这些知识足够我做生意了。

但格洛丽亚不会让事情就这样结束。她不断地谈论圣母无原罪始胎会学校，直到我觉得这样太糟糕了，我实在不想去她那了。这并不是关于钱的事，她知道我愿意给她钱，而是因为埃丝特的皮肤真的是特别黑。那孩子真的白一点点的可能都没有。如果一个有着这样深色皮肤的孩子去了圣母无原罪始胎会学校，每个人都想知道她的爸爸是谁。但我真的不想给王霏带来那样的耻辱。尽管她并没有同样地为我着想，但我不觉得我能这样对她。

于是，下一次我去迈克尔神父那里接妹妹的时候——她现在经常跟他在一块儿——我向他咨询了学校的事情。他跟我说，格洛丽亚不过是想让埃丝特得到最好的教育罢了。尽管牙买加经历了变革，但我们始终还没到那种你去哪种学校都无所谓的程度，因为直到现在，还是黑色皮肤的牙买加人修路挖坑，而浅色皮肤的牙买加人坐办公室，中国人开杂货铺，黎巴嫩人开干货店，印度人种菜。尽管所有的都会发生改变，但是我们就是还没有达到那种程度。可他了解我跟王霏还有圣母无原罪始胎会的奇妙关系，也许我应该考虑一下其他的学校。阿尔法学院就是个不错的学校，圣安德鲁也不错，尽管它不是天主教学校。

所以，那天晚上，我去见格洛丽亚，我跟她说，让她考虑考虑阿尔法学院或者圣安德鲁，因为我听说那都是非常好的学校。

我跟她讲："咱们的女儿会在其中任何一所学校里学得很好的。"

但正与我所期待的相反，格洛丽亚没有高兴反而很生气。

"你觉得黑皮肤的埃丝特高攀不上圣母无原罪始胎会学校吗？"

"不是的，格洛丽亚。你知道事情并不是这样。"

"我知道你觉着自己发达了，因为你霸了我这么多年，还有一群随时给你效力跑腿的黑小子。而且我还知道，你觉着国家的独立改变了所有的事情，但说实话，杨宝，有时候我觉得你就在你自己的那个小世界里，看不见你面前发生了什么，不管你觉着自己把眼睛睁得有多大。这就跟你不知道你在 1962 年的牙买加似的，而更像是你觉着自己在中国，而工人们刚刚取得了革命的胜利。"

"但那边没有胜利，工人们也没有赢得它。过去在中国发生的事和现在在牙买加发生的事一样。英国人在种植园收取了所有的利润，而且现在他们还在收。现在，美国人和剩下的英国人想从铝土矿、酒店和工厂继续榨取巨大的利润，所以他们到处都是，而当他们心愿达成时，牙买加将会被一贫如洗地扔下，就跟我们过去一样。"

"牙买加只是金玉其外，而除非你能确定好的教育能使你女儿终止和我一样逼不得已的命运，那是两种一样的选择，因为她是个女人同时又是个黑人。而我看不出她有不想继续在这里待下去的决心，所以她也不会比我得到更多的东西。”

好吧，对格洛丽亚的一番话确实让我感到震惊。它让我想起来，之前我从未听格洛丽亚说过这么长的一番话，所以这告诉我她对上学这件事确实有非常强烈的意愿。于是我对自己说，如果她真的想让这孩子去念圣母无原罪始胎会学校，那我就做好把整件事情告诉王霏的准备。

但实际上，格洛丽亚不再倾向圣母无原罪始胎会学校了。她只是想让我觉得这件事很重要。她也认为圣安德鲁是一家好学校，她会去为埃丝特注册的。埃丝特得参加一次入学考试，而且她通过了。于是他们管格洛丽亚要学费，我就都给交了。她们去买校服，格洛丽亚把埃丝特打扮了起来，并且让她过来给我看她的白色的衬衫以及红灰格子的裙子。那孩子看起来非常开心，但是她在我面前打了个转之后就走开了，我猜她不想跟我分享上学的喜悦。

但是格洛丽亚不断谈论钱和一切事情，这令我非常紧张，让我觉得我应该在一个雨天把所有的东西都放在一边去处理一下这个事情，以免到时候事情变得很糟。

我不知道就现在她说话和行事的方式我还能期待什么更好的，但是牙买加这座岛却因为旅游、铝土矿以及各种外国投资提供的工作和培训而发展了起来。我们从美国进口了最新款的设备，而且他们说我们的国民生产总值正在上升。我们做得非常好，跟这地方一样。

不管怎么说，她还是把我吓到了，这让我想给自己找个安全的地方待着，因为我他妈无比确信的是，不能把我的钱存入任何一家银行。如果那么做了，他们下一步就会无休无止地问我关于这钱是怎么来的这一类问题，而我是绝不会因为钱的事而接受这样的问话的。

于是我决定最好的地方是浴室下面。没人去仔细查看那种地方。

我告诉汉普顿在那挖个坑然后填满，同时保证上面是防水的。但这带来了一个问题，那就是我不能让房子里的人不对这事产生兴趣，尤其是妹妹，她非常乐意坐在小板凳上看汉普顿挥汗如雨地干活，一看就是一天。

第十八章　机遇

现在，牙买加的女人感觉登上了世界巅峰，因为她们确信卡罗尔·琼·克劳福德将要参加世界小姐选美，这是牙买加女人第一次参加这种比赛。人们因为这事沸腾起来，他们觉得自己每天看到的女人都是最美的。而你对他们一点办法都没有，他们各个都疯了，不需要你再给他们加油鼓劲儿了。

这都不够让整个国家感到骄傲的，于是他们又决定举办一场独立日周年庆典，为了避免我们没有足够的机会去唱歌跳舞以及大吃大喝。

这次，他们决定让军队和武警方队从乔治四世纪念公园走到交叉路口，然后希望我们不会因为欢乐而感到厌倦，因为他们觉得我们会继续站在路两边挥舞旗子，跟去年一样。皇冠上的宝石是什么？总理将在阅兵的时候向他们敬礼。

我实在不能决定到底是去还是不去。我觉得自己应该做一些更好的事情，而不是傻乎乎地站在大太阳底下，在大街上看着他们为自己庆祝，因为我开始暗自思忖，也许格洛丽亚是对的。他们不断地告诉我们他们取得的进步，而且我也确实看见他们建了能够使城市看起来熠熠生辉的埃索石油公司大楼和在新金斯敦的豪华酒店。他们把水泥哗哗地倒出去，好像不要明天了似的。但我也听到从西金斯敦那边传来很多不满的声音，大概是关于失业和人们生活得又穷又愤怒的事。于是我觉得，独立给年轻人和老年人中的一部分确实带来了好处，因为这一部分人已经有一些资本去投资，所以他们是那群在繁荣的经济里受益的人。但我却不确定，独立对于整个工会来说意味着什么。

于是，周五晚上，也是周年庆典的前一天，家里的电话响了，是莫里森。其实，他打电话那会儿，已经是深夜一点钟了。

“你干吗啊？这个时间往家里打电话？你不睡觉啊？”

“我刚从米查姆上尉那接了个电话。”

“我以为他去年因为英军给他重新安排工作之后就走了。”

“他回来参加周年庆典了。他把他女儿带来了，带她在牙买加玩玩。”

“那这跟我有什么关系？”

当我结束跟莫里森的对话之后，我起身穿上衣服，然后钻进轿车，开车穿过华德沃德路，直奔哈瓦那俱乐部而去。俱乐部的停车场上停满了车，广播用巨大的音量放着萨尔萨舞曲，我甚至在开到一半时就能听见它。不过那里没有人，所以就算放这么大声也没有事。

为了找一个停车位，我开车绕了好几圈，然后我把车停到路边，之后又开走了。车后方射来一闪一闪的灯光。停车场并不大，所以这也解释了这里为什么这么挤。所以，很快我就看见了那辆车，它从街角处几乎是冲出来的。但它并没撞到我。当那辆车撞向我时，我动了动脚把车开走了，但我看到了开那辆车的司机，然后我看到了一把刀。那把刀像是屠夫用的刀，就扔在地上。我掏出一块手帕，隔着手帕把它捡了起来，之后我把它扔进后备箱里的一个红色旧旅行包里。

我开车到了蓝湖酒吧，再给警察局打了电话，告诉克里夫顿·布朗到蓝湖见我。

当克里夫顿·布朗在晚了整一个小时以后出现在蓝湖酒吧时，他已经去过哈瓦那俱乐部并且已经拿到了那位女服务员的姓名和地址，她今晚完成工作之前就跑了。他跟我说，他还得回到事发现场，就是那个停车道，因为他得随时了解他那些下属在做些什么。于是我跟他说，一个小时之后在服务员宿舍等我。在他离开之前，他跟我说：“其实那里有两具尸体，不是一具。”

我回到轿车里，开到新金斯敦，米查姆在那给自己租了幢度假别墅。当我到那里时，他在我敲门之前就打开了房门。莫里森正坐在起居室里，手里端着一杯朗姆酒，所以我猜他又忘记了自己是个长老派成员。

当我看到他时，我突然想起莫里森夫人和婴儿从希达谷回来之后，自己还没有去看望过他们。我知道他们管那孩子叫约翰，而且莫里森已经告诉我，玛格丽特对这个孩子非常满意，因为他从外表上完全看不出有一半中国血统。我什么都没说，因为米查姆认为我们已经摆脱掉这个孩子了，而他已经因为不得不把我叫出来而感到尴尬了。所以在这次拜访中，我应该不断提醒自己不要给他造成尴尬。

米查姆很紧张。他既不喜欢即将发生的事，也不喜欢在这样一个位置上面对我，一秒钟都不想。莫琳和孩子的事已经让他如鲠在喉了。于是我问他：“你女儿在哪？”

他回答道：“在她的卧室里。”

“那好吧，她最好过来告诉我们发生了什么，然后我们今晚就都能睡点觉了。”

当米查姆去叫他女儿时，我对莫里森说：“他知道这需要让他花钱吗？”

然后莫里森说：“是的，我跟他说了。他说我是他知道的唯一一个还在岛上的人。这就是他叫我来的原因。”

“你一定指的是唯一的白人，因为看起来他还知道我，也知道莫琳和其他他喜欢的姑娘儿们，他跟抛弃莫琳一样抛弃了她们，尽管我不觉得他们互相爱得有多深。”

米查姆的女儿是个苍白的、干巴瘦的姑娘，看起来就像没吃饱饭一样。她的头发是暗棕黄色，剪得短短的。她的名字叫海伦娜，才十八岁。

据她所说，是她把厨房里的大菜刀拿出来的，为了防止发生意外，在她去哈瓦那俱乐部的途中，她得保护自己。不管怎么说，这就是她说的。她说她很幸运随身带了刀，因为那群男孩跟她到了停车场，然后毫无原因地突然向她发难。

我听了她讲的事情经过，然后对他们说："如果你们想的话，她可以说正当防卫，但你们知道，首先要问的问题应该是，她去哈瓦那俱乐部做什么，一个年轻的白人女孩，去那又喝酒又干什么别的。并且她还在那拿了一把刀，杀死了两个男孩。"

我盯着米查姆，然后对他说："这看起来很糟糕，查尔斯，我得跟你说明白。牙买加的警察会对你们不善，而且那些男孩没拿武器，这个事实对你们也很不利，而且在独立日周年庆典前一天晚上发生这件事，也对你们不利，因为今天人们想的都是英国人和殖民主义以及奴隶制，还有相关的东西。因为他们会想，好吧，虽然现在我们拥有了自由，但在我们这儿，还是会有这样的英国小白妞，她觉得自己来到这然后没有任何原因地杀了两个牙买加男孩之后还能全身而退。而这样的想法是对你们非常不利的。真的，这是一个非常不好的时间，非常不好。但实际上，我并不认为牙买加方面会起诉你的女儿。不，福特·奥古斯塔根本不会起诉她。"

于是我跟他说，唯一能做的事情就是让这女孩尽快离开牙买加。

"你就把她带回英国去得了。"

在这之后，我问他："她那时穿的衣服现在在哪？"

"在后面的走廊里。"

于是我让莫里森把那些衣服拿回家，并且烧了它们，因为我不相信米查姆会认真地对待他做的任何一件事。

我又跟他说："那她开的车呢？"

"在后面停着呢。"

我看到那车是一辆老式的英国漫游者，一个看起来和米查姆一样僵硬的东西，涂着脏脏的灰色。

我看着他说："你从哪搞来这么个东西？"

"我从以前的战友那借的。"

然后我转向莫里森对他说："这么看来，他在这个岛上还有一个从前的战友。"

莫里森听了这句话之后，就不想再让我说下去了，因为他不想让我谈论关于英国人用人朝前不用人朝后的态度。或者更过分的是，当他们有一件非常小的事情需要自己去解决时，他们都不愿意去稍微做一下，因为他们不想脏了自己的小白手。虽然现在已经是 1963 年了，我们独立了，但我们还得伺候他们。

当我打开轿车门时，我看见车座、方向盘和变速杆都被血浸透了。车里面到处都是血，米查姆的女儿在里面打开车门出来。我关上门，然后又走回屋里，那两个人跟着我也进了屋。我拿起听筒，给汉普顿打了个电话。

"你赶快和米尔顿一起过来洗车。"

"啥？你说现在吗？"

"你觉得我会这么晚给你打电话让你等天亮再来吗？"

过了一会儿，就在我要离开那栋房子之前，米查姆对我说："她扔下了那把杀人的刀。你觉得警察发现那把刀的可能性大吗？"

"他们不会发现的，"我对他说，"牙买加的警察不是无能就是懒，你懂的。但我已经捡到了那把刀。我今晚在停车场捡到它的，已经为你把它保管好了。"

在我穿过整座城市到达服务员宿舍时，克里夫顿 · 布朗已经站在一辆停好的车外等我了。我们敲了敲门，旁边的窗户里出现了一张男人的脸，然后他过来把门打开了。

“叔，是你！我们还害怕外面可能是警察呢。”然后他把我们引了进去。

那个服务员是他的小妹妹，一个十六岁的女孩。她把自己锁在浴室里，因为她实在太害怕了。但当她哥哥叫她出来时，她还是出来了。而当她经过他时，他打了她一拳，就跟一巴掌扇在她的后脑勺上一样。但那一掌从他抬手到扇到她后脑勺上的时候，力道似乎比原先弱了许多。后来他让她坐了下来，让她告诉我发生了什么事。看起来他好像在生她的气，但他依旧关心她而且为她的处境感到非常着急忧虑。

“那个白人姑娘这个礼拜每天都来俱乐部。她每天晚上都会跟我说上几句话。她跟我说，我也跟她说。然后今晚她问我愿不愿意去车里跟她坐一会儿，那里更安静，我们可以好好聊天。我说好的。”她停了下来，然后看着我，似乎在考虑她是不是要继续说。我又看了看克里夫顿，因为他是那个需要鼓励她继续说下去的人，现在她在他的势力范围里。他有责任让她紧绷的神经放松下来。

于是他跟她说：“我想我们知道你因为这件事很难过，但一切都会好的。相信我，跟我们在一起你会没事的。”她和我都充满疑惑地看了看他，但之后她还是继续说了。

“当该我休息时，我出了门，遇到些乱七八糟的事儿，然后她跟我说，我想不想跟她坐在轿车的后座上。她说我们可以坐得更舒服。我不知道即将发生什么，只能说好。我们在那坐了一会儿，接下来我知道的就是有人敲轿车的玻璃，然后一群人在外面大笑起哄。而当我环顾四周时，我看见两个男孩，真的是两个孩子。但他们的样子好像疯了一样，大声喊，到处跑，还使劲敲车窗户。我很害怕，因为他们搞出这么大的动静容易吸引其他人的注意力。但不管怎么说，还没等我意识到发生了什么，她就从车里跳了下来，手里拿着那把菜刀，开始砍其中一个男孩。她真的疯了。我这一辈子都没见过那样的场景。

她就跟突然变了一个人似的。而当这一切正在进行时，另一个男孩就站在那盯着她看。然后我大声喊：'赶紧跑，快跑！'但他却一动不动，就跟被胶水粘在了地上似的。然后她挥舞着大刀就过去了，一刀砍在他的喉咙上。就在那会儿我开始跑，然后就跑回家了，因为我实在不知道还能去哪。"

这时，我和克里夫顿都意识到我们遇到难题了。不管怎么说，白人心理变态是一码事，而牙买加人做那么肮脏的事又是另一码事了，不要啊。而且，这肯定不是一个年轻女孩应该有的样子，也不应该是在牙买加出现的事。当她抬脚上了那辆轿车时，她就已经有罪了。而法官和陪审团不会为他们怎么惩罚她而感到为难的。

我对克里夫顿说："我们今晚得让这姑娘离开牙买加。你得把她送到古巴去。"

"古巴！我怎么做？"

"哥们儿，你去找一艘小汽艇来。"

"我不能无缘无故地在凌晨四点钟把警察用的小汽艇开到古巴。你疯了吗？"

"好吧，克里夫顿·布朗，在这所有的人中，我之前还想只有你能理解并办成这件事。如果这姑娘今晚还待在这，那她一定会死在监狱里的，因为她那白人朋友已经随着早晨的清风飞奔回英国了。这就是你想让她承受的吗？看看她，就是个孩子啊。"

当我看着他的时候，我能肯定我让他下决心了，于是我说："好了，但你今晚得给她找个安全的地方，然后你让她搭一早的飞机去迈阿密。你需要搞的是一个美国公民身份证明和一张机票。"

"什么身份证明？你他妈的在说什么啊？"

"护照啊，哥们儿。驾照啊！"

"那你觉着我上哪搞这些东西去？"

“现在是独立日的周末！你知道有多少美国人在这喝大酒然后瞎胡闹吗？抓几个人来，让他们在监狱里冷静下来，然后你拿走他们身上的文件就好了。克里夫顿，你脑子是怎么长的啊？”

在他离开之前，我嘱咐他说，一定要让这件事至少在庆典周末之后再见报。

当我回到马修斯路时，我把刀藏好，然后在天亮之前睡了几个小时。

第二天一早，米查姆在去机场的途中顺道来见我。他把那辆脏了吧唧的灰色漫游者停在商店外面，大街对面，然后我看见那个女孩坐在里面，冷冰冰的，黄油都不会在她的嘴唇上融化。

他来到商店，然后我问他：“你觉得轿车干净了吗？”

他说：“是的。”之后他递给我一个信封，我看见里面满满地装着美元。我有点想知道就这么一个晚上而且还是在假日的周末，他怎么能这么快搞到这么多钱，但马上我就想到，我才不管那么多呢。至少他现在知道有礼貌地把钱装到一个信封里，跟他直接把给莫琳打胎的裸钞直接甩到我面前时完全不一样。

我想，他也许觉着自己付钱买了一项服务。而且我也猜想他希望我能把那把刀给他。但是，我马上又想到，这男人就要从这飞走了，然后把他应该负责任的事情全部丢给了我。我得给莫琳和她那个婴儿约翰·莫里森善后，得给玛格丽特·洛佩兹善后，那是那个女服务员的名字，当克里夫顿给她办身份证明和驾照时问来的。

我得给这一帮人善后，帮他们摆平各种事情。于是我看着米查姆，我跟他说：“我在想一些正常的事情。”

克里夫顿也帮着推后了杀人事件见报的时间，其实，整个事情直到8月7号星期三的早晨才出现在《收获者报》上。它在报纸的第四页上，挤在珊瑚园凶杀案和在滨海萨凡纳度假的消息之间，就在那儿。“两少年被杀，警方无线索。”

本报讯 8月2日星期五，两具少年的尸体在金斯敦华德沃德路上的哈瓦那俱乐部停车场被发现。二者皆因利器刺伤身体而死。那两位少年，温斯顿·摩尔根和奥布里·威廉姆斯，被杀时年仅十三岁。他们都来自金斯敦的圣安德鲁区。警察对这起凶杀案至今仍未找到线索，也未逮捕任何相关人员。

第十九章　声望

一个礼拜之后，我去拜访玛格丽特·莫里森和那个孩子。我给她带了一些花生脆饼，给那孩子带了几件小衣服小裤子，虽然对他而言那些衣服裤子都显得太大，但玛格丽特说没关系，他会长到那么大，而且穿上它们的。

是的，莫里森夫人是正确的。你看着这孩子，根本就想不到他的亲生母亲是中国人。约翰长得就像是一个正常的白人男孩。有趣的是，他还长了一头姜黄色的头发，跟乔治的一模一样。如果你不知道真相的话，你就会觉得乔治·莫里森就是他的爸爸。

玛格丽特用伯爵茶和奶油脆饼来招待我。她对这孩子的到来感到太开心了，以至于不知对我说什么感谢的话才好了。她说这改变了她整个生命。她说他给了她生命的意义，她每天都感谢上帝让这个孩子来到她身边。她说她和乔治此生从来没有这么开心过。我从未听过任何一个人说了这么多感谢的话。我觉得自己得跟她说："玛格丽特，你知道，他就是个孩子。"但我什么都没说，因为这会伤害到她的感情，而我不想那么做。

然后她先把脸转向我，接着又把整个身体转了过来，这样她就能认真地盯着我了。

她对我说："我想问你一点事。你不用现在就给我答案，但我希望你至少能考虑它一下。我求你，在你回复我之前，请思量一下。"

我想不出来她要跟我说什么。

她说：“乔治和我想让你做这孩子的教父。”

好吧，现在一根羽毛都能把我打倒。“玛格丽特，你的请求让我无限荣耀，可是……”

她把手放在唇边，好像在说“嘘”一样，然后她说：“求你花点时间考虑一下这件事。这对于我们来说，意义非常重大。而我不希望你这么匆忙地做决定。请你好好考虑一下。”

下次我见到乔治时，我告诉他得跟玛格丽特谈谈这事儿。

“我不能做你孩子的教父。就冲着你和我一起做的那些事，你让我有何脸面站在教堂里？即使去了，我又能说什么呢？”

“我跟她说了好几次这件事，但玛格丽特已经认准你了。我不知道还能跟你说什么，杨宝。”

“你不需要跟我讲，而是得跟她讲。”

但莫里森没理我，看起来好像他也想让我当那孩子的教父似的。他只不过是想把事情推给玛格丽特，让这事儿显得像是她的一厢情愿似的。这是我在他对我说了这样的话之后猜到的，他说：“你说到那些咱们一起做的事，而那都是什么呢？难道不是你对陈莫琳、哈瓦那俱乐部的女招待，甚至米查姆的女儿提供的帮助吗？是的，你关心你的孩子，张，还有你母亲，但东金斯敦的姑娘儿们也告诉我说，你的照顾和关心让她们觉得非常幸运。所以，无论如何，我们都想象不到一个比你更适合给约翰当教父的人了，因为从某种意义上来说，你是那个给了他生命的人。所以，谁还能更好地去教他如何生活呢？”

我猜，和玛格丽特的谈话已经让莫里森失去理智了，于是我只能耸耸肩然后走开了。我理解，玛格丽特想给这婴儿好东西，但她真的什么都不知道。但莫里森应该都知道。也许他就是忘了我们做的那些勾当，这就跟他总忘了自己不应该喝酒一样。

迈克尔神父觉得教父这件事其实还好，只要我向上帝忏悔并且去参加圣餐礼，我就会获得上帝的宽恕。但是我说："还是算了。我们已经经历了这么多了。"

"但你为什么就一定说自己不行呢？"这句话真是将我一军。

"杨宝，我觉得你得面对它，上帝正在为你创造些什么。他想给你一些教育，也想让你在人生的转弯处回心转意。也许你所需要的，就是让他在你身上完成他的工作，就像他正在塑造卡尔和妹妹一样。"

然后我第一次盯着他的脸看，好像他犯了个错误似的。

"你说什么，卡尔和妹妹？"

他深吸了一口气，说道："卡尔和妹妹都已经受洗了，并且第一次领了圣餐。王霏每个礼拜都带着卡尔来望弥撒，而妹妹则跟着我去参加。"

我带着深深的怀疑看着他："这就是你这么长时间以来对她做的事情吗？她到这来，我还真以为你喜欢孩子呢。"

"我是很喜欢她。妹妹正在和一群学习教义问答的年轻人在一起，他们为自己的坚信礼做准备。"

那时，我唯一想做的就是挥拳揍他。我实在不敢相信他居然能这样背叛我对他的信任。

"你从未想过，在你跟我接触的这么长时间里，你也许可以跟我说说这件事？"

"是妹妹告诉我不要告诉你的。"

"妹妹不让你告诉我？她只是一个孩子啊。你和我都是成年人了。这话应该是我跟你谈的，而不是你跟一个孩子谈的。"

我现在知道我自己喊得有多大声了。迈克尔就站在那，在那经常围绕着他的小气场里，气定神闲地站着。他就那么双手在身前交叉地站着。

过了好一会儿，他用他一贯平静的语调对我说："我知道你觉得自己是个坏人。但是在生活中，好坏并不是像你想象的那样泾渭分明。好人有时会做坏事，而且有些恶果是不能事先预料的。美德并不存在于特定的行为中。它存在于个人已形成的道德里。”然后他停了下来，深吸一口气，说道，“我能确定的一件事就是，你若来忏悔，永远都不晚。”

但我还是径直走出了他的房间，并且使劲摔了一下他房间的小门。

当我跟妹妹问起这件事时，她跟我说那是真的，是她跟迈克尔神父说别让我知道的，因为她清楚这只能给我徒增烦恼，所以她愿意自己承担责任。她真心喜欢迈克尔神父，然后她跟我说：“爸，你知道，真的有很多东西需要学习。”

第二十章　军争

那天，我们一群人坐在商店里，数每周的保护费，这会儿，我让塞缪尔斯就西金斯敦各种事情的恶化给我做了一次长长的政治性讲话。所有的事情都是关于失业和贫困的，还有关于人们是怎样失去希望和耐心的，以及街上是怎么发生武装斗争的。他把这些事情绘声绘色地给我讲出来，就好像我自己亲眼看到西金斯敦是怎样自我分裂的一样。现在，每个人都知道，特伦奇镇被人民国家党占据，而蒂沃利花园则归了工党，而其他的小党派则走向衰败。各路小政权都排成队地要搞掉其他的，这就是塞缪尔斯跟我解释的，为什么西金斯敦会分裂，而在我已经警告他不要那么做了之后，这人依然在唐人街那边贩卖枪支弹药。

于是我对他说，“我之前跟你说过，现在再跟你说一遍。西金斯敦是西金斯敦，唐人街是唐人街。”

“你难道没看见中国人暴动吗？”

好吧，这句话让所有人都停了下来。他们都扭脸看着我，因为他们知道我特别不喜欢人们谈论中国人暴动这件事。于是我对他讲：“别跟我说中国人暴动。根本就没这回事。中国人民生活在水深火热之中，他们的商店被烧了，房子被人夷为平地，人们在街上还欺负他们。”

“这正是我要说的。中国人正应该保护自己呢。”

我飞身从椅子上跳起来，然后用左手抓住了塞缪尔斯的衣领，右手伸出两个手指假装是枪，然后抵住他的太阳穴然后喊道：“梆，梆。”

声音非常大。

然后我坐下来对他说："你觉得我这个中国人应该怎么保护自己？我还想让你倒卖的那些枪比我刚才喊的声音要大呢。"但塞缪尔斯没搭理我，之后我跟他说："我不想让你小子再在唐人街倒腾路易斯·德弗雷塔斯的枪了，听到我的话没？"

他看着我说："你咋想到是德弗雷塔斯的枪了？"

"你别跟我装。我知道它们从哪来的。我还知道，德弗雷塔斯用特殊途径从中央情报局进货。"

"没人知道那怎么回事，这都是谣言。"

"那你觉得那些枪是怎么到岛上来的？你觉得是那些没家教的小子飞到迈阿密然后把它们揣屁兜里带进来的吗？"塞缪尔斯坐在那，看着我，于是我跟他说："这有一家人，没人关注他们，让他们高唱凯歌或者给他们载入史册的名望。"

塞缪尔斯根本不听我的，于是我问张我该怎么办。他从德弗雷塔斯那挣了太多钱。我不想让唐人街里出现枪，因为要是那样的话，每个人下一步都得带枪出门了。但更令我感到焦虑的是，塞缪尔斯干这事儿也许是德弗雷塔斯想要潜入我地盘的一种手段。

张跟我说："孙子云：'故迂其途，而诱之以利，后人发，先人至，此知迂直之计者也。'"

张说孙子还说过："善用兵者，修道而保法。"所以我要做的第一件事就是感化左邻右舍。我得让他们忠于我，所以就不会想和德弗雷塔斯做那样的生意。我开始拜访我的邻居们，不仅在周末去收保护费，在周中也回去看看他们。去他们家里跟他们喝喝茶聊聊天，问问他们的生意怎么样家庭怎么样。有时我还会给谁家的新生的孩子或者谁家要结婚的儿子或者女儿带去点小礼物，然后我还跟人交换食谱以及这个礼拜最好的新闻。我参与八卦邻里之间关于黄女士的女儿做泡菜难吃的吓人的事，跟他们说："她做的泡菜那么难吃肯定嫁不出去。"

我一边听一边讲，然后我再听。我只是在拖延时间等待机遇然后做出努力。

后来我让我那几个老伙计们在我家附近伸把手做点好事，这样他们的行为还能有点意义，他们帮着卡车卸车，重新布置了仓库，把一家商店给粉刷了。我让他们做那种人们一眼就能看出来的工作。不久之后，人们就过来向我请教问题，让我帮他们解决矛盾，我都把这些事情处理得很好。我不再做幕后工作了。我已经在公众面前树立起了权威。我从张的阴影下走出来了。

然后我开始向人们询问他们是否从塞缪尔斯那里买了枪，事实证明，他们确实买了，因为塞缪尔斯为我工作，他们觉得是我想让他们买枪。我告诉他们不是这样。然后我对他们说："我们得让这些军火贩子的生意做不成。"

我告诉他们，我将把他们从塞缪尔斯那里买的枪以两倍于他们的进货价买过来。而我对此的要求只有一个，就是让他们按买的价格把我出的价格宣传出去。所以不久之后，德弗雷塔斯就获得消息，塞缪尔斯跟他做买卖不老实，私吞了不少钱。

我让贾奇·芬利给我和德弗雷塔斯安排见一次面，然后我把我所有的枪都打包进一个旧麻袋。几天以后，我、贾奇·芬利和汉普顿三个人一起在西金斯敦慢慢开车。一路上我一直都在想张告诉我的关于孙子的那些话，应该怎样用迂回路线和引诱敌人出奇制胜。

德弗雷塔斯在蒂沃利花园边上有一栋三层的木质小楼，他在那开酒吧。在小楼的入口处，挂着一幅用彩色塑料珠子穿成的门帘，隔开了外面熙熙攘攘的街道和里面又脏又小的酒吧，在那里他们在一架唱片机上放《我男友的棒棒糖》这首歌。他的一伙人带我们走上几级快塌了的台阶，然后领着我们进到他位于小楼一楼的办公室里。我们从门口到他办公室的路上不断撞上那些女人，她们住在楼上但却在下面的酒吧里和客人们干那种事。

德弗雷塔斯的办公室空荡荡的，只有一把直背椅和一张桃木桌，他坐在桌子的后面。他看起来好像在那坐了整整一上午，不断地在调整姿势，而且脸色惨白，像生病了一样。他嘴唇上留着浅浅的胡须，我猜他一定觉得那是八字须。他的那伙人站到他身后，双脚开立，抱胸，就跟他们觉着这样的动作能吓倒一两个人似的。

德弗雷塔斯点了点头，示意我坐下。于是我就那么做了。那地方味道很不好，充满了腐臭的汗味、啤酒味和烟味，这种味道充斥着整个房间，感觉已经开始往墙外渗了。汉普顿把那一麻袋枪放到桌子上。

我直直地盯着德弗雷塔斯，然后竭尽全力对他用我最温柔的嗓音说："我把这些枪给你拿回来了，因为我不想惹任何麻烦。你把它们拿走，你想卖哪儿都行，但不能在唐人街卖。"

德弗雷塔斯得意地冲我笑了："你觉得你是谁？用你过来告诉我在哪做买卖？"

孙子云："卑而骄之。"于是我说："我就是个小买卖人，你是一个大生意人，掌控着整个西金斯敦。我希望你能把这些枪当作礼物收下，它们是我对你表示尊敬的一个标志。不管怎么说，西金斯敦那么大，而唐人街才那么一小点。你权力大，我可没多少。所以，我唯一请求你的事情就是，你离开唐人街并且把它留给我。"

德弗雷塔斯仔细地看了看我，然后他把目光集中在那一麻袋枪上。我敢肯定，他在盘算如果把这些枪卖第二轮还能赚多少钱。他站了起来，在屋里踱来踱去。他有一根手杖，手柄处好像是用银子做的狐狸头。他走到窗户边上然后向外望去，用手擦了擦脖子，看了看地板。他花了太长时间去干这些事了，我都开始怀疑自己的猜测是不是错的。

他走回来，把手杖放在桌子的一边，然后双手手掌朝下平放在桌子上。他的身体僵硬。当他向前倾时，他的左手留得长长的小拇指指甲刮到了桌面。

“我要塞缪尔斯。”

“塞缪尔斯？你要他干吗？”

德弗雷塔斯不喜欢我问这问那，他只是定定地瞅着我说：“这是我跟他之间的事。”

我等着。我知道时间就是一切。于是我就那么坐着。

“我们的人不多。好吧，除了米尔顿之外，我们都在这了，米尔顿其实就是个小孩。我怎么能离得了塞缪尔斯？”

“他给了你不少问题不是吗？你看看那些枪。”

“当然，但我们现在得互相理解，达成共识。”

“把塞缪尔斯给我，然后我就从唐人街撤出来。”我坐了一分钟，也看了他一分钟。然后他说：“要么答应我的要求，要么滚蛋。我不跟你浪费时间。”

孙子云：“廉洁，可辱也。”

当我们开车回唐人街时，汉普顿跟我说：“我们怎么给塞缪尔斯收拾烂摊子？”

“肯尼斯·王一直在烦我，让我给他活干，就别让塞缪尔斯干什么了，让肯尼斯跟着米尔顿一起跑吧。”

“你是说霏小姐的小弟弟？”

“那你知道几个肯尼斯 · 王啊？”

“她弟弟跟你和你的买卖扯上关系，她肯定不同意。”

“你管好自己的事儿得了，我来跟王霏谈。不管怎么说，这事儿都得进行，直到咱们找到其他的人。”

我把轿车的窗户放下来，把胳膊肘支在窗框上，然后我突然产生了一种有趣的感觉。于是我告诉汉普顿把车停在加油站，我进去买了一根雪茄，一根又粗又长的哥伦比亚产的蒙特克里斯托雪茄。

我回到车里，点着了这根烟，心满意足地深吸一口。我对自己说，好吧，这是我自己完成的事儿，不必考虑如果事情砸了张会出面帮我摆平一切。这是我独自完成的第一件大事。我觉得自己好像在今天脱胎换骨了一样，我长大了，终于在四十岁的时候成了一个男人。

看着袅袅的烟从窗户中飘出去真惬意，它渐渐随风而散了。

第二十一章　死地

“疾战则存，不疾战则亡者，为死地。”所以，孙子云：“死地则战。”

三个月之后，塞缪尔斯夫人过来见我。塞缪尔斯死了。被人用枪打中后脑勺死的。他失踪了整整三个礼拜，然后警察过来告诉她说他们在一个胡同里发现了他的尸体，不但被打穿了后脑勺，而且还被烧了。她知道是谁干的。但因为这事儿去找警察是没用的，他们不会去和一个像德弗雷塔斯那样的人作对。她甚至亲自去找了德弗雷塔斯，求他给她些帮助。但是他只说了让她来找我，他说我会帮她搞定所有的事情。

她在来找我之前等了好长时间，因为她实在不想麻烦我。她知道塞缪尔斯已经不再为我工作了，当他死的时候，他为德弗雷塔斯工作，所以这其实应该是德弗雷塔斯的责任。但她不知道应该做什么，因为她有四个孩子要养活，她得让他们有住的地方，有学可上，但她只在钟先生的商店里打一份零工挣一点小钱。她太焦虑了，茶饭不思，夜不安寝。她不知道自己应该做什么，于是她哭了起来。

于是我对她说没事的。德弗雷塔斯是该为塞缪尔斯负责，但是我对他也有部分责任，因为如果塞缪尔斯继续为我工作的话，德弗雷塔斯不能碰他一个指头。德弗雷塔斯知道干我们这行的规矩，你不能去为难别人的伙计。所以考虑到这一点，我愿意帮助她。

我让她平静下来，然后她擤了擤鼻子。我会帮她处理好一切事情的。租房子、学费、医疗保险、孩子们的衣服，还有每个月一点点的零花钱，她和孩子们生活的一切所需我都会帮她搞定。她不需要为任何一件事情而发愁。然后为了安慰她，我只是碰了碰她的胳膊。

然后我跟贾奇·芬利讲了发生的事情，他对我说："好吧，你觉得德弗雷塔斯杀了塞缪尔斯这件事震撼到你了？"

"是啊，我从未想过他会那样做。"

"我以为那正是你想的，就你跳起来在他的脑袋上装作开了两枪的那天。"

"不是啊，不是的。我只是吓唬他一下。"

"那你觉着德弗雷塔斯之前想拿他怎么办？"

"我以为他也许会把塞缪尔斯藏起来然后狠狠教训他一下。也许是把他从梯子上推下来。我从未想过他会那么把一个人干掉。"

"好吧，你也许是唯一一个在金斯敦会那样想的人，因为现在，一个人在城里错误的地方穿错了T恤衫的颜色都会被枪杀。也许现在正是你把你那些橙色或者绿色的T恤都扔了的时候了，以防有些人觉得你支持工党或者人民国家党。"

第二天，王霏冲进马修斯路的家里直直地跑进卧室，开始翻箱倒柜，她把所有的东西都放进一个床上打开的旅行箱里。我站在门口，问她："你觉着自己在干什么呢？"

"你看我在干什么？"

"好吧，看起来你像要去什么地方，但我怎么觉着你刚从这走呢，所以我不知道你为什么要把所有的东西都带走。"

就在这时，她停下了手里的活，然后看着我。

"我听说塞缪尔斯那些事了。"

但我什么都没跟她说。我们俩就那么站在那，面面相觑。

"猫把你舌头吃了吗？"

当我再看她时，发现她真的开始恨我了。她的脸色很难看，嘴唇奇怪地扭曲着，好像为了消气要把我捣碎一样。但她不是个男的，所以她做不到那点，于是她就站在那，觉得也许能用眼神把我吓到。

但是，突然间，她抄起花瓶向我扔来。花瓶撞到门框，然后碎掉了，里面的水和碎掉的玻璃一起向我砸来，因为花还站在瓶子里。我觉得我想扑向她然后揍她一顿，直到把那副表情从她脸上打没了为止。但我动也不动，就那么站着。我用手简单地抹了一下自己，抹掉了身上的一些水。之后我转身向外走了几步，坐在桌边，给我自己倒了一杯茶。

我等着她拿着行李过来，但她没有，而是跟着我。她开始对着我的后背说话。

“他被打穿了后脑，尸体还被烧了，真残忍。你觉着我对此一无所知吗？”

我没理她。

“前一分钟塞缪尔斯还在为你工作，后一分钟他就被暴尸西金斯敦。然后我想，你会跟我说，这跟你没任何关系。”

“我不想跟你说这个事儿，王霏。”

“我跟你结婚是因为实在不能忍受我妈了。她以为我去圣母无原罪始胎会学校住宿是因为想假装自己是个白人，但那不是事实。我去那就是想离她远远的。我不能理解她为什么要装成白人，我也不能理解她为什么为自己而感到羞耻，也不能理解她为自己想象中如果没有嫁给我爸爸或者没有改变奴隶后人的身份的生活感到羞耻。

“但是请相信我，我之前真的没想到你会让我住在这种肮脏的地方。我甚至之前没想过真的有这种地方。然后在这生养孩子？一个有自尊的人是不会管这个地方叫家的。

“至于你，我实在不知道你觉得自己在做什么。但你只不过是个肮脏的骗子。你既不聪明，也不强大。你不过就是个粗鲁恶劣的街头小混混，自己觉着自己是个大人物，其实无非就是口袋里装满了钱。杨宝，唐人街的大佬。你和路易斯 · 德弗雷塔斯真做了一桩好勾当。你们两个同流合污，沆瀣一气，做那种毒品、枪支和凶杀的勾当。”

“我不贩卖毒品，我也不走私枪支，而且我从未杀过任何人。”

“还有，和你那小婊子在一起是吗？我想你现在还给她钱养活着她吧，就住在东金斯敦的那个婊子？”

我站了起来，转身扑向她。我把她摁倒，然后我们打了起来。我们在地板上滚来滚去，互相撕扯着，两个人都试图找个好位置以便好好出拳打对方。我们就互相纠缠着，踢着，抓着，撕咬着，我们的胳膊肘和膝盖向各个方向出击。

突然间，我想起来，我已经许久没碰她了，有很长很长时间没有感觉到她身体的温存了。而现在，我连是把她推开或者把她拽过来都说不清楚了。她也在集中精力地跟我打。她的强壮和敏捷让我惊奇。我几乎都忘记了是和女人打架，满脑子想的只是保全我自己，赶快从这混战中抽身出来。

在这当儿，我瞥见秀全站在门口，我意识到她可能是把他独自扔在轿车外面了。我看见妹妹也穿着睡衣站在台阶上。汉普顿正在喊着什么，然后妈挥舞着胳膊从院子里往这边跑。就在这场混乱“中场休息”时，我试图在自己和王霏之间划出点距离，于是我们两个都站了起来，我让她距离我一胳膊那么远。

她向我的脸上吐口水，然后我让她走了。一切归于平静。

秀全跑向她，抓住她的手。然后她走向妹妹，把她的手也抓紧。现在她一边一个孩子。我对她说：“你想干什么？”

她说：“你想都别想我会把他们留给你。”

“你带着孩子就别想离开这。”

“什么？那我就把他们扔在这，让他们跟老鸨、婊子、贼、恶霸还有杀人犯在一起吗？然后有一天他们就变得跟你一样？这就是他们应该成为的人吗？和他们的爸爸一样吗？爸爸的儿子和女儿？”

我“啪”的一巴掌打在她脏兮兮的脸上，但是我马上就后悔了，因为我不想让孩子们看到这一幕，而且不管怎么说，我这一嘴巴打得太重了，在她的左脸上留下了一个红色的掌印。

她开始号啕大哭。于是我从口袋里掏出手帕，递给了她。她从我手中拿走了手帕，开始轻轻地擦脸，而就在这么一小会儿工夫里，她看我的目光变得温暖柔和，也许她想起来很久以前，在牙买加酒店时，她自己也是这么从我的手里接过手帕的。

就在她放开手让孩子们走时，妹妹跑了过来，站在我身边。秀全看着我，好像他不知道该做什么一样。或者是他知道，但是他太害怕去做了，因为他的眼睛里有一种期待。

于是我跟她说:“你已经是个成人了,王霏。你可以做你想做的事情，但孩子们得跟我留在这。”

她看见张、妈和汉普顿站在那，然后她又看了看孩子们，之后看着我说:“这还没完。”说完，她就转身出了门。我甚至有点想让秀全追她出去，但是他没有。他就那么眼睁睁地看着她的背影走出院子，直到关上了身后的院门。

第二十二章　休战

不管怎么说，王霏的出走带来了一件好事，那就是秀全和妹妹终于表现得像一对兄妹了。现在，他们每天都一起到街上去玩。他们去美国海军基地，或者去码头钓鱼，或者和汉普顿去海尔郡沙滩或者莱门礁游泳。我很高兴看他们手牵手地上街去玩，如果他们只是在镇上逛逛然后按时回家的话。

我们现在貌似有了一个家。蒂莉还是每天都来，张叫上胖陈和花格呢袜，有时候还有贾奇·芬利一起玩牌。妈和她的麻友们一周玩三次麻将。她时不时地把孩子们带到庙里去，然后张忙着把我们小时候讲给我们听的故事讲给他们，那些关于革命、孙逸仙、毛泽东以及反革命的蒋介石的故事。

我们已经安定了下来。现在没有人打扰我们了，她不会再突然闯进来或者走开去，说她不能决定要不要住我这。看报纸和抽雪茄对我来说已经是一种习惯，当我觉得放松或者对生活满意时，我就会这么做。尽管我从不在格洛丽亚家里这样做因为她不喜欢那种气味。

我跟她说："这是真正的哈瓦那雪茄。我以为你会喜欢它的味道。"因为现在格洛丽亚越来越关注古巴，她不断赞美那里教育、医疗和就业方面的改革。

我开始带着孩子们每周六晚上去收取保护费。我把他们介绍给商店老板和市场商贩，给杂货铺、洗衣店和药店的店员，给五金商店的老板和理发师，甚至介绍给那些站在街边看到我就跟我点头微笑打招呼的人，以及那些乐意见我的人。人们喜欢妹妹和秀全，给他们礼物，宠着他们，告诉妹妹她有多美、跟她妈妈一样漂亮，然后告诉秀全他有多壮、和他爸爸一样强壮。我开始教他们打太极拳，并且告诉他们那位在清朝时创立并发展了杨氏太极的杨露禅是我的曾祖父。但妈跟他们说这不是真的，我们就是跟那位大师一个姓。

但张不喜欢这样，因为他觉得这俩孩子跟我学打太极不是件好事。于是我提醒他说，在我和秀全小时候，他也这样教我们打太极，然后他说："那是很早以前的事了。也许已经给你们树立了坏典型。"

我对他说的话装没听见，因为我想让孩子们知道唐人街并且让唐人街的人也认识他们。我希望能让他们将来去管理这个地方，正如张在我们小时候希望我们去管理它一样。张说时代变了，形势跟他当年初来牙买加的时候是不一样的。那会儿是因为陈老板让他那么做，于是他就当为人民服务了。

"情势不同了啊。每个人都为什么是合法的行为和怎么向税务人员解释他们在做什么而感到忧虑。人们对你保护他们的看法和以前不同了，他们向你索取的帮助和以前也不同了。你不再是叔了，你是修理工先生了。在过去，他们很乐意把你请进家里请你喝一杯茶。现在你得跟他们预约一下，他们好在你来之前把自己尊贵的客人都请出去。现在他们害怕的是也许有一天你会让他们帮你做事情。而在过去，你开口之前他们就会问你他们能帮你做些什么。"

也许张是对的。不管怎么说，我觉得现在该是带孩子们去见格洛丽亚的时候了。王霏离家出走了谁知道接下来还会发生什么。但是格洛丽亚觉得这不是个好主意，因为她不知道我将怎么跟孩子们介绍她是谁，我跟她说没关系，我们就装是偶然遇见。于是我们的计划就成了这样。我打算和孩子们一起走下国王大街，然后在时代商厦外边停留一下，这会儿格洛丽亚就从商厦里出来，装作她在里面刚买过东西，再由我介绍每个人，之后大家一起吃冰激凌。这个地方很好，因为在时代商厦的楼上有一个苏打水喷泉。格洛丽亚其实对这个计划没多少热情，但她答应这样行事了。

于是周六来临的时候，我带着孩子们去唐人街收周保护费，在那之后我对他们说钟表城有多好玩那里的冰激凌有多好吃，于是他们就说“好啊，我们去那吧”。我们走下国王大街，就在我们到了钟表城的当儿，格洛丽亚看见了我们然后从商店里走出来，站在我们前面。计划进行得太完美了。

我表现出惊讶的样子，然后对她说：“你好啊，格洛丽亚。见到你真是个惊喜啊。”

然后她说：“是啊，就是个惊喜。”她看了看站在我左右两边的孩子们，说道：“这一定是你的孩子们？我听说过你们好多事情呢。”

这时，妹妹伸出手，握了握格洛丽亚的，对她说：“我是妹妹。”

格洛丽亚也握了握妹妹的手，接着转过身去对秀全说：“你一定是秀全？”

但是秀全只是盯着她看。他没有伸出手，也没有跟格洛丽亚握手的打算，而且他看起来很生气。后来他告诉她：“我不叫秀全，我叫卡尔。”

我抓住他的手，把他拽进了时代商厦，然后对他说：“你都十二岁了，还表现得这么粗鲁吗？”

我们四个人拿着冰激凌坐了下来。妹妹的冰激凌像小山一样高，里面有香蕉、冰激凌、果仁、糖浆还有上帝才知道什么东西，秀全在我的逼迫下要了两勺香草味的冰激凌，格洛丽亚点了一杯咖啡，而我则点了一杯冰水。

于是我们坐在角落里的一张小桌子上，妹妹问道：“你是我爸爸的一个朋友吗？”

“是啊，一个老朋友。”

“你是怎么认识的他？”

“当我姐姐遇到麻烦时，你爸爸过来帮助过我们。他帮助我们解决事情。”

妹妹坐在格洛丽亚旁边，她看着坐在对面的我。她盛了一勺冰激凌，说道：“是啊，我爸爸非常喜欢帮助别人。”然后她停顿了一下，问道，“那，格洛丽亚小姐，你有孩子吗？”

“我有一个女儿。她叫埃丝特。她和卡尔一般大。”格洛丽亚看着秀全，但他端着冰激凌盘子，几乎把他一半的后背转向她。

“别人跟你说话的时候，你都不看她吗？把盘子放回去！你不能坐在那吃你手里的东西。”

但格洛丽亚想让我安静下来。也许她觉得她第一次和秀全见面我就那么训他实在不好。于是她说：“上学怎么样，卡尔？”

可是，在秀全回答格洛丽亚之前，妹妹抢先说话。她讲她在学校里的每一件事，有她唱的歌，她拼写的单词，她画的画，还有读故事书，写作文，以及那些嬷嬷们有多严厉，她每天早晨都怎么去教堂然后跪着念《玫瑰经》，然后她怎么在周日早晨去教堂望弥撒，还有她在教义课上学到的为什么上帝会创造她，还有她有多爱迈克尔神父。

之后，她开始问格洛丽亚她女儿都在学校做什么，她去不去教堂，还有她认不认识迈克尔神父。于是格洛丽亚不得不跟她解释，埃丝特还不是个天主教徒。

“不是个天主教徒？”

“不是。”

“那你也不是天主教徒，格洛丽亚小姐？”

“不是，妹妹，我不是。我是浸礼会教徒，由妈妈养大的。”

然后妹妹转向我，说：“爸爸，你知道埃丝特还不是个天主教徒吗？”

现在我觉得这孩子问得太多了。我还不能确定该怎么跟她讲，以防止格洛丽亚觉得我表演过头了。就在我把一团乱的脑子理清楚之前，秀全转了过来，说道:“他知道。”接下来，他站了起来，然后就走掉了。

当我们回到马修斯路时，我对他说:“你怎么能对一个你刚认识的女士这么没礼貌？你觉得她伤害你了吗？”

他没有回答我，但他就站在那，想让我对他做点别的或者说点别的。然后他说:“我也许只有十二岁，但我也不聋不哑的。我能听见也能看见，而且我之前听说过那女人的名字，好多好多次。后来我也见过她让妈妈很伤心。”

“这是你该跟我说话的方式吗？”

“我并不怕你。”然后他就走开了。

妹妹站在那。秀全走了之后，她说:“爸，我不知道任何关于埃丝特的事情。”她站在那看了我好长时间，然后她转过身去走开了。我看着她的两条短而粗壮的腿慢慢走过院子，头上两根辫子垂在她的后背上，然后我对我自己说，好吧，其实我也对埃丝特一无所知。我只知道她比妹妹大比妹妹高而且皮肤更黑，而且她像她妈妈一样有着非洲人的那种卷曲的头发，尽管她有一双又小又圆的中国人的眼睛。而且我知道她比妹妹更沉默，在她想跟我说点什么的时候，很多情况下她都选择不说，这就是埃丝特。但我又想了，她是个孩子。你还想知道些什么呢？

在与王霏打架两个礼拜之后，又发生了一件事情，那就是迈克尔打电话给我说他想跟我谈谈。这从未发生过。迈克尔之前从不这样叫我过去，而我也不习惯去见他。而这次无论如何我得去见他，因为我们还没有解开妹妹和教义问答课的结。

当我到达主教府时，他告诉我跟他去花园走走。他走了一大圈，什么都没说，而我也就不声不响地跟在他身后。花园里长满了猩猩木、天堂鸟和小株的荇菜。这里又美丽又安静。这让我想起了久望路上的植物园，只不过迈克尔的花园里没有那种室外演奏台。

过了好长时间，他跟我说："杨宝，我们已经认识很多年了，而且在这些年里，我给自己定了一些规定，就是从不跟你探讨王霏的事情，也不跟王霏讨论你的事。但她两天以前来见我了，嗯，好吧，她鼻青脸肿的而且左眼圈已经由黑转黄了。她跟我讲了在她看来发生了什么，所以我想，咱们两个能不能谈谈，怎么用一种平和的方式去解决这个问题。"

最开始我什么都没说，因为我不知道他什么时候会停止不说。然后我又什么都没说，因为我不知道该对他说什么。我就是自顾自地一边走着，一边在想他到底站在哪边。过了一会儿，我看着他，慢慢地走着，把手在胸前紧紧握住，就跟他在祈祷似的，再看他穿着这身黑色的教士长袍，我想，也许他不站在任何一边。也许他只是想巧妙地把这件事解决了。

"迈克尔，没什么事情好解决。王霏决定离开，然后她已经走了。尽管我对她脸上的伤感到很抱歉。我真的感到抱歉。我在打她的时候就已经后悔了。但你得理解，那天晚上真是一片混乱。"

"我十分理解。关于这件事我不想责备你。王霏也承认自己对发生的事情有一定责任。问题在于，因为你们有孩子，所以事情还不能就这么算了。"

这会儿我跳了起来，因为我突然意识到，正是她让他插手这件事的。他只把我叫过来，然后他就能为她求情，让我把孩子们给她，至少得要秀全。

"迈克尔，我真不打算把孩子们给她。所以，如果这就是你想跟我说的，我觉着我得去照看我的买卖了。"然后我转身就走了。

在我走了一半的时候，他在我身后喊道："杨宝，我知道你想解决一些事情，要不然今天你就不来了。”

我转过身去，又走回他站的地方。

“我真的很生你的气，迈克尔，关于你对妹妹做的一切。”

“我是个神父。我想让每个人都皈依上帝并且分享他的荣耀，包括你，杨宝。”

“你没权力在我不知情的情况下做这事。如果王霏把秀全带来，你让他变成天主教徒，这是一码事。但我并没有把妹妹给你带来啊。”

迈克尔看着我，好像他对我说的一无所知一样。

“当你那天在皇家海港跟我问起她时，你给我的感觉就是你所有的时间都在穆斯格雷夫女士路陪着王霏，而西塞莉则对你们俩的关系非常生气。于是我想，当你面对妹妹时，你有你的理由对她特别关照。”

就在这会儿，发生了我从未见过的事情，迈克尔的脸红了。我之前并不知道一个黑人的脸可以那么红，尽管他的脸冲着光。这时，主教府的后门开了，当我跟迈克尔转身的时候，我们看见管家出来并向我们走来。

迈克尔对我说：“很长时间以前，在妹妹出生以前，王霏就请求我给罗马那边写一封信，要一项特许好跟你离婚。他们拒绝了她的请求，而如果不离婚的话，她就不能通过法律程序要来孩子的抚养权。”

我不知道他为什么现在把这些事情都告诉我。我不知道王霏知不知道他跟我说了这些，也不知道到底是不是他自己擅自决定要拼死让我放弃孩子们。

当管家走到我们这里时，她说大主教在电话那边等着呢。我告诉迈克尔去接电话把，我们再约时间谈。

而跟王霏打完架之后又发生的一件事情是亨利·王开始把他所有的时间都花在唐人街里了。他从早到晚地在巴里街打麻将。当我问起他发生了什么事情时，他说他实在不能忍受在穆斯格雷夫女士路的生活了。自从王霏回家之后，她和西塞莉无论是早晨还是中午晚上都在不停地吵架，翻来覆去、没完没了地吵。只要她们有一件事不和，两个人就吵起来。她们甚至能为一件事一吵吵好几个小时而且彼此之间都不说脏话。亨利说这真糟糕。

“我能做的只有在王霏起床之前离开家并且在外面一直待到西塞莉上床睡觉。就算采用这种逃避的方法，有时也不怎么好用，因为有时西塞莉会在大早晨跑到王霏床边去，两个人就开始吵。如果邻居们住得再近一些，我想他们会报警的。”

于是我等着伊特尔过来告诉我那边发生了什么，因为尽管我给她付了那么长时间的速记班和打字班的学费，伊特尔始终不能通过考试，所以直到现在她还是王家的女仆。我跟她说她这样挺好的，我们再一起努力等她最终通过考试。于是，她对这种想法感到高兴，觉得自己也有一天会坐在一间开着空调、环境良好的办公室里。

“菲利普先生，那栋房子现在简直就跟战场一样。西塞莉小姐每天都在一边弹钢琴一边用她最大的嗓门唱歌。她现在最喜欢的歌是《回头吧，罪人们：你为什么会死？》。我现在都会唱了，因为西塞莉小姐一天要弹一百遍，尤其是当迈克尔神父来访的时候。她使劲按键盘，非常用力地弹，但弹得很糟糕，她唱道：‘死，已经死了，精神已经在罪恶里死了，在你还活着的时候，对于上帝来说你已经死了，你怎么还能等着第二次死？’她一遍一遍地弹：‘你会继续生活在罪恶中吗？会继续生活在永恒的痛楚中吗？哦，你将死的罪人，为什么，为什么你要永远死去？’她把韦斯利先生写的所有十四行诗都唱了，就跟她在转变成天主教徒之前，还是卫理公会徒时学的一样，所以我不知道迈克尔神父是怎么想的。

“西塞莉小姐一直在引用《圣经》里的话，她是这么说的：‘顺着情欲撒种的，必从情欲收败坏；顺着圣灵撒种的，必从圣灵收永生。’[1]当她知道霏小姐能听见她说的话时，就很喜欢说这些东西。她们不断地就霏小姐不断往主教府跑，而迈克尔神父则跟随着她从城市的一头跑到另一头而争吵。而当霏小姐告诉她的迈克尔神父跟她吵架的那个人时，西塞莉小姐总说：‘你的话是我脚前的灯，是我路上的光。’

“但实际上我从未见过迈克尔神父对霏小姐有过任何亲密的举动。我从未见过他站得离霏小姐很近或者碰到她。他总是把双手交叉放在身子前面或者放在他的大腿上，而且他总是保持不动。你几乎看不到他突然之间的移动。你的耳目谁都没看到任何事情，所以我不知道发生了什么，但是可以肯定的是，霏小姐对此不开心。

“而当她们不为神父争吵时，西塞莉小姐就会说，对于一个已经结婚了的女人来说，成天在她丈夫和神父之间跑来跑去，扔下她的孩子，然后和朋友们一宿一宿地去城里的酒吧、参加派对是绝对不对的。”

就在这个时候，伊特尔四下看了看，然后压低声音说道：“因为霏小姐经常在外面过夜。”

她继续说道：“然后霏小姐说，那不是她的过错，因为她有很多朋友，而且她和朋友在一起也远比和某些热血青年强。就是这个词，‘热血青年’，这词儿让霏小姐说完这句话后，开始好一通长篇大论：‘当你应该对自己说说我的神，我的磐石，我所投靠的时，你太过焦虑自己的社会地位了。’

“哪怕就是她们吵架吵到一半的时候，西塞莉小姐也会停下来，说点这样的话：‘我们让你上学花了那么多钱，你现在连站都没个站样儿。怎么就非得斜靠在门柱上呢？’然后她让霏小姐表现出一副受人尊敬的女士模样。还有一次，她跟她说：‘把你那双手从屁股上拿开！你以为你干吗呢？你以为你现在长大了，能那么两手叉腰地瞪着我吗？’

---

① 出自《加拉太书》：6：8。

如果霏小姐打断她的话，西塞莉小姐就会说：‘我在说话呢！如果你不介意的话，我在说话呢，我现在就在跟你说话呢。’

“但这还不是最坏的。最坏的是，当霏小姐说到斯坦利先生为了要避开她逃到英国时，西塞莉小姐…”

伊特尔说得太快了，这让我不得不举起我的手，像警察一样让她停下来，这样我就能问问她那个斯坦利是谁，因为我对她说的这事儿一无所知。

“斯坦利先生是西塞莉小姐的第一个孩子。”

“西塞莉还有另外的孩子？”

“当然，当然。但亨利先生不是他父亲。我不知道他爸爸是谁，但我大概听霏小姐说过关于约翰逊先生把西塞莉小姐嫁给亨利先生的事。这让西塞莉小姐非常生气，她说：‘约翰逊先生是你的外公，上帝让他的灵魂安息，你得用有礼貌的口吻谈论他，因为他没做任何对不起你的事。’除了能看出来约翰逊先生是西塞莉小姐的父亲之外，我也不知道这话是个啥意思。”

“那斯坦利为什么要去英国啊？”

“霏小姐说，斯坦利先生之所以要去英国，是为了躲开西塞莉小姐，因为她天天说他又笨又懒不负责任，还从不干正经事。其实西塞莉小姐说的不是事实，斯坦利先生为保护女王和整个国家，加入了皇家空军。而霏小姐说不是这样的，斯坦利先生对西塞莉小姐早就感到恶心和厌恶了，因为无论他做什么，西塞莉小姐都不能原谅他跟她一样黑。

“最新发生的事是从英国来了一封给霏小姐的信，那是斯坦利先生发来的。他说他能安排霏小姐去英国。她给他回信了，说她得跟你离婚，这样就能把孩子们从你那要过来，但教会不给她这样的特许。我知道我这样做是不对的，但是当霏小姐让我去邮局把信寄了时，我还是擅自用蒸气熏了熏信封，然后打开看了。”

她停了下来，坐在那看着我。然后她说："菲利普先生，我觉得这就是我要告诉你的全部。"

于是我说："谢谢你，伊特尔。你从工作的地方直接过来一定饿了。也许你可以去吃点……"我还没说完呢，我看见汉普顿突然跳了起来，嘴唇动了动，抖了抖他的腿，又拽了拽他的T恤和短裤，好像在给我一个什么暗示似的。

终于他说话了："我可以带伊特尔小姐去吃饭，吃完直接开车送她回家，你觉得行吗？"

我看着他说："当然。"

在他们两个离开之后，我锁上了商店，走回马修斯路。当我到家的时候，家里一片混乱。妹妹说得太快了，我根本没办法听懂她在说什么。妈试图让她安静下来，可是就在这会儿电话又响了。是克里夫顿·布朗。

"卡尔现在在警局。"

"你让他在那儿干吗？"

"他因为一场误会被抓了起来。我正在想办法解决，再过一个多小时，我带他回家。"

当克里夫顿出现的时候，秀全和两个警察跟他一起来的，我从未见过这般景象。他说那两个警察很年轻，他们不熟悉周边情况，不知好歹，犯了错误。我猜他们一定把事情都搞砸了，因为两个人看起来确实不太聪明。而且他们其中一个瘦高，一个矮胖，让我想起了马特和杰夫[①]，确实很像。我甚至都觉得他们两个之中的某一个会说出"哇哦"这种马特和杰夫经常说的话。

但那两个警察其实一点都没有喜感，因为当他们看到秀全从商店

① 马特和杰夫是美国漫画家巴德·费舍尔（Bud Fisher）在1907年开始在报纸上连载的漫画，讲的是两个阴差阳错走在一起的吹牛的人的故事。

里偷弓和箭时，他们大喊着让他停下来，而当他开始奔跑时，他们在后面追，终于在他跑向巴里街的中途把他逮到，然后他们把他带到了警察局。

当我问秀全，他觉着自己在干什么时，他说那两个警察冲他喊吓唬他，他就是想赶紧跑回家。

于是我跟他说："但你从商店拿东西没给钱啊！"

"给钱？我们从来不给钱。那就是个礼物，从商店拿的总是礼物。"

"那如果这是个礼物的话，警察冲你喊的时候，你为什么还跑啊？"

就在他回答之前，妹妹先开口说话了："因为你不能总是相信警察能理解你的处境。"

我暗自觉得她是对的。而我也知道，在警察出现的时候，秀全就是在偷东西。

当我四下张望时，看见张正从院子里往自己的屋子走。

克里夫顿推了推两个警察，让他们过来跟我道歉，然后他们两个都说了"对不起"。他们不知道秀全是谁，也不知道他是我的孩子，抓他就是个错误，他们保证不再犯了。

我说这没什么，这样的误会总会发生，没带来坏的影响。然后我开了几听红带啤酒，给了他们。两个警察坐了下来，他们冲我微笑，但我清楚得很，他们对整个形势其实并不满意。

孙子云："无约而请和者，谋也。"

第二十三章　作战

西金斯敦就像是个装着面粉的小桶似的，等着什么东西过来让面粉跟它混合。于是，就在爱德华·西加[①] 在保罗·博格尔暴动100周年纪念会上讲话时，当民众谴责他时，他跟他们说："如果他们觉得自己不好，我可以把人群带到西金斯敦去。不管用什么方式，不管在什么时间，我们都可以跟他们做交易。这是以毒攻毒。"而这就是人们存心蓄意破坏的真正开始，他不再是一位音乐赞助者，摇身一变变成了政治家，于是我想知道他这一步走得到底对不对。不是所有的枪击案都是西加的错，因为早在他发表这通演讲之前，这种事情就已经存在了。于是我想，这"以毒攻毒"的说法只不过让事态变得更严峻。

不管怎么说，这跟格洛丽亚对我说的一样，街上发生了枪战。现在只是1965年，仅在三年以前，我们还在同样的街道上举行游行，欢歌笑语、手舞足蹈地庆祝牙买加的独立。而现在，每个人都在街上，用枪放倒别人。事态变得太坏了，甚至有一天，有人报告说，仅在西金斯敦的一条街上，他们就打了两千发子弹。我实在想不通他们是怎么办到这种事的。我甚至不知道人们怎么能买得起这么多的枪支弹药。而且我也想不明白，他们怎么能花这么多时间金钱来用枪放倒他们的邻居。

我跟贾奇·芬利说，现在这种情形，正是当年当塞缪尔斯和路易

---

① 爱德华·西加，1974年至2005年担任牙买加工党领袖，于1980年至1989年任牙买加政府总理。

斯·德弗雷塔斯一起做生意时，我害怕出现的情况，而我们那时把苗头消灭在摇篮里是多么英明啊。我们当年不让枪进到唐人街里有多好啊，因为我实在不想让现在发生在西金斯敦的事情也同样发生在我的地盘里。

然后他跟我说：“那团结统一、互帮互助怎么讲？”

“这不是统一。只有你们在一起共同面对一个敌人时，才是统一。谁是西金斯敦的敌人？”

“他们觉着，那个住在他们隔壁的、带枪想杀他们的男人是敌人。”

“杀了你的邻居也解决不了失业和它带来的一系列问题。他们的敌人不是自己的邻居。他们的敌人是让自己变得越来越有钱的大佬，而那些年轻小伙子们却在街上流血而死。如果你非要说互帮互助，那也许我们一起回到英国统治牙买加那会儿了。也许我们还得去想想怎么去阻止这些外国投资者从我们这儿以最快的速度捞钱，这样才能给牙买加留下点什么。或许我们并不需要这么多外国援助。但是那些平民却什么都不能做。他所能做的一切就是抄起一把枪对着每天都能看见的人扫射。但是，最坏的事情是，他用从美国中央情报局那拿来的枪干这种事情。而大佬自己连打都不需要打那些奴隶。我们在为他做这件事。”

而除了妹妹之外，没人听我说这番话。

然后，我们接下来认识到的事情是，关于肯尼斯·王，我们得做点什么，因为肯尼斯经常在事情进行到一半的时候把事情搞砸。比如说，他拿我让他办事为借口，就感觉自己好像已经成为头号人民公敌了一样。所以我觉得，为了解决这个问题，我打算雇戴斯蒙德·查姆蒙德，然后告诉肯尼斯，他不用再给我跑腿干活了。现在我有了戴斯蒙德。我觉着这能弥补肯尼斯给我惹的麻烦，因为戴斯蒙德是米尔顿的一个老朋友，后来事实证明，他是一个有巨大影响力的坏小子，所以我觉着这么着该能把肯尼斯打发回他亲娘老子那去了。但事实远非我想得那么简单，肯尼斯还是到处游手好闲，表现出一副为我工作的样子。于是人们感到很困惑，他们到底该跟戴斯蒙德做生意，还是该关照肯尼斯的买卖，于是我跟那孩子一遍一遍地解释，他应该回学校去拿个文凭而不是在我这混。可他对上学一点兴趣都提不起来。他说自己不需要上学。他爹也没文凭，我也没文凭，但我们还是很有钱，那他要文凭有屁用？然后我跟他说世道不一样了，他不能跟我一样在城里到处混。也许他应该跟他爹说，让他去超市工作。但他就是耸耸肩膀，之后走开了，我从这就能看出来，他根本不想做这件事。

当我过去跟他谈时，他说他对政治不感兴趣。

“但你正跟西金斯敦最大的一群政治贩子做买卖。”

“路易斯是我的朋友。”

“路易斯 · 德弗雷塔斯不是你朋友。他不是任何人的朋友，只是自己的。你和这人关系好就是给自己找麻烦。虽然他现在不断地谈论政治，但是这人还是一混蛋。他一点都不关注失业和教育问题，他只关心他能从现在的形势中捞到多少好处和钱。现在，每个人都在说是中央情报局在后面挺他，为的是让他制造混乱，所以他们要颠覆国家。”

“我跟你说过了我对政治没兴趣。路易斯对我很好。他让我给他工作然后他给我钱。”

“你绝对不能相信他。路易斯 · 德弗雷塔斯这会儿对你好，过会儿就会往你胸口里打进一颗子弹，如果他觉得对他更有利的话，往你后背打也说不准。”

但肯尼斯根本不听我说话。我都开始在想是不是我错了，要不是他上街帮我跑腿，像肯尼斯 · 王这样一个孩子是无论如何也不会认识德弗雷塔斯的。

芬利对我说："也许你不用把这事想得这么复杂。不管怎么说，是肯尼斯像虫子一样黏着你烦你的。这就是他采取的办法，所以说，不管你让他干什么，他都会让自己陷进去的。"

我的一部分知道芬利对了，但我的另一部分始终觉得自己对这事是有责任的。我对该怎么处理肯尼斯一点办法都没有。孙子云："数赏者，窘也；数罚者，困也。"

于是我决定跟亨利·王说说肯尼斯的事儿。可事实证明，亨利对肯尼斯做的事情一无所知。他说那孩子就是进来出去吃东西然后把他的脏衣服裤子扔在家里等人洗。他跟谁都不说话，在家时就把自己锁在屋子里，走的时候用一把大锁把屋子锁上，这样就没人能进到他房间了。

亨利只知道肯尼斯现在很有钱。他买了很多漂亮的衣服，一台录音机，然后还有一堆他不停播放的磁带，而且尽管他连驾照都没有，他还是买了一辆小轿车到处开。

亨利说，那孩子已经很长时间不在正轨了。当到了法律上允许他可以不上学的年龄时他就离开了学校，而与此同时，亨利依旧给他交学费。而且亨利说，那孩子在家抽烟，因为女仆们说她们闻到那股子味儿了。亨利也不知道该拿他怎么办好，而西塞莉只说她会为他祈祷的，但亨利并不指望着那个。

"杨宝，我实在不知道跟你说什么了。如果你对这孩子有任何主意的话，我愿意听你的话。但西塞莉真的把孩子们宠坏了。"

三天之后的一个炎热的周四下午，亨利·王突然间在街上倒下了。他们把他送进了公立医院，因为他们既不知道他是谁也不知道他有多有钱。在公立医院的时候，他们认为是中风把亨利·王放倒的。当我听到这个消息时，我给乔治·莫里森打了个电话，让他赶紧派一辆救护车把亨利·王接到久望路去。稍晚一会儿，我去看他，他一半身子已经瘫痪了，情况很不好。

几天之后，莫里森说，亨利没有任何好转，而且把他转去中国疗养院他也许会觉得更舒服一点，于是我们就把他挪去那儿了。那真是个好地方，又干净又安宁，而且护士们表现出真的把他当回事的样子，是真心的而不是在工作的那种感觉。而当我去看他时，他只跟我说，让我帮他带一些米饭、豌豆、鸡肉、炸咸鱼馅饼和牙买加面包。

我希望每天都有人给他送吃的，于是我给芬利、汉普顿和米尔顿排了个班。而张跟我说，他也想去看看亨利，这件事让我感到惊讶，因为我已经记不起来上次张出“远门”是什么时候了，他现在走得最远的地方也不过是到巴里街买中文报纸。我不知道他怎么才能去那么老远的北街，直到“花呢袜”麦肯齐说他会开车把张送过去时我才松了一口气。

我最后一次去看亨利时，他伸出他有气无力但保养得很好的双手，抓住我的袖子把我拉近，在我耳边说：“我已经跟西塞莉说了，想让你继承我的买卖。”

亨利死了以后，西塞莉决定在圣三一教堂为他举行葬礼，那是我那年第二次去那地方。第一次是我去那看迈克尔从金斯敦的罗马天主教主教那得到奉献，那就是那天我们在主教府，大主教要在电话里跟迈克尔说的事儿。迈克尔在那天看起来非常骄傲和平静，就跟现在看起来一样，因为王霏坚持要他来主持葬礼，尽管伊特尔跟我说西塞莉对此抱怨不休，但她们还是在一定程度上达成一致，因为正是迈克尔站在台上，用拉丁文说着：“奉圣父、圣子及圣灵的名。”

我对我自己感到惊奇，因为我从未觉得自己会对宗教上的东西有任何感情。虽然我现在也开始去教堂并且当上了约翰·莫里森的教父，但我依旧没什么感觉。但就在刚才，当所有的声音都开始大喊：“我对全能的上帝忏悔，求你保佑永远圣洁的玛利亚，保佑大天使迈克尔，保佑圣徒彼得和保罗，保佑所有的圣徒和神父你，我曾经心怀过分罪恶的想法、语言和行动时。”我的心里能感受到什么东西，然后我毫无原因地开始敲打自己的胸口，和其他人一样，敲打了三次，并用拉丁文重复说道：“我罪，我罪，我有极大的罪。”

我向下看看见妹妹站在那，呆呆地看着我，我突然间产生了一种窒息的感觉，我意识到那是焚烧乳香的味道，然后我就觉得自己要哭了。但这跟亨利·王没什么关系，就是那种乳香的味道，还有那清脆的铃声，迈克尔身上穿着由紫色、白色和金色构成的服饰，棺材旁边点着的蜡烛，以及一滴一滴流淌下来的圣水，让我产生了这种不由自主的感觉。

当迈克尔开始唱序曲时，我整理了一下自己，而妹妹则又转了回去，其实她应该一直都面朝前方而不是应该转过来看我的。

迈克尔开始念祭祷词：“上帝，请记住，你的仆人亨利，已经带着忠诚的标志，先我们一步去你那里，然后在宁静中永远沉睡。”之后又过了一会儿，它就结束了。然后女高音们开始用拉丁文演唱《圣母颂》。

当我看到王霏站在教堂花园里时，我意识到这是自从我俩在马修斯路打了那一架以来，彼此第一次相见。她看起来很好。她比我在教堂里看见她的后脑勺时想象的情形要好，那会儿她把黑面纱放下来遮住了自己的脸。她现在看起来跟我们结婚之前一样，又清新又有活力。她看起来并没有为亨利的死感到太伤心，感觉她好像已经跨过这件事了，这让我感到非常惊奇因为我一直都认为他们两个感情很好。当她向我走过来时，我紧紧抓住两个孩子，一边一个。她弯下腰，好像要跟两个孩子说话一样，但是他们都没什么话要跟她讲，于是她又直起腰来。我对她说：“孩子们现在是很安静，但这并不意味着他们不想你。你什么时候想回家我们都欢迎你。”然后她只是看了我一眼就走了。

事实证明，亨利死了之后并没有留下遗嘱，于是西塞莉得到了所有的东西。葬礼过去之后的一个礼拜，她给我打电话，让我去穆斯格雷夫女士路一趟，因为她想跟我谈点事。当我到那的时候，她让伊特尔把下午茶在走廊上摆好，就跟我们在过去早些时候一样。还有切成小三角块的锡罐三文鱼和黄瓜三明治，伯爵茶和维多利亚海绵蛋糕。

她把一小块餐巾纸铺在膝盖上，然后用左手扶着茶壶盖倒了两杯茶。她甚至用镊子夹起两块白色的小方糖放在我的杯子里，这让我笑了，不禁想起牙买加出产多么好的粗蔗糖。

在她把茶搅拌好了之后，又往她的小瓷碟里放了一块三明治，然后跟我说："我一直很喜欢你，菲利普，你也知道这个。不管怎么说，我希望下面我说的话你不要见怪。我一直认为，一个男人应该有足够的耐心去给王霏一个长久的婚姻，因为尽管她是我的骨肉，我也知道她会受到什么样的审讯。所以，尽管你们之间的事情进展得不是那么顺利，我一点都不认为那是你的过错。所以我也希望你也能感同身受地理解我，作为一个母亲，不得不去做一些事情，尽管她的孩子可能不是她所期待的那样。"

我坐在那，平衡着茶杯和茶托，试图在接过西塞莉递过来的装在小碟子里的三明治时不至于抖得太厉害。虽然我想把东西放下来一些，但是不站起来的话是够不着那张小桌子的，而我又不想打断西塞莉的讲话，所以我只能端着所有的东西坐在那，这就意味着我没有多余的手去端茶杯喝茶或者拿起三明治来吃。

"我把你今天叫过来的原因你也知道，亨利活着的时候，就想让你继承他的生意。"

正是这时我的耳朵竖了起来。

"我理解他所想的，不管怎么说，你是他和我唯一的女婿，而且你们俩合伙给杂货铺和酒店一类的地方送货，而且我也知道你在这行干了很长时间了。但我的问题是：肯尼斯。如果我让肯尼斯继承亨利的遗产你觉得怎么样？”

她停了下来。我不知道她是不是希望我给她一个答复。于是我只能定定地瞅着她，希望她能继续说下去。

“肯尼斯也不容易。我确信你已经发觉了。尽管我为他祈祷了很长很长时间，但现在看起来，这些事我都白干了。就是这么回事。”

现在我等着她最后的决定了。

“如果你现在能以你自己的方式去帮助肯尼斯去学习怎么经营超市这些事的话，也许几年之后，当他能够独立经营了，我们就把亨利给你的生意分成两份，比如说，酒商和批发商那一块给你，然后肯尼斯能留着超市那一块。你觉得这怎么样？”

“好吧，西塞莉，你能想着肯尼斯的未来当然好，这是一位好妈妈应该做的。但我不确定肯尼斯对经营超市是不是那么感兴趣。”

“咱们就给他个机会让他试试吧，不是吗？与此同时，你现在有权管理亨利的生意了。如果你喜欢的话，你就当总经理吧，他的生意我全权委托给你。肯尼斯是你的学徒。而至于收入，咱们俩五五分成，然后你可以给肯尼斯一点工资。这怎么样？想再来点茶吗，菲利普？”

当我开车离开穆斯格雷夫女士路时，我觉得我现在的感觉一定跟比尔第一次见我时的感觉一样。西塞莉已经变成了精明的生意人了。这段时间，我一直觉得她在家里绣花，对所有来帮忙的人大喊大叫然后回复那些伊特尔告诉我的她每个礼拜都会收到的信。但她这次把我堵到墙角了，因为帮助肯尼斯是我唯一能查收亨利·王买卖的办法。

第二十四章　用兵

当我把西塞莉的计划告诉肯尼斯时，他并不感兴趣，好像是她把计划告诉了他，然后他说他不干，而她又表示不听他的话。

“我才不干看商店的活！你那帮人想对我怎么着？”

“不是我，肯尼斯，你得相信我。我这么做的唯一原因是这是西塞莉交给我的任务，她要我努力让你走上正道。她十分担心你，这就是我知道的全部。”

“她才不是担心我呢，她担心过除了全能的上帝之外的任何事吗？嘿，我真不知道她对你做了什么，但我真不需要任何人把我放在任何一条路上。我已经找到了自己的路。”

好吧，我跟我自己说，可以确定的是，肯尼斯正走在一条通往地狱的路上。对于这一点，我几乎没什么值得怀疑的。

几个星期之后，他出现在我的商店门口，然后说他想试一下经营超市。伊特尔告诉我，西塞莉威胁他如果他不学习如何经营超市的话就把他从家里扔出去。尽管路易斯 · 德弗雷塔斯是他的“大哥”，但肯尼斯这孩子根本不适应住在西金斯敦，因为那里既没有网球场和游泳池，也没有能伺候他的女佣。于是他跟他妈妈达成一致，就来找我了。

但是，尽管我一次接一次地尝试，我始终不能改变肯尼斯一分一毫。他八点出现在商店门口，然后十点钟就走了。有时他直到下午四点都不来，而当我问他去哪了时，他只说这不关我事。他从未做完任何一样我交给他的工作，或者晚些时候我发现，他把那些活交给米尔顿和戴斯蒙德替他完成。然后我就经常能接到这个或者那个酒店给我打来的电话，说他们没有收到货，事实证明，肯尼斯把送货车在路边一停，就去给德弗雷塔斯跑腿去了。就算我在办公室给他点活干他都不能很好地完成。他犯错误，然后做事情水水塌塌，并且他对客人们态度极其不好，但他一点都不在乎。我不断地跟他讲，可事情一点起色都没有。

就算肯尼斯这样，我始终没有对他的好逸恶劳和半途而废说出半点不是，因为我知道，我们得改行做别的，正如张说的那样，人们对“被罩着”这件事的看法和以往不同了。他们虽然还付给我钱，但对这件事已经有了一些异样的感觉。再加上时局混乱和暴力横行，我们开的赌场盈利也逐渐减少，因为人们对未来不确定，所以他们也不愿意把自己口袋里的钱输出去了。而妓院生意则是一贯的不好，因为我觉着把那群姑娘的辛苦所得要走实在感觉不好。

而我们还在继续做着海军剩余物资的生意，尽管比尔早就走了，我都已经记不清他走了之后我们和多少中士打过交道，同时，我们还能在建酒店的剩余材料和港口卸坏的物资上挣到钱。实际上，尽管是酒店生意把这些零碎生意整合成大买卖，但我们做的还是非法的。现在，西塞莉给了我们一个洗刷自己的机会，我们能做合法生意了，所以我们必须得把这件事落实。

但是，因为枪击事件不断，我做每样事情还是有筋疲力尽之感。1966 年 10 月 2 号，那天是星期天，事情变得很糟糕，因为那天政府在西金斯敦颁布了一项关于处理紧急事件的条令。而在颁布这项条令的中途，肯尼斯被人用枪打死了，都没来得及送医院。他就那么躺在街上，流血到死，因为警察花了五个小时才把形势控制到能进去抬出伤员的程度。

关于这件事，我第一次听到是王霏给我打电话说的。她在电话那边又哭又叫，说都是我的错让她的小弟弟在外面被人杀了。她虽然不知道我是怎么搅和进来的，但她知道一定是我。肯尼斯是个来自富裕家庭的好孩子，正要开始他人生的旅途，但现在，因为我，他死了。她就那么大声喊着，使劲哭着，在电话那边胡言乱语，所以有一半的话我都没听懂，除了我听出了她说不会让我这么杀了卡尔的。她跟我说话的方式就好像是我拿起枪杀了肯尼斯似的。

我跳进轿车然后开到了穆斯格雷夫女士路。西塞莉正坐在走廊里，于是我走近她，在她前面双膝跪倒在地板上，然后我对她说："西塞莉，真的对不起。我刚刚听说了肯尼斯的事情。"

她低头看着我，我能看到她的眼睛哭得有多红，然后她把我的双手放在她的手中。她的手胖胖的，又温暖又舒服。

"菲利普，不是你的错。我知道你尽力了。肯尼斯不是个好孩子。我们也尝试过了。我们还能做什么呢？这就是上帝在惩罚我，为那些我本应该做却没做和本不该做却做了的事情。这是让我好好思考，而不是让你责备自己啊。"

在那之后，每个人开始担心王霏会做什么，因为尽管伊特尔在好早之前就过来告诉过我关于她给她远在英国、同母异父的哥哥写信的事情，但没人真正关注它。但是现在，肯尼斯出事了，我们觉得也许我们得严肃认真地谈论一些事情了。

贾奇·芬利跟我说："你觉着她去英国时会把孩子们也带上吗？"

"她不可能那么做！她怎么能那么做呢？秀全十四了，妹妹十一了，现在没有一个活着的男人能帮她去做这样一件事。没人愿意继续管这事了，而且我敢肯定，他妈的王霏就凭自己肯定干不成这件事！"

"好吧，但也许我们应该提前做点预防工作。"

于是我们决定，当孩子们在外面时，米尔顿和戴斯蒙德轮番盯着他们。孩子们对这件事很不乐意，但是我跟他们说，这是为他们好。

妹妹说：“但怎么说我们都得上学和去见迈克尔神父啊。”

于是我说好吧，但那些人可以在门口等着他们，但是当他们从学校或者主教府出来以后，必须跟米尔顿或者戴斯蒙德回家。于是他们同意了。

几个月之后，克里夫顿去迈阿密见玛吉·洛佩兹。在佛罗里达待了几个礼拜之后，她就开始这么叫她自己了。最开始，她用这个名字给我写信，我不得不在电话里问她：“这个玛吉是怎么回事啊？你怎么念它？是跟玛姬一样吗？”

“不是，叔，后面的音没有那么轻。是‘吉’不是‘姬’，玛吉。”

不管怎么说，她就一直和克里夫顿的家里人住在那。他们给她一个温暖的家庭，现在她十九岁了，想去念大学。我把查尔斯·米查姆每个月给我寄来的钱都给克里夫顿，让他随身带去。尽管他们有各种货币限制政策，但是没人会搜查一个要上飞机的警察。

我跟他说：“是你不让她进监狱并且把她送上去迈阿密的飞机的。”

然后他笑着对我说：“我们很幸运啊，那天晚上都没有被抓进监狱然后一生就这么了了。”

克里夫顿刚到那，玛吉就给我打电话说谢谢。

“那你在大学里想学什么？”

“化妆。”

“化妆？”

“你知道的，口红啊，粉底啊，面霜啊，这一类东西。”

“大学里有这样的课？”

“大学里可啥都有啊，叔。”

在克里夫顿走了两天之后，米尔顿一个急刹车把轿车停在商店门口，慌慌张张地跑进来，好像他尾巴被烧了一样。

“她把他们带走了。她在我眼皮子底下把他们带走了！”

“你说什么呢？”

“她把他们带走了。霏小姐，她把他们带走了。”

我一把抓住米尔顿的衣领，使劲摇晃着他，然后又扇了他几嘴巴，想拿他撒气，直到贾奇·芬利来了，把我们俩隔开，让我平静了下来。然后我开始就地转圈，因为我不能想事，也实在不知道该怎么做。汉普顿把他的手放在我肩膀上，把我摁到一把椅子上。

芬利走到电话旁边，给王家打了个电话。伊特尔接的，说王霏没在家，但如果需要的话，她可以叫王霏的妹妹达芙涅来接电话，芬利说好的。当达芙涅来接电话说她不想跟芬利说话而是想跟我说。

“王霏没在这，杨宝。她下午带着孩子们去英国了。”我什么都没说，因为我实在不能理解她对我说的话。

后来我听见她在那边跟我说：“你还在听吗？杨宝。你还在那边听我说话吗？”我只是呆呆地坐着，手握听筒。

芬利把听筒从我手里拿走，对着话筒说：“达芙涅小姐，是我，芬利。我想你是否能把全部经过告诉我们，因为我们对此一无所知。”

“王霏带着孩子们去英国了。”

我从椅子上站起来，跑了出去，跳进轿车一路开到主教府。但是迈克尔并没在那。我疯了似的跑到教堂，当我打开门的一刹那，我看见他直挺挺地躺在黑黢黢的教堂里，倒在圣坛前。于是，我马上就知道是他有问题。我穿过过道，跑到他身边想把他抓起来，但他却挂在我的胳膊上，当我看到他的脸时，我看见了他从他的上帝那里得到的惩罚要比我想给他的任何一种惩罚都重得多。于是我松了手，他掉回地上。

事实证明，王霏找了那两个曾经逮捕过秀全的警察，在秀全学校外面抓住了米尔顿。正当马特逮捕米尔顿的时候，杰夫忙着把妹妹从轿车里拖出来，逼着她上了一辆出租车，王霏在那辆车里等着她。当秀全进到出租车里时，车就直接去了机场，而米尔顿则被带到了警察局，直到飞机飞走了他们才放了他。他们之所以能这么顺利地完成这件事情，是因为克里夫顿在迈阿密。

“但这得有几个人参与啊？她从哪搞的钱和护照？她是怎么掩人耳目地组织这件事的？”

我跟贾奇·芬利说我们要去英国把孩子要回来。但他说我们不能这么做。英国跟这里不一样。他们不能让一些牙买加人在那跳华尔兹舞然后把两个孩子从他们那个白人国家带走。那是绑架，并且英国政府也绝不会对处理这样的事手软的。

当克里夫顿从迈阿密回来以后，我跟他说我要惩罚那两个小警察。我要切断他们的喉咙然后把他们的尸体扔到大海里去，要把他们打的眼珠从眼眶里爆出来，要他把他们的老二割下来然后戳到他们嗓子眼儿里去，要让他把他们的手和脚都剁下来。

然后我要他去找到那个出租车司机，对他做同样的事情。还有给王霏办护照的办事员，那个卖她机票的票贩子，还有在机场帮她提行李的小红帽，还有那个让她通过海关上了飞机直飞伦敦希思罗的那个死女人，都要统统干掉。

但克里夫顿和芬利说我们不能做任何一件事。我们只能确定那两个小警察参与了这次“绑架”活动，但我们不能干掉他们，因为他们是警察。你不能就那么去干掉两个金斯敦的警察而不惹一连串的大小麻烦。

“好吧，你是说我们什么都做不了吧？”

克里夫顿和芬利同时深深叹了一口气。他们互相看了看对方，又同时看了看我，什么都没说。

然后芬利说："这对生意来说特别不好。而且我们都会在监狱里了此一生的，并且这还不能把妹妹和秀全带回来。"

张对我说，孙子有云："途有所不由，军有所不击，城有所不攻，地有所不争。"

我开了一瓶朗姆酒，喝完之后，我又开了一瓶。

第二十五章　人际关系

我喝了太多的酒，什么都干不了，甚至在大部分时间里往前看都看不了。我所能做的一切就是去巴里街买下一瓶酒。然后有一天，汉普顿来到院子里，后面跟着伊特尔。这是伊特尔第一次到马修斯路的家里来。在这之前，她都是去商店找我的。但现在我因孩子们走了而根本不离开马修斯路，所以我猜到这儿来是她能见到我的唯一方法了。

当他们俩来的时候，我坐在鸭子池旁边的一把小直背椅上。汉普顿先跨进院子的，对我说："伊特尔想跟你说点事儿，但是她怕惹你生气，而且也很担心你对她不利。"

"我能对她做什么？你看见过我害谁吗？"

于是汉普顿后退了几步，把伊特尔推到前面。她胆子很小，并且当她开始说话时，她的声音就跟耳语似的，我根本听不见她在说什么。

"伊特尔，大点声！"

于是她清了清喉咙，说道："是的，菲利普先生。"然后在这会儿，汉普顿冲她点了点头。她开始说："在霏小姐带走孩子们之前的那个星期天，我无意中听见她跟别人在电话里讲的话。她在起居室里，我过去放一个装满水的花瓶，西塞莉小姐让我那么做的，但在我还没进门时，霏小姐就扭过身来，冲我挥了挥手，让我出去，所以我也没有机会放下那个花瓶。看起来她对我的出现感到很生气。所以当我关上门时，我在门口停了几分钟，听她到底要说什么。然后这就是我听到她说的话：'我会在出租车里。'这让我觉着，她其实就是在和她的某一个朋友安排一些事情。但她说话的方式挺逗的。之所以挺逗的，是因为她根本就没说什么，还不让我听，因为平时他们从不会为安排事情这种事而感到不自在。不管怎么说，接下来我听见的事情是，她说：‘你明白了吗？’那感觉不太对……好吧，我也不知道是什么感觉，但现在我意识到，之所以觉得挺逗的，是因为她好像是在跟个孩子说话。所以她根本就没有跟她的朋友在讲电话。”

我就那么坐着，死盯着站在我前面的伊特尔。汉普顿跟她说没事儿的，她做的都对。他告诉她去大门那等，他一会儿就过来然后开车送她回家。然后他俯身离我近一些，认真地盯着我，好像他在为什么事感到焦虑。

他跟我说：“你还好吧？”

但我没回答他。

于是他说：“我觉得还是她来跟你说的好。我觉着你想知道，并且消息最好是从她那来的。”他等了一会儿，接着说，“你要没事的话我就开车送她回家了。”

“嗯，没什么事。”就在他要走的时候，我伸出手，抓住他的胳膊，说，“汉普顿，谢谢你。”之后我对门口要走的伊特尔喊了一句，“谢谢你，伊特尔！”

孙子说，孟子曾经说过：“天时不如地利，地利不如人和。”

第二天，我洗了个澡，刮了胡子，把自己收拾整齐了，出去见迈克尔。房子的管家不让我进屋，但是迈克尔在隔壁屋子听出我的声音了，然后冲她喊说没问题，她可以让我进去。当我进到他的书房时，他让他的管家——他叫她克拉福德小姐——去弄点咖啡来，而且他邀请我坐在床边的一把扶手椅上。这是我在教堂把他抓起来又扔在地上以后第一次见他。迈克尔看起来有些瘦了，并且很疲惫。

“我曾经想过给你打电话。”他在我身边的扶手椅上坐下，对我这样说。

窗户是落地窗，所以当你坐下的时候，你能看见花园就在你前面，而且能感受到足以对抗下午那种热气的凉爽的清风。

“那天我在教堂里把你抓起来，我看出你很痛苦。现在我过来看你，而且感觉你还是那副样子。所以也许忏悔的角色应该变化一下，得你来告诉我你想的是什么。”

迈克尔看着我，我能看出来他脑袋中正在进行一场暴风雨，看起来像他不知道该怎么开始似的，因为有太多的事情要讲了。但令我感到诧异的是，看起来他一直在等着想着盼着我来找他，然后问他发生了什么以及他能为这件事做些什么似的。

就在这会儿，书房的门开了，克拉福德小姐走了进来，用托盘端了一壶咖啡和几个杯子。她把这些东西放在桌子上，然后迈克尔说了谢谢。当她走了之后，迈克尔站起来，把咖啡倒到杯子里，于是屋子里就充满了蓝山咖啡那种馥郁浓厚的香气。

在他把咖啡递给我之后，他说：“事情发生的一个星期之前，王霏问我，她能不能在周日带着孩子们望完弥撒之后顺道来见我，但我说不行。”

然后他端着给自己倒的咖啡，又坐回了我的身边。

“我对她说，如果她想带着孩子们来见我，得得到你的同意。她对此十分生气，并且过了好长一会儿才让自己重新平静下来。然后，她跟我说，我能不能至少让她在电话里跟卡尔说说话。”

迈克尔停下了。我想他对我突然间把所有的注意力集中在他身上而感到震惊。这给了他一种电击一般的、突然的感觉。于是我们两个就那么坐在那，等着这种感觉的退去。

“我不知道自己为什么会同意，但我还是说了‘好的’。于是就在事情发生之前的那个星期天，她在电话里跟他说了话。就在这间屋子里，因为我跟戴斯蒙德说，我得给卡尔找几本新的祈祷书。”他停了下来，不过很快又继续说道，“我继续在外面等，因为我不想偷听他们的谈话。但是，当卡尔出来时，他看起来很焦虑。于是我就问他是不是没事。他说自己很好，于是我们一起走到教堂的后面，和妹妹还有戴斯蒙德会合，而我直到事情发生了也没有多想。因为尽管我知道王霏想去英国，但我从未想过她会带着两个孩子一起走。我从未这样想过。”

“你知道她要去那？”

“是的，而且我意识到，自己原来是个同谋。尤其是在她和孩子们的关系上。在我本应该去做点什么阻止这件事时，我却促成了它。”

“当我那天看见你在教堂里的时候，当我看着你的时候，现在我觉着你不会因为那通电话想要把自己钉在十字架上。”后来我意识到，也许我不应该用“钉在十字架上”这几个字。

迈克尔看着窗外，这会儿外面刚好开始下雨。那种典型的下午三点半牙买加才会下的雨，十分钟外面就开始大雨倾盆，而十分钟之后，除了雨后的那种特有的清新和几滴从芭蕉叶上滴落的水滴之外，你几乎不能说出刚才发生了什么。

“她让我跟她一起走。”

“她让你跟她一起走？她想让你跟她一起去英国？”当我看见迈克尔脸上一闪而过的痛苦时，我突然间意识到自己现在正在什么地方。于是我压低声音用耳语对他说：“她想让你跟她一起去英国？”然后他点了点头，“那算什么事儿？你把你的神父和你绑架来的孩子一起带着然后逃亡四千里？”

迈克尔把手伸进头发里，然后又捂住嘴，好像他有什么东西不想说似的。他就那么坐在那，手在嘴上捂了好长一段时间。

接着他说：“在脑海中犯罪和实际上犯罪是一样的。”

这令我感到震惊。我不知道为什么，因为这也是我一直在想的。

也许我不想让他就这么跟我承认了这样的事。

“你是说想的和做的吗？”

“不，杨宝，只是想的。”

然后我想，好吧，那是和权利有关的，如果迈克尔对妹妹有任何兴趣，我想王霏也会对那孩子产生更多兴趣的。但是接着我又暗想，迈克尔就那么折磨自己，只是因为在脑海中犯过罪吗？于是我猜测他的事也许不仅仅在于只是想想。那也许真的超过“只想想”，虽然还没到真的去做那种程度。

我跟他说：“你想跟她一起去吗？”

迈克尔想了好长时间，然后他说：“我还真有那样的想法，有时真想去，还想跟她在一起。但大部分时间里，我还是认为这里在呼唤着我。”

我看着他，我站了起来，把迈克尔也拉起来，拥抱了他。我之所以拥抱他，是因为他是这个地球上唯一了解我现在的感觉的人，也是唯一能体会到我们失去的是什么的人。不仅仅是因为我们失去了王霏，也是因为我们失去了孩子们。

当我去格洛丽亚那，她打开了门，把我拥入怀里。我让我自己倒向她，而此时，我终于觉得在那事儿之后我的整个身心第一次得到了真正的休息。于是我就站在那，她抱着我对我说：“我还在想在你来之前我还得等多久。”

我想告诉格洛丽亚发生了什么，王霏是怎么做的，还有那两个混蛋警察、混蛋司机以及孩子们走了之后我有多难过，但我不确定这样跟她说是不是合适恰当，不确定让她听我说关于霏、妹妹、秀全以及埃丝特的所有想法是否公平。

她到厨房开始用水壶烧水。

“你不喝点朗姆酒？”

“芬利告诉我你已经喝了好多那种酒。我给咱俩泡了好些立顿红茶。”

埃丝特进到厨房里，看着我。也许是第一次她似乎感觉到了我的悲苦带来的一些不同，于是她说：“我对发生的一切感到很难过。”之后她就出了后门跑到院子里去了。

格洛丽亚把茶包放进茶壶，然后把茶包上的线系在了茶壶把儿上，接下来往茶壶里倒了滚烫的开水。在她把茶壶、茶杯和托盘都摆好之后，她招呼我来坐，然后对我说：“这不是跟咱俩过去一样吗？”

我说：“是啊，只不过二十年过去了。”

“我知道你对克里夫顿说你要去杀了每个人，但你跟谁说话呢？你跟谁说你内心真正的感受呢？”

“我不跟任何人说。你觉着我会跟谁说？”

“我，你可以跟我说。”

“什么？你让我跟你说王霏的事？我觉着你会不乐意的。”

“那是很早以前的事情了。”

我看着她，我意识到她是认真的。

“孩子们走了之后，我的心像被掏空了，我就跟行尸走肉一样。我不想干任何事，甚至早晨都不想起床，也不想洗澡刮胡子。不想工作也不想跟任何人说话。我只想喝干一瓶又一瓶的朗姆酒。

“说到王霏，我知道她从来都不关心我，但我今天意识到，就在这个下午，我发觉跟迈克尔在一起让我感觉到了我和王霏之间的联系。好像跟他在一起，王霏才会对我有点兴趣，因为我真的想要那种能在我们之间的关系上起点作用的人和事。有很多次我都觉得也许我们可以相处得很好，但是紧接着就发生了巨大的灾难，比如说她那次回马修斯路，比如说她发现了我跟你的关系，再比如说塞缪尔斯和肯尼斯被人杀了。有太多次我觉得我们一起走到了一个新的门前，但接下来发生的事却是她走过那扇门然后在我面前把它狠狠关上，比如说那晚发生在穆斯格雷夫女士路的走廊上的事。

“你知道，我真的很想跟她组成一个家庭。而现在她走了，孩子们也走了，也许可能发生的事情永远都不会再发生了。”

然后我把自己扎进格洛丽亚的怀抱，放声大哭。

第二十六章　真诚

当我睁开眼睛时，我察觉到马修斯路彻底的安静。虽然我还是能听见狗叫声，但那似乎是好远以外发生的事情了，不是在院子里。而我听不到生活的声音。我不能听到生活正在继续，我听不到妈在和面团或者蒂莉在拍打咸鱼然后把鱼皮和鱼骨头都扔进垃圾桶的声音，也听不到汉普顿打呼噜或者张翻看中文报纸的声音。

于是我起来，穿上裤子，去院子里看看发生了什么。我站在我屋子外面的台阶上四处张望。然后我看见了妈用胳膊夹着大碗，另一只手拿着个木勺在搅拌炸鱼馅饼的馅，我还看见蒂莉正在洗腌好的咸鱼，把表面上的盐洗掉，然后把鱼皮和鱼骨头都扔到垃圾桶里。我还能看见汉普顿拿着把大扫帚在鸭子池塘那干活，而张则坐在他的摇椅上来回翻报纸。但他们全都不发出任何声音。

这一切太安静了，我都怀疑是不是我自己失聪了。但远方的狗叫声告诉我，我不用担心那些朗姆酒给我带来的坏影响。

我又四处看了看，然后我想这个地方也不是那么安静。马修斯路变成这副样子完全是因为这地方空了，失去了它的活力。也许可以说，这地方没了“气”，每个人都在做着和过去一样的事情，只是没了主心骨。这就像一群妖精在摇着胳膊，但那边什么都没有。他们在没有目的地做着这些事情，只是单纯地移动着。

日子一天一天地过，我开始意识到，妈开始自言自语地说再没有帮她切菜的小手，也再没有那细小的声音说你喂鸭子或者腌酸菜好好玩啊。没人愿意去淘米，也没人去帮妈摆麻将桌，或者用一壶滚烫的茶来问候你的朋友，或者在庙里多上一炷香，或者就坐在你身边剥豆子，或者在你修理东西时帮你切一些线头。现在你得亲自去做每样事。

张依旧不言不语的。而且他好像故意在水泥路上拖着他的木拖鞋走也不愿意抬起脚来。报纸上所有的新闻都是坏消息。他读到的、认识的和跟他说话的每个人都是名誉扫地、吵闹不休的。在整个张的世界里，没一样事是好的。不像过去，那会儿还有人愿意听一些历史，听关于革命和什么是光荣和梦想，或者想知道在不同的情形下什么是对的，或者有些人还是打太极的好手，有些人练习得又认真又努力还问一些敏感而合理的问题，有的人在读中文报纸方面每天都在进步，而且还有人愿意去了解那种全世界贫穷的男人女人的命运和困境之间的联系。

汉普顿经常在台式压床那怒气冲冲地干活，一起一落，一起一落，一起一落。在大太阳底下，汗水从他的皮肤里渗出来，就跟他想通过干活把自己杀了似的。好吧，没人跟你玩牌，没人跟你拿着渔钩、渔线和小桶去码头钓鱼，没人跟你去莱门礁游泳，没人给你拿来两块需要粘在一起的木头，也没人拿着线和纸告诉你他们要做一个风筝；你也不用去找那些旧卡车的轮胎然后把它们带到海滩上，也不用做个小车给别人玩了。当没人让你做这些时，你该怎么办呢？不再有人问你你和你的朋友们是怎么长大的，你对秀全叔叔知道什么或者她爸爸年轻时是什么样子的，如果真的是这样，你该怎么办呢？你除了再在你的杠铃上加几磅，你还能做什么呢？

我不能理解的是，自己怎么能对这一切一点感觉都没有。妹妹让家里所有的人都忙活起来，而那会儿我正在开卡车运送那些仔鸡和香烟而对孩子们的事不放在心上。我用自己最大努力去想自己为她做了什么，但我发现我从未给她做过可以跑的小车、可以放的风筝或者跟她一起唱那些关于孙逸仙和毛泽东的赞歌，或者帮她种豆苗。事实上，我做的只不过是在那看报纸或者抽香烟。我不是猫在自己的屋里，就是坐在外面的遮阳棚下，看不到这一切，而听到的只不过是院子里凉爽的微风带来的细小的声音罢了。而我现在能想起来的唯一对我来说比较重要的事情就是把孩子们带到唐人街去，觉着他们以后会继承我的事业。而这件事带来的唯一影响就是秀全被警察逮捕，然后给我带来了两个跟我面对面地站着的混蛋警察。

我对张说："你觉得孩子们从我这学到了什么？我是说，好像他们从这院子里除我之外的每个人身上都得到了些什么。他们给他们做饭、陪他们玩还干别的事。你觉着我对他们做了什么？"

"你教他们打太极拳。"

"我才开始教他们。但每次他们有问题，就会跑去问你。他们愿意告诉你自己打得有多好。好吧，是妹妹。秀全不觉着自己对太极拳有多大的兴趣。你觉着秀全对什么感兴趣？"

张倒了一杯茶然后看了看空空的院子，妈去庙里了而汉普顿正在外面干他自己的事。

"对于秀全来说，生活并不容易。妹妹大部分时间都是在马修斯路度过的，而秀全的大部分时间则是在穆斯格雷夫女士路度过的。妹妹学着问问题，而秀全学着保持安静。当妹妹一有问题时，她就告诉你自己在想什么，而秀全有问题时，他却从来都不说，或者他告诉在穆斯格雷夫女士路的人，我不知道。"

"妹妹问过你什么问题？"

"比如她问过：'1865 年时，保罗 · 博格尔和他的同志们因为人民受到不平等待遇和法院滥用职权而在莫兰特湾的法院门口举行抗议活动。他并没有用枪打他的邻居，而只是去掌权者那里，传达那些郡里农民们的抱怨和牢骚。而为什么现在人们不去掌权者那里传达他们的牢骚呢？’然后我对她说，也许是因为他们不相信那些掌权者会听他们的话。然后她说：‘当年那些掌权者也不听保罗·博格尔的话啊。他们把他绞死了。这就是为什么我们这么努力地去争取自治政府以及人民对政府的权力、政府对人民的义务以及对人民的帮助。所以，都一百多年了，人们为什么还不能让政府听到他们的牢骚和抱怨？’”

“那她是从哪听到这些事情的？”

“你，她从你那听到这些的。‘杀死你的邻居不会解决失业和贫困的问题。国外的投资者把所有的利润都拿走了。那些在牙买加的大佬们甚至都不用动动手指打那些奴隶就能让他们干活给他们挣钱。’这就是你说的。妹妹仔细听了你说的话然后形成了她自己的观点。你和王霏打架的那天晚上，秀全彻底地蒙了，但是妹妹却明白了她要什么。她要和你在一起。”

第二十七章　勇气

孙子曾经说过，将领要勇敢无畏，这样才能打败敌人，建立伟业。

我坐在走廊上看着西塞莉，她突然对我说："孩子们在这的时候都很沉默。妹妹可能和女仆们玩点游戏什么的，但是卡尔就那么静静地坐在芒果树下看他的漫画书，或者安慰他总是发狂的妈。"

"那基利神父来的时候是什么情景？"

"那是他和王霏之间的私事。孩子们并没有掺和到他们的事里，但是很明显的可以看出来，妹妹很喜欢他，而他反过来也很喜欢妹妹。"

"那秀全呢？"

"就像我刚才跟你说的，秀全就坐在那看他的漫画书然后看电视。"之后她四下看了看，好像要结束我们之间的对话似的。她已经把所有事情都告诉我了，所以想不出来还能说点什么。她已经站了起来，走到走廊的尽头检查一下埃德蒙德在房子外边做什么。然后伊特尔端来一些冷柠檬水并把它倒到杯子里，西塞莉又坐了回来，喝了一小口柠檬水，接着跟我说："菲利普，让我最感兴趣的是你为什么对孩子们在这里怎么过的那么感兴趣。为什么是现在呢？在我看来，之前你并不太关心这些。"

我不知道该对她说什么。西塞莉并不觉得孩子们的生活是一个男人感兴趣的话题。这个观点她早就跟我说过，也许是在好久以前我跟她说想娶王霏那会儿，或者也许是亨利 · 王不认为这是个男人应该感兴趣的话题。于是我决定跟她说实话。

“西塞莉，我真的很想他们，而且家里的每个人都很想他们。马修斯路的家现在就跟个鬼屋似的，每个人都在静静地做着自己的事，一点声音都没有。那里就跟没了魂似的。“

她看着我，然后形成了一点想法，之后她对我说：“我觉得一个男人能说出这样的话挺不容易的。我没有意识到你有这样的感情。我以为你只是把自己全部投入进你的生意……”她停了一下，继续说道：“……还有，好吧，其他那些男人们感兴趣的东西中。菲利普，你能有这样的想法真让我吃惊，真的。”

“那你对这件事的感受是什么呢？西塞莉。孩子们来了，现在又都走了。”

她又喝了一小口柠檬水，从桌子上拿起一把扇子，在空气中轻轻地扇着。她对着自己的脸扇了扇，然后我可以看出这个动作让她感到很轻松。

“孩子们给这栋房子带来了久违的新鲜空气。好吧，是妹妹带来的，卡尔是另外一种情况。他倒是一直很阴沉。一个被吓坏了的孩子。我怀疑他花了太多的时间来琢磨他妈妈。这不是一个男孩应该有的行为，或者我敢说，不是任何一个孩子应该有的。尽管有些孩子知道怎么去用玩来平衡他们内心所忧虑的事情，但卡尔显然不是他们中的一个。从很多方面来说，他都是一个忧伤的小孩。他全心全意地把自己给了王霏，来弥补我跟王霏之间的巨大隔阂。说实话，卡尔其实并不太在乎我。”

西塞莉看了看她的柠檬水，然后继续说道：“妹妹？好吧，妹妹就是妹妹。我知道你明白我的意思，菲利普。她是一个很自由的孩子，是吧？或者你可以说，一个活跃至极的人。尽管我不能想象她有那么多不知从哪听来的各种想法，但她还是个非常活跃的人。”

我什么都没说。我就坐在那看着西塞莉，表现出我也想象不出来的样子。

“是啊，她精力充沛，充满创造力，有些时候我不得不让她别玩了好叫女仆们去干活。不管怎么说，在这里每个人都能情不自已地喜欢她，并且对她对不幸的人的关心感到温暖。这是一种令人羡慕的品质，我敢肯定，尽管她很喜欢‘贫穷’这个词。有人也许会希望，她能把自己对基利神父和天主教的热爱转换成更符合基督教的方式去表达她自己。”

然后她停下来看着我。就在这时候，达芙涅走到走廊里来，问了一下她能不能加入我们的谈话，于是我说，我觉得当然好，我看了看西塞莉，看起来她好像向上耸了耸眉毛然后微微点了点头。于是达芙涅坐了下来，接下来，伊特尔过来问她想喝点什么，达芙涅对她说给她来点她们刚刚做好的酸模汁，之后她对我说：“杨宝，你想来点酸模汁吗？”于是我说：“好。”然后我发觉西塞莉又拿起她的刺绣开始绣，就跟我来之前一样。对我来说，那酸模汁有点太甜了，需要再加一点姜，但是却又清爽又凉快，于是我一口气全喝了。

我跟达芙涅说：“我和西塞莉正在说孩子们走了之后这栋房子变成什么样。”

达芙涅看着我，就跟她希望自己没有来坐在这一样。“当然，他们时来时走的。卡尔比妹妹在这的时候多一些，但他是个非常安静的孩子。”

“那也就是说，他们走了对你没什么影响？”

“这很难说，也许过了很久也不会感觉到什么，也许你一来就知道他们不在这了。”

然后西塞莉从埋头刺绣中抬起头，说：“你说这话让我感到很惊奇，达芙涅。我一直以为你跟卡尔很亲近。”

达芙涅看上去像她不知道西塞莉为什么说了这样一句话一样，就跟西塞莉向她泄露了一个重大的秘密似的。

“好吧，我承认我们总在一起聊天。他在这的时间比妹妹多得多，这我之前都说过了。”

“你没给他找一些让你们能更好地了解英国的书？”

达芙涅迅速地摇了摇头，非常生气地看着西塞莉，我之前完全看不出来她身体里蕴藏着那么多的愤怒。但西塞莉始终埋头于她的刺绣之中，对达芙涅的愤怒不理不睬。

然后我问她：“你真的那么做了吗？”

“杨宝，你不懂的。王霏那会儿已经下定决心了。我只不过是帮着卡尔去排解他心中的忧愁罢了，让他觉得去英国是一件积极的、全新的旅程，如果你喜欢的话，说新的冒险也不是不可以。”

我觉得我的血液在一瞬间沸腾了，但我还是什么都没说。我只是让她继续说下去，然后让我自己冷静下来，以免在西塞莉面前做出不好的事情。

“让他觉得去英国是一项值得期待的事情而不是一项让他觉得反感的事情又有什么不好呢？反正总会发生，这已经可以肯定了。所以问题的核心在于他对去英国这件事的态度。”

“什么态度？那他之前又是什么态度？”达芙涅什么都不说了。于是我问：“那妹妹是个什么态度？”

“妹妹对这件事一无所知。我们觉得对她保守秘密是最好的办法。”

“我们？你是说你跟王霏？你和王霏曾经密谋把我的孩子从我这里带走？”

“事情不是你想的那样。”

“那是什么样？”

然后西塞莉说道：“是我说起书的这件事的，因为我不想让我们就这么坐在这，把本来一半是真的的事实变成全然的谎话。孩子们时来时走是事实，而卡尔比妹妹在这里待的时间长也是事实。但说王霏和达芙涅之间有什么约定或者密谋的话是不对的，尤其说王霏和达芙涅对卡尔有什么阴谋，这是全然的谬论。”

我坐在那听西塞莉说这些话，但与此同时，我的眼睛却死死盯着达芙涅，因为我实在不相信她能如此背叛我。我为她做了那么多事，去见英国女皇，去迈阿密买东西，然后我花了那么多时间在这条走廊上跟她聊天让她开心，但事实证明，在我做了这么多之后，她依然在我的背后帮助王霏，让她带着孩子们离开我。

“你为什么不过来跟我说王霏的计划？”我问道，但她什么都没说。她就坐在那，眼睛盯着地上的空心瓷砖。

“你知道王霏把孩子们带走对我来说意味着什么？你难道看不出来妹妹根本就不想上那架飞往英国的飞机吗？这对你来说一点意义都没有吗？”

突然，西塞莉说道：“事情已经发生了，我们必须相信达芙涅有她自己的理由，就跟王霏也有她自己的理由一样。问题在于，我们在这件事上应该何去何从。”

我坐在那里，看着达芙涅然后说道：“我今天来是想跟你要斯坦利在英国的地址，至少我还能给我的孩子们写一封信。”

达芙涅还没回答，西塞莉就说：“我很遗憾，这件事我帮不了你，菲利普。在斯坦利参加英国皇家空军那天我们之间就不再有联系。我从未听说过他任何消息。”

我转向达芙涅，而她对我说的是：“我不能那么做，杨宝。我答应过王霏我不能那么做。”

我必须冷静下来，因为现在我所想做的就是穿过走廊，然后一拳打在达芙涅的嘴巴上。这就是我在自己脑海中所能见到的唯一景象：我的胳膊在空气中挥舞，一巴掌就扇在达芙涅的脸上，她的头跟着我的巴掌扭向一边，头发在空中飞舞飘扬，血从她的鼻子中淌下来，她的嘴唇也裂开，然后她的头又向后仰去，而我则后退一步，让那些喷溅物不要脏了我的鞋。

但我什么都没做。我只是坐在那，能坐多稳当就坐多稳当，后来我说："达芙涅，我什么都不能做。我不会派人去英国给他们找麻烦。我也不会以身犯险去英国绑架那两个孩子。我也不会去求王霏让她回到这里来。我只要给我的孩子们写一封信。你明白了吗？"

她坐在那，静静地，但我知道她对我说的话根本没听进去。我知道她就在等我把话说完，然后她对我说："杨宝，我不能那么做。"

伊特尔下个礼拜来见我的时候，她告诉我西塞莉想要达芙涅告诉她斯坦利的地址，但是她死活不干。

"达芙涅小姐说她理解你的感受，但是她曾经答应过她姐姐。你不应该感觉那么糟糕。也许霏小姐不是合适你的那个人。也许你会觉得离开她其实挺好。也许你能找到其他什么人，比霏小姐对你更好，而且还会有其他的孩子们。"

于是我对她说："伊特尔，你不是经常去邮局替王霏寄信给她哥哥斯坦利吗？你能想想那信上的地址吗？"

然后她说："菲利普先生，我实在想不起来。因为我从未想过去记那个地址，但是我知道是在伦敦的什么地方。"

第二十八章　回弹

后来，贾奇·芬利跟我说，当我忙着喝光酒瓶子里的最后一滴朗姆酒时，他们去了岛上，汉普顿和戴斯蒙德找到了那两个警察，把他们好一通揍，于是我对他说："你是认真的吗？你说的就是帮着王霏绑走孩子们的那两个警察吗？"

"是啊，哥们儿。"

"他们疯了吗？不是你跟克里夫顿坐在那告诉我咱不能对那两坨屎做什么吗？"

"我们是说你不能像自己想的那样去杀了他们，但是他们确实该打，于是戴斯蒙德和汉普顿就去啦。"

"把他们打成什么孙子样？"

"还不坏啦，他俩还活着，没啥大毛病。"

"之后发生了什么吗？"

"啥事没有。"

"啥事没有？你确定吗？"芬利就是那么点着头，我说道，"他们啥时去干的那事儿啊？"

"六个礼拜之前？也可能是八个礼拜，想不起来了。"

"然后啥事没有？"

"啥事没有。"

"那马特和杰夫怎么样了？"

"他们有一小段时间没去上班，但是现在他们跟没事人似的回警察局上班了。我想他们知道自己错了，然后从咱们这挨了打，也就认罚了。”

在那不久之后，乔治·莫里森说玛格丽特想回苏格兰。于是我问他怎么想起这茬来的，他说玛格丽特觉着在牙买加生活不再舒适了，因为已经没有她工作的地方了。

“她说牙买加在变，而且尽管我们在这生活了很多年，但是我们永远不能变成牙买加人。她永远都不会有牙买加真正独立和平等的梦想。她总是处在政权分割之后错误的那一方，而她的这种情况跟土生土长的牙买加白人不同。他们有与生俱来的权利，而她没有。”

“那你呢，乔治？”

“牙买加是我的家，而你是我的亲人，芬利、克里夫顿和汉普顿也是。我不能想象如果我的生命没有你会是什么样。对于我来说，爱丁堡除了漆黑的冬天和噬骨的寒冷之外什么都没有。”

“那你的儿子呢？”

“约翰虽然是个孩子，但他是个牙买加人。一半中国血统一半英国血统，但我知道他却是个完完全全的牙买加人。再说哪个牙买加人没有一点混血呢？但他只有五岁，所以他将和玛格丽特一起回去。”

“那乔治，你将来想干点什么？”

“我很矛盾。我二十五年前来到这，因为玛格丽特想来，现在她又想回去了，而我却不想。虽然我知道如果我不跟她回苏格兰她会抓狂的，而我也会十分想念她。好吧，这种情况是我不能想象的。所以，我只能同意我们回去看看有没有完全回去的可能。”

于是乔治开始为回苏格兰做准备，芬利建议说也许乔治能帮我们找找斯坦利、王霏和孩子们。不管怎么说，苏格兰就在英国的北部。这对我来说是个好主意。他就是去那边的，然后他可以给我们寄信来说说那边发生了什么。

而乔治不是个特例。现在，人们一群一群地跳上飞机，头都不回地离牙买加而去。而当我开始注意到这点时，我才发现牙买加岛上的情况变得如此糟糕。可以肯定的是，有很多人趁着民族独立带来的发展挣了不少钱，但与此同时也产生了很高的失业率，也因为我们没有福利，所以穷人更穷，贫富差距日渐严重，而这点比我们曾经经历过的任何事情都糟糕。有了钱，富人们就开始在洛杉矶的贝弗利山庄买大房子，买奔驰车，忙着买各种东西，雇佣越来越多的帮手，然后坐着头等舱飞来飞去。而穷人们则越来越穷，又病又累，绝望透顶。

整个时局的变化也给我带来了一个巨大的问题，那就是唐人街也在慢慢地变化。那些我帮了很多年忙的人突然去了美国或者加拿大，而那些留下的人则去了城外住，或者搬去了安东尼奥港，或者去了奥乔里奥斯或者蒙特哥贝，胖陈就去了那里。很快，在唐人街里没什么人需要保护了，因为那些搬进来的人们不需要保护或者不需要我的保护。他们能解决自己的问题。

就在赌场关了门之后，也没人愿意赌博了。人们都忙着把挣到的每一分血汗钱节省下来，为的是赶上下一班飞往迈阿密的飞机。除了这以外，失业和贫困使得地摊生意大幅上升，也让困在东金斯敦的姑娘儿们的生意大大减少了。于是她们开始讨论去街上工作的事情，而且无论我跟她们说什么、怎么说，她们都执意那么做，因为那是她们唯一能看到希望、打破时局的出路。我一直都很担心她们，因为我始终记得，在多年以前，格洛丽亚的姐姐玛莎是怎么被那个美国大兵把脸给捣碎的。而现在，我有多么不想再见到那一幕，或者更坏的，她们之中的某个人也许会被人杀了。

建筑的剩余材料和码头上的货物现在也都没有了。竞争太激烈了，太多人想在这混乱的局势中讨口饭吃。

芬利对我说：“你觉得乔治会留在苏格兰吗？”

然后我对他说："你能想象到这些吗？莫里森回到他经常上班的地方，那个又冷又旧的破医院里，在那他每天又得给人看病，又得照顾那些病得快死了的人，然后每个月的月末领那么一点点少得可怜的工资，都不够他在卡玛纳斯公园的赛马场赌一下午的，并且，如果他继续留在那，生活中最兴奋的事也就是看看约翰的成绩单，而且要面对的是无尽的黑暗、寒冷和冰雪，然后回到教堂里日复一日去做一个虔诚的长老会信徒。你能想象这些吗？"

芬利认真地看着我说："不能。"

好吧，不管他是否打算留在那，莫里森快回苏格兰了，于是我猜不管怎么说他都得去看看斯坦利。但事实上，我们确实没什么可以去做的，在伦敦找一个斯坦利·约翰逊就跟大海捞针一样，在伦敦有太多的曾经给英国空军服役的牙买加人。斯坦利和王霏可以在任何一个角落。

而当我忙不迭地把这些话告诉迈克尔时，他看着我，对我说道："杨宝，其实我有他们的地址。"

我几乎不敢相信自己的耳朵。这事儿把达芙涅搅和得心烦意乱，而且我已经计划着拜托莫里森帮忙去完成，而这会儿迈克尔无比悠闲平静地坐在那，对我说："我有他们的地址。"

"你有他们的地址？斯坦利的地址？"

"是啊。"

"你从哪搞的？"

"王霏给我写了一封信。"

"王霏给你写信了？"我的声音很大，几乎在炸鱼煎饼店里的每个人都扭头看着我，好像他们觉得我要挑起一场恶斗似的。于是我让自己平静下来，尽量用正常的音量跟迈克尔说："迈克尔，你有这地址多长时间了？难道你不知道我跟疯了似的去找那俩孩子吗？”

“杨宝，那是给我的一封私信，关于她在英国怎么生活的，是一个人给她的神父写的那种信。”

“快点来说说，迈克尔，忘了那是给神父的信吧。咱俩都知道王霏给你写的信肯定不是信徒给神父写的那种。”我装作在嘲笑他的样子，因为我真的有点生气了。

“好吧，但我可以跟你保证，我的回信绝对是那种可以想象的神父给教徒的信。”

这点我能相信。迈克尔因为王霏这件事对自己的惩罚已经够狠了，他不断地去写一些给他的大主教之路设置障碍的信，因为我发现迈克尔·基利除了他其他的东西之外，还拥有不小的野心。他知道他一旦摆脱了王霏的事情，这事就不会再缠着他了。

“我从妹妹那也接到了一封信。”

“然后你什么都没跟我说？上帝啊，迈克尔，我真的不能再相信你了，上帝见证。如果教义问答课还不够的话，现在你还来这一手。你为什么什么都不跟我说？”

“杨宝。”

“是的，我知道。对不起啊，刚才冲你吼，但我是真心着急啊迈克尔。”我平静了下来，把自己的声音压低，然后我看见其他的顾客也感觉到轻松不少，不管怎么说，迈克尔还坐在那，那神职人员穿的白色硬立领还好好的在他脖子上。

“妹妹的那封信是昨天到的，因为我知道今天要见你，所以我就带来了。”他把那封信从外套中拿出来，给了我。当我把那封信翻过来时，我看见上面写着：“密封，不能被迈克尔神父之外的人打开。”我把里面的信拿出来，开始读：

亲爱的迈克尔神父：

我希望你一切都好。很抱歉我之前没能写信给你，因为我为适应新学校忙得焦头烂额，而且我知道妈妈也在不断向你汇报我们的事情。

学校的功课其实跟在牙买加的时候差不多——阅读、写作和算数——不过也没什么意思。其他的孩子们看起来也不太友好。

斯坦利舅舅家的房子很小，但他却把我们招待得很好，所以妈妈说我们应该知道感恩，要不然我们在英国根本没地方住，不管怎么说，我得在这个地方待上一段很长的时间。

我最开始并不高兴，这也是我没给你写信的原因，因为妈妈说你对我们要来英国的事情知道得一清二楚，所以我打算绕过你，只给我爸爸写信。但是我现在不打算绕过你了。英国其实也不是那么不好，还行。而且因为我十分想念你，所以我要给你写封信。我们教区的神父跟你一点都不一样。他是一位很严肃的老人，而且我觉得他不太喜欢小孩。

我想求你帮我个忙。你若方便的话能帮我问问我爸爸，为什么到现在他还不写信给我？也许他根本没收到我的信，我只是写了“杨宝　马修斯路　金斯敦　牙买加”，因为我不知道邮局的邮箱号。

如果你能把他的回答在下一封告诉我你所有事情的信中一起写给我，我将非常感激。

爱你的，

妹妹

我把信折起来，然后塞回信封。

“我不知道王霏要带孩子们去英国，真的，杨宝。她要我跟她一起走，但她并没提到孩子们，而我也从未想过她会像她从前做的那样。这不在我能想象的范围内。如果王霏之前跟我提过要带孩子们走的事，我会建议她再考虑考虑整件事情。你得相信我。”

“没事，我信你，迈克尔。我知道王霏把孩子们带走这件事对你我的打击是一样的。就是一样的吧，我不知道。不过不管怎么说，多谢你把这个消息告诉我。”然后我把信递还给他，“不管我收没收到妹妹写给我的信，我知道她给我写了，这对我来说意义非凡。但是为什么王霏会让她把所有的事情都写给你？”

“那封信就是那么封好的，然后王霏只是简单地把它附在她的信中寄给了我。”

我暗地里想，也许迈克尔从王霏那得到一封信，然后他给她回了一封，接着他又收到一封，上帝知道他们之间还有多少书信往来。我深吸了一口气，但是我什么都没说。

“所以你要给我斯坦利的地址，这样莫里森就可以过去看看他们？”

“我有两个条件。第一，乔治·莫里森不会跟斯坦利家的任何一个人，显然包括王霏和孩子们有任何接触。我不想让我把地址给你的这件事被曝光出来。第二，你在我们找到最佳安全联系方法之前不要给妹妹用这个地址写信，我不推荐你写信到斯坦利的家里。”

“那你觉着妹妹给我回信的地址，如果不是斯坦利家的，会是哪的？”

“我不知道，而且我也不知道你为什么没收到妹妹给你寄的信。我之前想的是，金斯敦大部分的邮差都会找到她写的那个地址，因为那个已经够清楚了，根本不需要一个邮局信箱编号。”

我也不清楚迈克尔跟我说什么，然后我突然间知道了。他的意思是说，那封信从未寄出。而当我想象到王霏对我有多生气以及她那么不想让我管孩子们时，我想也许迈克尔是对的。也许王霏从未寄出过那封信。于是我同意了他的两个条件，接着他从上衣口袋里掏出一张卡片，上面的地址已经写好了。

三个礼拜之后，迈克尔告诉我说他已经跟王霏联系上了，王霏同意我给孩子们写信，但是有一个条件。她说我想写多少封就写多少封，但是在那些信里我不能批评她或者说她坏话。而且我不能打扰到她在英国的生活，尤其不能打扰到孩子们，更别想用什么计划把他们带回到牙买加。她把孩子们带到英国是出于安全考虑，所以她不想让他们再回到牙买加那个充满硝烟和冲突的地方。如果她发现我做了其中任何一项事情，哪怕是一丝一毫的越界，她就会搬家而我则永远找不到她们了。

“她这可是下了一招狠棋。”我跟迈克尔说。但他就坐在那里，什么都没说。好吧，我已经为读懂那个男人脸上的“或去或留”的表情而充分让步。实际上，我不能做任何事去了解王霏在英国生活得怎么样，尽管我知道她一定是用非法的手段去的，我实在想象不出她是怎么把孩子们从这个国家带出去的，因为她根本没跟我离婚。还有，我想她做的正是她觉着对孩子们最好的，所以我为什么要因为那个而批评她呢？牙买加是一块纷争之地，孩子们在英国更安全，这是事实。而且正像她威胁我的那样，她会搬家会消失，但是我想随着孩子们一天一天的成长，他们也不会完全按照她的意思行事，就算她想她也不能强迫他们。妹妹才十一岁王霏就已经不能让她停下做某些事了。所以形势就是这样。正如西塞莉所说：“该发生的事情都发生了。”所以我能做的最好的事就是为了孩子们从积极的角度看待这个问题。

于是我跟迈克尔说没问题。我觉着这件事让迈克尔能自我感觉好一些，因为这样他就能为他做出的那些事——他对秀全做的事，那通电话，还有他蠢得没有察觉到王霏要带孩子们走——做出一点补救措施。我觉得他在努力弥补自己的过失，而我想自己也是。

现在，唯一的问题是：乔治·莫里森已经离开牙买加回苏格兰了，而我却不希望某一天当王霏往窗外看时，她看到他站在路的那边，这会让她觉得肯定是我搞的鬼。更坏的是，这会破坏我答应她的条件。而无论我怎么打那个莫里森走之前给我的电话号码，那边始终都没人接。随着日子一天一天地过去，每一分钟我都在想也许这件好事会变成一个大灾难。

在给乔治打电话的间隙，我开始想象自己应该怎么去写这封信。我怎么跟他们讲那些事呢，因为在这里的每件事——失业、贫困、住房短缺、暴力——都是一团糟。外国投资者拥有全部的铝土矿和制铝工业。所以，无论人们多么勤奋地工作，外国人始终拿走了大部分的利润而牙买加连投资的资本都没有。她只能让奴隶们为大佬们劳动赚钱。

于是我暗自想到，如果妹妹和秀全继续留在这，他们的未来会是个什么样子？也许接下来你就会发现，他和一群小流氓混在一起，然后和肯尼斯·王一样死去，因为不管怎么说，我都不止见过一次那些枪林弹雨的暴乱以及那些暴尸街头的年轻人。秀全已经开始在城里的商店里随便拿东西不给钱。那天晚上是第一次，任何人都可以逮捕他。在那之后，伊特尔告诉我，只要秀全在穆斯格雷夫女士路，就会抓紧一切机会跟着肯尼斯。所以，也许他正往肯尼斯那条路上走着。

那妹妹呢？如果她在这继续生活的话，等待她的又会是怎样的生活呢？当我哥哥离开牙买加的时候，他告诉我说他不想只当一个在唐人街里的中国人。所以妹妹也应该得到更好的生活。她太聪明了，不能回来步我后尘。所以，也许王霏是对的，于是我坐下来，开始写道：

亲爱的妹妹：

尽管我从未接到过你的来信，但是当我从迈克尔神父那里听说你写信给我，我的心变得温暖起来。听说你很好，学校也不错，这让我非常高兴。也许你得努力和其他的孩子们交朋友。他们也许对你这么聪明又可爱的牙买加女孩还感到不习惯呢。

这里的一切都好。每个人都很想你，并且托我问你好——张、妈、汉普顿、芬利还有其他人。尽管我对你不跟我在一起感到非常难过，但是我觉得你妈妈也许是对的，英国确实是一个对你来说更好的地方，你能在那里平平安安地长大，不用管我们在这里的那些麻烦事。

然后，我停了下来，想了想，自己还需要给那两个人写信吗？或者我再给秀全单独写一封？但在我脑海中出现一样东西，就是他对王霏的计划清楚得很，所以王霏才可以做得那么肆无忌惮。他都没给我一个机会去试试看还能不能让这个家不分开。他只是跟着王霏的方向走，任由他们三个就这么离开这。

我想到了两个杨秀全，两个人都背叛了我。一个在那编张的瞎话，一个跟王霏密谋，然后两个都离我而去。一个变成了在美国的农民，而另一个则跟着他妈妈去了英国。也许我给那孩子起名叫秀全就是错误的。也许王霏从一开始就叫他卡尔是对的。

于是我这样结束了那封信：

我希望你和妈妈还有卡尔都好。给他们带好。

非常非常爱你的，

爸爸

我把这封信放在一边，因为我不能让我自己在不知道莫里森那边怎样了的情况下去寄那封信。

然后几天之后，我终于联系到了他。

“哥们儿你到底是去哪了？我都他妈给你打了俩礼拜电话了。”

“我们去了苏格兰高地玛格丽特娘家。”

“回娘家？好吧，我在这边都快疯了，一直在想你在做什么。”

“出了什么事？”

“倒也没什么事。那拜托你跟踪斯坦利和王霏的那件事做得怎么样了？”

“杨宝，我刚回来，而且我们还得带着约翰去拜访玛格丽特娘家的每一个人，给他们介绍介绍我们的宝贝儿子。”

“那你还没去英格兰那边呢？”

“没呢。”

“好！那就别去了，问题解决了。”

于是我把那封信给妹妹寄了出去，当我得到她的回信时，发现这孩子把学校发生的和斯坦利家什么样的各种事情一股脑地告诉了我。还有王霏居然在政府的一个部门里找到了一份工作，这让我极其惊讶，因为我从未想过王霏能干这么一件事。找份工作，听听就觉得不可想象。但这也让我看出来，她有多想给孩子们挣一个好未来。

妹妹写道：“你让我给妈妈和卡尔带好，我已经跟他们说了，但是我很纳闷你为什么不叫他秀全。有原因吗？”

在信的结尾，她问候了所有的人，同时也说道：“我希望格洛丽亚和埃丝特一切都好。”在结尾处，她又写道：“另，英国很好，爸爸。但是牙买加是我的家，也是我想回去的地方。我知道你会理解我的。”

当我给她回信的时候，我只说：“我叫他卡尔，也许是因为我希望这是一个新的开始。”

第二十九章　智谋

1969 年年初的时候，诺曼·曼利退休了，然后他的儿子迈克尔，当上了人民国家党的主席。而那会儿的人民国家党在国会中是反对党。我第一次听说迈克尔·曼利的名字时是在电视节目上，他在发表演说："未来一定会更好"。

然后我开始自己阅读人民国家党的"入党守则"，里面有四项基本原则："让牙买加经济减少对外国控制力量的依赖；建立一个以平等和机遇为基础的人人平等的社会；建立一个真正民主的社会以及这个社会要为它的历史遗产感到骄傲。"这让我想起了孙中山、毛泽东和张，以及我的亲爹：杨子。这看起来，我们还有机会，而牙买加也能期待一个更好的未来。我去听小曼利在他一个拥护者群体中的演讲，他说："我们已经走了太远，所以现在不能回头了。我们现在应该为自己感到骄傲，我们在这个世界上有一席之地，有了自己的责任。那我对你说，我的朋友，我们一起，对，就是我们一起将在上帝的天堂下建设真正民主的社会主义。社会主义万岁！"

然后事情真的是那样了。这就是我和迈克尔·曼利怎么见面的，因为这是关于我们要如何去建立一个民主公平的牙买加。正如张曾经说，普通男女有这样的权利，那就是要远离战争贩子的专制暴政以及外国侵略者的统治。这是一样的事儿，只不过现在我们想要的是社会的公正和财富的分配平均，而且我们还要从国外的经济控制中解脱出来。

当迈克尔·曼利在 1972 年的大选中获得了胜利以后，我举行了巨大的庆祝活动，比我十年前庆祝独立日时要盛大得多，因为这次迈克尔的上台让我看到他真的要做点什么。这不仅仅是我们自己人要掌控政府。这次是我们真的要去做点什么了。我们要让这件事变得不一样，正如小曼利所说的，我们要用脚走向世界，而不是用我们的膝盖。

小曼利把公共事业都买了下来，然后接手了所有的外国人的蔗糖庄园和很多酒店。所以，现在这样的庄园不再是一个人的了，而是靠工人合作社来经营，而且还有一些农民开垦了没人用过的荒地来种植经济作物。人们开始学习文化知识。有了白天托管孩子的机构和社区服务中心。除此之外，国家还颁布了新的劳动法，以取代过去的“主人－奴隶”法，然后新劳动法规定了最低工资。

这就是新的牙买加，一派欣欣向荣的景象，充满了无尽的希望。

贾奇·芬利对我说：“这个迈克尔·曼利让你感到很兴奋啊，但是，并不是每个人都跟你一样喜欢他。”

“你的意思是？”

“你难道没注意那些人跳上去迈阿密的飞机？因为他把这些新东西引进来，尤其是财产法。”

“但如果你想重新分配社会财富的话，就得从一些人手里拿出来给另外一些人啊。这就是它怎么运作的。不管怎么说，那帮人能付得起这个钱。”

“好吧，可能他们每个人都不想拿这个钱出来，因为那边每天有五班飞机飞迈阿密，而每一架飞机上的人越来越多。”

芬利没错，而我想的是，总算摆脱那帮人了。如果他们不想让每个人的头上有一个屋顶、工资平等和机会共享的话，那就让他们走吧。

但有一件事吸引了我的注意，那就是他们走的每一个人都开始从岛内向岛外走私货币。他们把美金之类的东西藏在头发里，缝在衣服里，放在装满稻草的篮子里，埋在蛋糕和小甜饼下面，粘在大腿上，然后用绷带缠上装作腿受伤的样子。这样做其实风险很大，而且事实也是如此。每天的报纸都在报，人们在机场被警察逮住，然后发现他们身上藏着美金。

不管怎么说，他们还在继续做这件事，因为他们根本不想把钱留下来，并且看起来也不太在乎自己这么做其实是违法的。

到了1974、1975年的时候，事情真得变得很糟糕，因为我们只剩下了一半的超市和批发业务，尽管这一半运作得很好，但人手并不够用。每个人都脚打后脑勺地忙活。正如孙子所云："谆谆翕翕，徐言入入者，失众也。"于是我开始为自己即将失去他们而忧虑。很有可能是米尔顿和戴斯蒙德。我，汉普顿和芬利是从十四岁时就一起跑业务的，于是我想，不管什么情况我们都不会分开。孙子又云："善战者，求之于势，不责于人，故能择人而任势。"但我不知道怎么才能让这形势有点意义。我所想的只是如果我能弄明白发生了什么，我在这里就还有机会。

而我给妹妹写信时，我对她说：

> 我知道你想回家，但是现在这里的生意真不好做，所以现在你最好乖乖在英国待着。我已经给卡尔寄了他跟我要的开酒吧的钱，所以我想你可以帮助他做这件事。但至于他为什么要管自己的酒吧叫"鸦片窝"，我不是很清楚，但我觉得那是他自己的生意，我没有权力插手。但无论你现在在做什么，你都得学习，因为一旦时机成熟你可以回来，你最好得有个文凭，就跟诺曼·曼利似的，他有律师执照。这样你才能好好帮助这里的人们。

然后有一天，玛吉给我打电话。她说她已经完成了大学学业，搬到纽约去住了，在那她继续上很多课，而且现在在一家化妆品公司上班。

“你在那做什么？”

“我开发新产品，然后想方设法把它们卖出去。”

“如果我要跟你合作的话，你一个人能行吗？”

“叔，你说的是真的吗？”

“当然。但我们得在美国有一家注册公司，可以在纽约也可以在你喜欢的地方，但纽约更好吧。然后我们在岛上可以成立一家子公司。”

于是我们成立了杨氏化妆品公司，主要从美国进口原料，加工之后在当地销售，有面霜、润肤露和其他美容护肤的东西。公司在美国注册的，但公司的事务所在安东尼奥港。这是玛吉喜欢的地方，当她想在岛上住时，她就可以去安东尼奥港，因为她觉得那里很美很漂亮。

我们可以通过化妆品公司去做各种货币兑换业务，所以现在我开始向那些着急走的牙买加富人兜售美金。我们通过化妆品来获得美金并且通过经营超市来获得牙买加币。而那些移民美国和加拿大的人愿意帮助我们通过进出口贸易来获得更多的货币，因为他们觉得自己正在用散钱的方式来帮助那些和他们一样的人。

事情进行得很顺利，我在转手了几十次美金之后，当局就对在银行持有十万美元或者一百万牙买加币以上的人的存款利率进行了调整。尤其是因为牙买加币不断贬值,把钱存在银行简直就是坐等亏本。而且，跟我一起做生意就意味着他们不用冒任何风险，不用害怕在机场被人逮住然后钱被充公。生意又开始暴涨起来。

我保证自己向教会的大额捐款，因为迈克尔开始了越来越多的扶贫计划。并且我站在迈克尔·曼利、牙买加和社会福利改革的一边。

第三十章　智慧

张生病了。我给莫里森打了个电话，让他过来看看，因为他只在苏格兰待了六个月，然后就告诉玛格丽特说他不能再继续在那待下去了，于是她说她想让约翰在爱丁堡完成学业，而对她来说，莫里森去哪都行，于是他就回到牙买加来，重获新生一般。他来了以后，说张得了急性肺炎，并且他说张也许病得比那严重，还有其他问题，但是那些得去医院才能查出来。但张死活不去医院。于是事情就那么搁置起来。

当莫里森问张他多大了时，张说他不知道。我也不知道张多大，后来问妈，妈也不知道。看起来，莫里森觉得张生病是因为年纪大了，但这并没有让我感到惊讶，因为我三十七年之前到牙买加的时候，张就已经是一个长着灰头发的老头了。

“我能治急性肺炎，但我怀疑张的病是二次感染。我猜他不止有急性肺炎这一种病，但他不来医院检查，我也不知道我们能做什么。”

当我把莫里森的话对张说了时，他说他不再吃莫里森的药了。他说他活了这么长时间也没看过西医，他打算去中药铺买点调理的中药。但就在他刚刚从他的小床起来的时候，他一下子又躺了回去。这令他感到非常生气，于是他就躺在那，嘟嘟囔囔，喃喃自语。

妈说没事，她会去中药铺然后把事情解决。张不需要西医的药。然后她在给张端红酒鸡汤时，飞快地斜眼瞅了一眼莫里森。

第二天，妈跟我说，她要让汉普顿把张的小床挪到她屋子里去，我说不行，她可以把他搬到我的屋子。我的屋子更大，而且有两扇可以打开的、冲着水泥小院儿的大木门，这样一开采光也更好。当汉普顿挪小床时，妈也让他把张的摇椅也搬出来，搬到他睡觉的屋子，而且从那天起，她就在那张摇椅上睡了。

我搬到了妈隔壁的屋子，然后每天晚上我都听到他俩不断地说话，直到我在这声音中睡过去。而当我第二天早晨醒来的时候,他们俩还在说。

我实在想不出来他们俩之间哪有那么多好说的，因为在这些年里，我几乎不记得他们两个之间互相说过什么话，一次都没有。我最开始认为张不跟女人说话，因为我见过他接触的女人就是妈和蒂莉，他跟她俩谁都不说话。于是后来我又开始猜在我不在这的时候他俩是怎样相处的。也许他们就那会儿聊天。但我又实在想不明白他俩为啥一定要那么干。我看见他俩说说话又怎么了？但也许不是我想的那样，他俩可能把一辈子的话都攒到现在说。也许他们在说从 1912 年到现在的每一件事情。

有几个晚上我故意躺在那不睡觉，听隔壁他们俩说话。我对他俩感到惊奇。因为尽管我不知道他俩在说什么，但是我能听出他们说话的语调，还有他们的笑声。而那种笑声，我从未听到过他俩之中任何一个人那么笑过。

妈把张的小床放在屋子的中间，让他头冲东边。她满足他的各种需求，然后一天给他炖三次中药。在他能坐起来的时候，芬利和“花呢袜”麦肯齐过来跟他一起打牌。当他病得起不来床时，妈就在床边给他念中文报纸，其他的时候麦肯齐过来给他读《收割机》杂志，然后他们再一起讨论政治问题，就跟过去一样。麦肯齐告诉张小曼利的所作所为，这让他感到十分欣慰。

妈在我和麦肯齐陪着张的时候才去庙里，因为她不想留他独自一个人待着。她跟我说，她已经求菩萨让张痊愈，给他新生。她已经不再跟我说，她为我祈祷让我当一个更好的人，也不再训我做生意支持帝国主义，也不再在我去看格洛丽亚时或者说到关于格洛丽亚的任何事时对我嗤之以鼻。她现在把心思全放到张身上了。很有趣的事是，尽管她照顾张很累，但她却看起来很高兴。在她的精神中出现了一束亮光。她不是为张生病而感到高兴，而是她很高兴能照顾他。

张在一个夜里去世了，而那个时候，妈还坐在摇椅上跟他说着话。第二天早上，她跟我说我应该为他操办丧事，因为我是大儿子。我不知道该怎么做，因为当他们把我的亲生父亲从沙棘抬回来时，我还太小，根本不知道发生了什么。于是妈教我该怎么做并且在旁协助我。我们把张的遗体放在地板上的一张席子上，然后用穆斯林的裹尸布把他盖起来。我们把两枚中国铜钱放在一个大碗里，然后用布把它盖起来。接着我们到外面用另一个碗盛了一点水，把点燃的蜡烛和爆竹扔到那个碗里。之后，我们把这个大碗里的水倒到另外那个放着铜钱的大碗里，然后给张擦洗了身体。在那之后，整座房子里的人开始痛哭。

我们向外公布了张的死讯，并且在门上贴了一个讣告。在葬礼的前一天，我们又把张的遗体从殡仪馆迎回家，整个唐人街的商人们都来了，他们献上了他们最后的敬意。

我给我在美国的哥哥写了一封信。

亲爱的秀全哥：

张在睡觉时去世了，走得很平静。在这些年里，他一直想念你。他曾经试图想象你在美国的生活，但是却想不出来。妈妈很好，但她也很想念你，我也一样。

宝弟敬上

但他的回信让我觉得异常生气，于是我也没跟妈说，索性装出我从未从他那接到过信的样子。

出殡的那天，妈让我在张的嘴上放了一颗珍珠，在他的右手里放了一根柳枝，好让他到了阴间用柳枝打跑拦路的小鬼，在他的左手里放了一把扇子和一块手绢。妈则拿着刻着张名字的牌位。

葬礼的队伍穿越了整条街区，然后来到华人墓地，白色的纸灯笼和招魂幡在空中飘扬，乐师们演奏着悲伤但听起来却不是那么悦耳的音乐，因为中国人实在不善于奏乐。他们可以做很好吃的食物，所以葬礼上有很多烤猪肉、水果和点心。但是音乐着实不好听。那简直就是糟透了的噪音。整个唐人街出动了，包括陈莫琳、克里夫顿 · 布朗、芬利和他老婆、汉普顿、伊特尔、米尔顿和戴斯蒙德。

张的棺材被丝绸的棺罩严严实实地盖着，绣着一百种颜色。那是陈老板从蒙特哥贝回来的时候给他拿来的，据说是从中国带来的。“花呢袜”麦肯齐走在棺材的前面，他一边走一边撒纸钱，为的是买通路边那些恶灵，让他们不要在张的遗体去墓地的路上为难他。妈走在张的棺材的后面，又缓慢又安静。无论她在想什么或者有什么感受，她都暗暗藏在心里，并不表现出来。而她这一生也是这样静默地处理了她和张之间的关系。陈太太走在妈旁边，想要安慰她，但是却不知怎么安慰才好。妈上身挺得直直的，就好像在参加一场行进中的冥想，每一步都走得又稳又实。

当一切事都做完时，我坐在我的屋子里，又重新读了一遍秀全哥给我的信。

我亲爱的宝弟：

我对张的去世感到非常悲伤。正如你一样，我把他看作是我的父亲，所以我知道他的离去一定让你觉得很心痛。我们现在失去了两位父亲，你和我，我不知道这一切为什么会发生。中国的形势现在依旧很糟糕，在文化大革命中人们好像变得又残忍又无情，就跟他们当年激烈反对想要推翻的外国侵略者没什么区别。而至于牙买加的暴乱，我很高兴自己能及时离开那里。我已经拿到美国公民身份，所以我现在是美国人了，不再为自己的中国人身份而感到耻辱。

看到这，我把那封信拿到院子里烧了。

张的葬礼半年之后，妈跟我说她不想继续炸肉饼，也不想继续做鸭绒枕头之类的事情了。她说她年纪太大，做不了这些了，于是我说那就别做了。事实上，我这些年一直都不再让她做那些东西，但是现在是她自己的决定，那她会更高兴一些。

蒂莉还是每天都来，但是她现在在这干更多的活，她做更多的做饭、擦地、洗碗一类的工作。而在这期间，妈的动作变得越来越缓慢。她不再玩麻将，不再去庙里，也不看报纸。之后有一天，她坐在张的摇椅上，再也没起来。

我既不知道怎么去洗妈的遗体，也不知道怎么去筹办葬礼，于是陈太太特意从蒙特哥贝赶过来帮助我处理这些事。她把所有的事情都安排得井井有条，正如妈当年对张做的。在葬礼那天，她让我走在棺材前面，在路上撒纸钱，正如那时麦肯齐为张撒纸钱一样。我们把妈埋在华人墓地里，就在张的旁边。

当我回到马修斯路时，那地方已经空了。只有我和汉普顿坐在那，互相瞅着对方，但是，我和汉普顿没什么可跟对方讲的。

他对我说："我和伊特尔要去奥拉卡贝萨见她的家人。你知道，我俩快举行婚礼了。”

“你都跟我说过了。”

“所以我想问问你，我和伊特尔结婚之后，你是想让我俩到你家来陪你还是想让我俩另找一个地方去住？”

我看着汉普顿，然后我对他说：“汉普顿，你现在很有钱好不好，你有足够的钱给你自己买个住的地方。”

“这不是我要说的。我要说的是，也许你想要个人来陪你。我跟伊特尔都说好了，她说她很高兴过来然后帮你打扫卫生什么的。她也会继续给西塞莉小姐干活，但她只是白天去帮佣晚上回来。她不想再在那住下去了。所以她说如果你想让我们在结婚之后陪着你，她就会过来。”

我看了看坐在桌子对面的汉普顿，然后想起我第一天遇见他的情形，那会儿陈老板让他把行李都抬到手推车上去，之后他就整天地跟着我，我去哪他去哪，后来我俩顺其自然地成为了朋友。

之后我说：“谢谢你，汉普顿！”

“那我们去奥拉卡贝萨的时候你要做点什么？”

“我要去格洛丽亚那住几天。”

第三十一章　无谓的迟到

虽然我跟格洛丽亚在一起这么多年，但我俩一次相处的时间从来没有超过一个晚上的。我经常忙活着去干这干那，不是去送货就是去帮别人摆平一些事情，要不就是赶紧回马修斯路，不然张和妈该对我跟格洛丽亚在一起时间太长而生气了。

但这几天跟她在一起却是我以前从未想到的。我们就在房间里，泡茶，做各种好吃的，虽然埃丝特也住在格洛丽亚那，但她白天去银行上班，晚上在家里忙着工作，几乎不怎么打扰我们。但是格洛丽亚要我跟埃丝特一起看看她在埃丝特婚礼上穿的礼服。所以，我们专门挑了一天去干这事儿。埃丝特要嫁给一个叫拉金德尔的印度人，她跟他是在打沙滩排球时认识的。

当我们离开家时，格洛丽亚戴上了她的翡翠戒指和项链。这是我第一次见到她出门戴着这些东西，她看起来美极了。她黑黑的皮肤正好把金子显出来。金子在她身上变得更加闪亮，我不得不承认，格洛丽亚比王霏更衬这些珠宝首饰。

还有一天，我们去海边野餐，这是我跟格洛丽亚之前从未做过的事。真是从来都没有做过。其实，我们之前从未一起去过什么公共场所。

这让我觉得，这也许就是一对男女之间的相处吧，平常、宁静而且规律。如果她的“特殊身份”没有让我分神而且其他人也不会因此喋喋不休的话，如果我一开始就娶她，也许这么多年都会这样安宁地过来。但如果我没有拓展眼界去娶亨利·王的女儿的话，也许我这一辈子都会在马修斯路当个二等公民，永远都别想跳出来。

然后我开始想象，如果一直和格洛丽亚在一起，会是怎样一幅美妙的图景，跟她长长久久地住在一起，会是什么样子。在我脑海中出现的画面，让我觉得又安定又充实，但是那并不是在马修斯路，也不在格洛丽亚现在住的房子里，尽管这栋房子很舒适，但这里太小太静，而且门窗都是关着的。尽管马修斯路也就只有一个水泥小院，但是它有足够的空间让人好好呼吸。马修斯路的房子让人觉得和世界有着更紧密的联系，而不像格洛丽亚的房子安静到给人与世隔绝的感觉。

当我回到马修斯路的家时，发现芬利已经在那等我了。我看了他一眼，只一眼我就知道出事了。我于是坐在桌旁，对着桌子那边的他说："好吧，说说出了什么事。"

"是那两个警察。"就在他说出这句话时，我才察觉自己其实一直都在惦记着这件事。我知道这事绝不会这么容易就过去，甚至在他们逮捕秀全的那个晚上，那俩警察在我这冲我微笑喝我的啤酒的时候，我就知道他们绝非善茬儿。在这期间，我能做的事情只是屏住呼吸希望事情不要发生，但该来的还是来了。

"你是说马特和杰夫？"

"就是他俩。他们因为贩毒被警察局开除了。"

"贩毒？你开玩笑呢？那帮当警察的谁不倒腾那个啊？"

"好吧，也许他们并不是每个人都干这行。问题在于，那俩警察搞得太过火了，他们把毒品卖到一些警察局大佬的地盘上去了，所以这给他俩惹了麻烦。"

"那就是说警察局里起内讧咯？"

"差不多吧，但结果是，那俩警察现在没工作了，开始专职贩毒，他们不贩毒也不行了，因为他俩现在连警察的退休金都没有了。"

我忍不住开始笑了。我实在想不清楚，芬利这巴巴赶来就为了跟我讲这点跟我们八竿子打不着的破事儿。

“但就他俩干这买卖，没人手，所以他俩想知道我们愿不愿意跟他们一起做这样的生意。”

而这会儿，我忍不住哈哈大笑了，笑得我眼泪都出来了。

“跟他们一起做买卖！他们疯了吗？他们脑子里到底想什么呢！对我做了那些事情之后我还会跟他们合伙做买卖！？我宁可赶紧再把王霏娶回来让她再折磨我一遍。”

“我们其实不是他们希望找的第一个合伙人。他们曾经去过德弗雷塔斯那，但他们当警察时可能稍微得罪过德弗雷塔斯，而且跟他合伙时总想占他便宜，这搞得他对他俩很不满。所以现在他们觉得你可能不计较过去的事了，因为你会意识到他们给了你多大一笔买卖。当他们被我们打了之后，回到警察局里屁都没放一个。他们就这么让这事了了，因为他们知道自己真的错了，所以你也许会觉得当年的事没什么了。”

“当然不了，他们也许很绝望，但是我们还没到那个程度。”

“你想让我帮你安排会面，你好当面跟他们讲清楚？”

我想了想，然后我觉着我见他们干什么？那两个人渣只不过曾经没经我同意就去干了那些见不得人的事，以前干过，不能保证以后不干。话又说回来，就算他俩是好人，我为什么要让自己卷入这深不可测的毒品买卖呢？这是一桩十分严峻的买卖，尤其是现在，毒品已经不再是大麻了，可卡因的纯度更高，所以影响更坏，而且我始终不能忘了英国人通过鸦片对中国人做的那些可耻的事情。

我一直坐在那，脑袋里一团乱，芬利看着我对我说道：“你不去见见他们吗？”

“你觉着我应该去？”

“你知道你应该去。如果你不去的话，他们会觉得你看不起他们。”

于是我去见了他们并告诉他们我的决定。但跟那天晚上他们逮捕了秀全然后又把秀全送回马修斯路一样，他们虽然是来道歉或者谈生意的，但我能清楚地看见他们眼中的怒火。

好吧，我不想当毒贩子，但是钱很紧张，因为做大麻生意的全岛都是。我猜不久之后，牙买加的唯一生意即是贩卖大麻，而牙买加出口的唯一物品就是大麻。

而且，油价上涨给每个人都带来了麻烦，包括我们。我们开车去各个酒店送货，耗费太多汽油。所以送货这项买卖不会持续太久就得停了，因为酒店的订单越来越少。来牙买加旅游的游客数量大跌，因为美国那边的报纸告诉读者们，牙买加形势混乱，暴力横行。

格洛丽亚倒觉得这很好，因为迈克尔·曼利从古巴请来好多工程师，在这里盖房子建学校。但我对她说："你难道没看出来，人们很担心牙买加的形势变得越来越坏吗？每天，当我打开报纸或者从院子里出去或者看看栅栏旁人们说什么了的时候，得知大部分人都在对这样的消息不停地抱怨。有一天我出门，看见有些人居然在墙上写了'曼利是叛徒'这几个字。"

"那你想从他那里得到什么？他只不过是想建设一个更好的牙买加罢了，而就在这个时候，每个人都为自身的处境担心。他们担心会失去人身自由，会失去个人财产，会失去民主。而民主对于穷人来说又有什么用？"

我实在搞不懂格洛丽亚在说什么。她就好像因为看到曼利和卡斯特罗好得跟一家人似的而高兴得不行，但她没看出来形势已经变得非常坏了。就在上个礼拜，米尔顿开车送货的途中遇到枪击案，所以他不得不把车停在路边，然后躲了起来。这就是在浪费我的钱啊。和这一样，现在我们简直是为了能在城里送点米面而快要送了命。格洛丽亚看不到这些，她不能理解这样的形势持续的时间越长，人们就越爱讨论“美国即将侵略牙买加，就跟他们侵略古巴一样”。

但每次我要跟格洛丽亚说说外面的形势到底怎么回事时，她只是说：“你想从他那里得到什么？”哪怕是小曼利为了攻打安哥拉回去找卡斯特罗时，她还是这么说。

“是安哥拉政府请求卡斯特罗让古巴的军队帮助他们包围国家、打击南非侵略者的。你说他会说不吗？”

“不，他们只不过是想让他帮忙。”

“所以你觉得在亨利·基辛格要小曼利谴责古巴的行动时，小曼利应该对这事儿不闻不问？”

“不是这样的，格洛丽亚。我认为小曼利做了一件正确的事。一个男人应该为自己的信仰站出来而且和他的朋友们站在一起。”

“那你想从他那得到什么？”

“我不知道，格洛丽亚，但是现在，他们斩断了美国对我们的援助，我们在一夜之间就破产了，所以现在我们得去借好多的钱。而我们死都不能把那些钱连本带利地还上。”

格洛丽亚什么都没说，我觉得在她内心深处，尽管她是那么喜欢古巴，但是她现在也知道牙买加正处在巨大的危机之中。

当小曼利去国际货币基金组织寻求帮助时，他们同意给我们钱，但是提出了几项条件：牙买加币贬值，政府减少开支，增加税收，紧缩工资控制。

我们从国际货币基金组织那里得到的东西只有失业和穷困，没有社会福利。而且一群人觉得他们除了那些他们当成是自己地盘的死气沉沉的几条小巷之外，已经不剩下什么还可以失去。所以如果我们觉得之前看见的可以称之为暴力的话，我们根本想象不到现在的情形有多糟糕。现在已经完全是战争状态了。就在家门口的大街上，枪战、纵火、炸弹、强奸、凶杀，各种各样的事情都有。而一直都有传言，说这一切都是中情局在背后控制的，为的是破坏政府稳定，因为美国不想再在它的后方要一个亲古巴政权。

于是，最终在 1976 年的 6 月 19 号，他们宣布国家进入紧急状态，这是自 1962 年独立以来的第二次国家紧急状态。

孙子云：“夫战胜攻取而不惰其功者凶，命曰‘费留’。”

我给妹妹的信中写道：

> 我知道你现在已经拿到了你的法学学位，但是牙买加的情况真是无比糟糕。这里的情况太坏了，政府甚至颁布一套新法案，认为私自持有武器是非法的，因为它们对他人的生命财产造成威胁。他们成立了“枪支法庭”，为的是尽快解决这些违法案件。他们有时会释放那些非法枪支持有者，有时则会用让人震惊的刑罚处决他们。但无论是刑罚还是赦免，都不会解决失业和饥荒问题，所以外面依旧有暴徒进行明目张胆的枪战。牙买加已经不再是你记忆中的那副样子了，也不是我想让你回来的国家了。所以你继续在那边考你的律师执照。这边的事情也许会在未来变得好一些。

1976 年 12 月，小曼利再次赢得选举，但是随着时间的推移，他的社会改革不得不停了下来，因为我们欠了太多的外债而不得不集中精力、想方设法把它还了。而且，我们还在不断地失去社会精英和技术人员。不仅仅是华人，也不仅仅因为钱，这样的人就是不断地离去，其中大部分离开的原因仅仅是不能忍受这个国家处处存在的恐怖和暴力。

在这一切发生的过程中，我都没有去见迈克尔，他忙着他那扶贫事业，直到我收到了他的一张字条：

杨宝：

请参看随信的附件。如果你决定过来的话，会对我非常有帮助。

迈克尔

附件里是一封请柬，邀请我去参加在圣三一教堂举行的主教受职仪式，迈克尔将成为迈克尔·基利神父，金斯敦的大主教。

第三十二章　谦恭

我去参加了迈克尔的主教受职典礼，这让我感到非常骄傲，好像他是我的亲兄弟一样。我坐在那，看见他在荣耀中，突然意识到：我们虽然走的路不同，但此生却一直相伴着。我告诉他的每一件事他都没告诉别人。而他告诉我的每一件关于王霏的事我也没告诉别人。而且就算现在他是大主教了，但我知道迈克尔会一直在那儿。我们之间有着紧密的联系。

那天，我一直没有机会跟他说话，但之后他跟我说，他看见我坐在下面，坐在教堂里的第三排，然后他突然想到，自己突然间有了一个兄弟，我知道他是说我，因为迈克尔是独生子。

然后他笑着对我说："尽管我们和我们的父亲沟通的方式非常不一样，但我们还是兄弟。"

三个月后，埃丝特结婚了。我觉得格洛丽亚在过去的两年里一直在策划这场婚礼，但也许这并不是事实，只是操办的过程感觉很长罢了。

那天早晨我去格洛丽亚那里时，她的家里真是一片混乱。我不知道格洛丽亚为什么那么早就让我过去。也许她觉得我会迟到，所以让我提前来。上帝知道她在想什么，我为什么会在我亲生女儿的婚礼上迟到，但她让我在板凳上坐了两个小时，我一直在看着裁缝围着她转来转去，用尺子量她脖子的尺寸，于是我想，好吧，现在她还在改她的礼服，整个婚礼都会出现问题。

伴娘是两个埃丝特从圣安德鲁学校起就认识的姑娘，她们三个一起参加的升学考试，也是英国的剑桥考试委员会提供的试卷。那些女孩都太瘦了，我实在想象不出来哪个男人能够抓得住她们，就像是想要抓起一片玻璃，就算你已经万分小心地握紧拳头了，但是那片玻璃还是从你的手掌心里滑落了。她们看起来又温柔又充满女孩子气，而且跟埃丝特非常亲近。

化妆师有好多好多小瓶小罐小刷子，她把那些东西扔得到处都是。她在每一个女人的脖子上都围了一块布，因为这样她就不会把化妆品洒到她们的胸口上，然后她在每个女人的手上试着涂抹各种化妆品，所以她能配出正确的颜色和感觉，这就是她所说的。

她说她要让她们看起来完美无缺。完美无缺，这是她最喜欢的一个词。每次她往人脸上打一点粉底或者擦一点腮红或者抹一点什么别的东西，她都会退后几步，认真地看着那个人，然后说："完美无缺！"她分别跟格洛丽亚和埃丝特说了这个词，然后是那两个伴娘，但我想，如果她再说一遍"完美无缺"这个词儿，我就会站起来把她从窗户扔出去。

她们四个人在那直直地坐着，等着化妆师过来让她们变得"完美无缺"，并且她们连手都不能动，因为一些其他的女人正在修剪打磨她们的指甲，之后会给她们涂上指甲油。

发型师在她们的头发上喷了很多发胶。这个发型师甚至喜欢把他的手放在脸颊旁，同时左右摇摆他的脑袋。我猜他是想从各个角度来看他创造出来的那些新奇发型，他这会儿正在那四个女人的脑袋上忙活着。他站在那，一只手点着下巴，另外一只手扶着屁股，而我坐在那，跷着二郎腿，然后把手放在大腿上。他在研究她们，我也在研究她们。他看旁边我也跟着向旁边看去，他往后看我也跟着往后看。然后，我突然张嘴说了这样一句话："也许你可以把旁边那撮头发梳得更高一些。”他转过来，看到是我在说那句话，然后又转回去看看那撮头发，接着又摆出那副点下巴扶屁股的姿势，然后他说：“是的，我觉得你说对了。”

后来我开始想，也许当个发型师是个不错的选择，干这行很有艺术感。你可以和一个女人在一起然后照顾她。真的可以好好欣赏她，把她纳入自己的灵感。大部分时间男人是不做这种事情的。他只是看见女人，但是他并没有真正看清楚她。但通过这种方式，你可以真正照顾一个女人，让她变得很美很漂亮。有多少工作能让你做到这种事情？你有一个机会能让别人高兴，哪怕只高兴一天也值了。

当婚礼的花车终于出现时，我终于轻松下来，出门走到正午的大太阳底下。就在我要上车的时候，我看见埃丝特站在走廊上。她看起来美极了：白色的露肩婚纱从她上身直垂到地面，而格洛丽亚又把它修改得十分恰当，让它在埃丝特身上既显得修长又不会拖在地上粘上尘土，而埃丝特脸上蒙的面纱也让她显出一种朦胧美。我从未想过自己会如此为她骄傲，我也从未想过这天会来，就跟我从来没有想到过自己会活到看到儿女结婚的那一天一样。埃丝特向我走来，我呆呆地站在原地，手里抓着开着的轿车门把手，然后她说：“爸，谢谢你。”

我突然意识到，这是她第一次这么叫我。这么多年来，她都在找各种不叫我“爸”的方法来跟我说事。而当我听见她跟格洛丽亚说起我时，她说“我父亲”，而她提到我的语气其实并不是太好。于是我看了看埃丝特，又看了看格洛丽亚，又看回到埃丝特身上，我觉得这孩子真不简单，跟她妈妈一模一样。

我们开车去了在半路树的浸礼会教堂。那不是圣三一大教堂，但是那座教堂又大又美丽，圣坛上和每一排坐席两侧都摆满了鲜花。

教堂已经不再是教堂了，尽管它还在发挥着教堂的职能，但是格洛丽亚跟我说，那能装下八百五十名客人。然而，格洛丽亚喜欢这座教堂的原因不仅仅在此，因为这座教堂还是牙买加成人教育中心。格洛丽亚告诉我，这里人们曾经举行过争取接受高等文化教育机会的牙买加运动。这里举行各种好事，比如说基督教教育中心还有法律援助咨询服务，格洛丽亚比较喜欢后者。格洛丽亚告诉我说，从 1968 年起，她就来参加这座教堂的活动，那时他们开始关注社会和福利问题。

她令我感到惊奇。我就那么坐在轿车里，然后看着她。我一直以为格洛丽亚是从不上教堂的基督徒。她给我的印象真的跟她做的那些事不相符。

她对我说："你知道，在我还是个孩子的时候，我每个礼拜都会去教堂。每个星期天，妈妈都得保证把我们擦洗干净，穿戴整齐，那时我们要穿那种带衬裙的礼服，之后带着我们走过尘土飞扬的马路，去教堂里听神父讲圣经。"之后她停了下来。然后她又说："我来这里不是为了上帝，而是为了能帮助人们彻底改变他们的命运。"

当我和埃丝特走过教堂中间长长的通道时，我看见拉金德尔在神坛那等着我们。他高兴得都快流泪了，就跟根本不相信这个女人会跟他结婚一样，就跟他在亲友的陪伴下终于等到那个女人向他走来，而他就此实现了一个只有上帝知道他怀了多久的梦想似的。于是，我开始有点担心，担心也许我们走到前面了，那个紧张的男人会昏倒在我们面前，他的心快被喜悦撑爆了。但是他做到了，然后神父说："谁把这女人交付给新郎？"于是，我完成任务了。

我撤了下来，站在一旁，我开始努力回忆我自己结婚的那天。好吧，我可以肯定的是，当王霏挽着亨利从通道上走过来时，我并没有像拉金德尔今天似的那么激动。我觉得与其说我高兴，还不如说我害怕。我无时无刻不在害怕，害怕王霏突然间停下不走了，害怕她突然转过去跑出教堂，而我只能眼睁睁地看着她的背影离我而去，就跟我在穆斯格雷夫女士路看了一百多遍那样。甚至在她说完"我愿意"时，我还是不能相信这事真的发生了，不敢相信她真的嫁给我了。而在那场婚礼上，我唯一觉得真实的时刻是我们俩坐在车里，向外看着车外的教堂和人群时，我想既然这么多人都看见，应该不会假吧。

在他们完成了祈祷、唱圣歌和祝福后，我们终于到新金斯敦，坐在美轮美奂的皮卡苏斯大酒店里开始吃饭，因为格洛丽亚喜欢这样一个事实，那就是在去年，政府刚刚开始控制这个酒店的利益，而她非常喜欢人民掌控旅游业。但说实话，在那栋饭店里，真没有很多位置。新郎家有多少亲戚真的已经不再重要了，我只记得我跟这个姨那个叔这个嫂子那个姐夫大表姐二表姐三表姐握了不知道多少次手，而根本搞不清楚他们之间是什么关系，还有祖父祖母爸爸妈妈三个兄弟六个姐妹。还有就是，成群的孩子在饭店里跑来跑去，不过就是没人管。

我想甩手离开这，但格洛丽亚不许，她说我必须得闭上嘴然后留在这，因为这是我唯一参加自己孩子婚礼的机会，所以我得慢慢享受它。这也就告诉了我，格洛丽亚并不觉得妹妹会回到牙买加来，而就算她回来了，也是结完婚之后的事了。

于是，我看似站在那“慢慢享受”着埃丝特的婚礼，但实际上我满脑袋想的都是妹妹，然后充满惆怅地觉得，也许格洛丽亚是对的，我可能永远都不会见到她结婚的那天。然后我又觉得这倒挺有趣的。好吧，这没有那么有趣，因为正是妹妹给我写的第一封信里提到了埃丝特，才让我开始注意到她，因为妹妹写了“我想格洛丽亚和埃丝特都好”，而这句话让我觉得应该给埃丝特这个孩子更多的关心，是妹妹让我想起我还有一个孩子。

在吃甲鱼和鸡肉的过程中，我一直在想埃丝特是个什么样的孩子。于是我意识到，她现在跟小时候完全是两个不同的人。那会儿她很安静，而且很介意我，可是当你看她的学校成绩单时，就会发现这是一个很活泼外向、喜爱运动和与人交往的孩子，她跳高跳得高，排球打得好，还是戏剧社的骨干，甚至参加了学校的乐队，是这样的一个孩子。但她一次都没有叫我去学校看她演出，陪她做运动，听她表演等等。也许她在想，在我看了她的学校成绩单之后，我会自动去学校看她做这些事。也许她是想让我走出第一步。但我那时一直就没开窍。我只是看了看格洛丽亚递给我的成绩单，然后一直想不明白成绩单上显示的那个女孩跟现实中我看见的为什么一点儿都不一样呢。或者有时我读完之后，把它又递还给格洛丽亚，然后说："看起来她做得真不错。"也就这么多了。实际上，格洛丽亚给我看埃丝特的成绩单，是因为她觉得我有权力看埃丝特的成绩单，因为她上学是我拿的钱。就是这样。但对我来说，我根本就没想过去期待什么"权力"，或者主动提出除了看成绩单之外更多的别的事。

直到王霏把孩子们都带走，我的生活发生了巨大的变动之后，格洛丽亚开始觉得现在我只有一个孩子在身边了，我应该更关心埃丝特。于是埃丝特在秀全和妹妹走了之后，真的成了我的孩子。

当婚礼到了父亲讲话的环节，我跟格洛丽亚说我真的不知道说什么。作为一个你根本就不认识的女孩的父亲，你该说什么呢？然后你就忙不迭地把她嫁给了一个你只见过两三次的男人。你能说什么呢？说直到这孩子长到十四岁你都对她不闻不问？你都记不住你见过她几次，而当你无意中想起她时，你不记得是不是跟她谈过话聊过天。在那十四年里，你从未在枕边给她读过故事书，或者跟她一起做游戏，或者带她出去写生，或者跟她一起吃冰激凌，或者看着她吹灭生日蜡烛。你都记不住你给她买过什么礼物，或者本是格洛丽亚买给她的礼物却告诉她这是我送她的。然后直到你老婆绑架了你的那两个孩子，你才意识到，在这你还有一个。所以，只有其他的那两个走了，你才开始想了解这个女孩，而你发现她是一个聪慧幽默而又善解人意的孩子。你对你孩子的要求在她都已经达到了。在这些优点之外，埃丝特身上最可贵的一点是，她知道怎样去原谅别人。她从心里原谅了我，然后静静地等待那天，在那天我会出现，成为她的父亲，爱她并感到开心，为她的所作所为而感到骄傲。

格洛丽亚看着我然后说："这很好，因为这是实话。"

于是当那一刻到来的时候，我站到台上，然后把上面那些话都说了出来。我前半部分的言辞很温和，但当我说到后半部分当她父亲的那段时，我说道："她叫我爸，所以我爱她，我为她是我和格洛丽亚的女儿、拉金德尔的新娘，以及最重要的是她自己而感到幸福和骄傲。"

我几乎没有听到掌声，因为就在我说完这句话时，我看见埃丝特在哭，但脸上却带着笑容。然后我觉得一些热热的东西也在我脸上滚来滚去，于是我坐了下来，格洛丽亚递给我一张面巾纸擦眼泪。

在那之后的舞会上，埃丝特跟拉金德尔跳完他们必须跳的第一支舞之后，就径直走到我这里来，站在我面前，伸出手要我跟她跳一支舞。

我对她说："埃丝特，我不会跳舞。"

然后她说："没关系的。"

于是我站起来跟她走到舞池，穿着燕尾服扎着领带，这是格洛丽亚说我必须要穿戴的。就在我跟她跳舞时，我意识到我脸上的表情一定和拉金德尔刚才的表情是一样的，就是他看见埃丝特挽着我走过长长的通道向他走来的时候。这就像一场梦一样，我甚至都不知道自己已经梦想成真了。而当我向格洛丽亚那个方向看过去的时候，我看见她还坐在那，我知道她的梦想也变成现实了。

第三十三章 行军

妹妹通过了她的律师考试。她从英国给我寄了一张泰晤士报，上面有她的名字——“如果需要律师，去林肯律师事务所”。

我实在太高兴了，把那张纸给每个人看，告诉他们我有一个多聪明的女儿，但是与此同时，我也知道，其实坏事就在我的喜悦中酝酿着。然后在我打了好多通电话说了好多好多话之后，芬利对我说我们得一起去见见这个男人，但我们得去内格里尔谈，因为那个人不肯去蓝湖酒吧。他说他是一个迈阿密人，是为蓝天大海生的，而不是什么又脏又土的金斯敦律师。

芬利对我说了他的名字是伊恩·梅纳德·菲茨杰拉德，然后我说：“什么？这是个什么名字？”

“我觉得这名字是有历史的，可能跟家族里的一群人有重要的联系。要不然，你怎么说了那么一句阴阳怪气的话？除非你觉着自己遇上了什么大家伙。如果说他祖父跟卡斯特将军一起打天下，我都不会觉得惊讶的。”然后我跟芬利一起大笑起来。“不管咋说吧”，芬利说，“那人有个小名儿，叫萨姆。”

“那他那小名儿又打哪来的？”这回芬利只是耸了耸他的肩膀。

萨姆在内格里尔有一家很棒的酒店，就在那个地区最著名的延绵七英里的白色海滩上，他们经常会把这一片白色沙滩印在宣传旅游的小册子上。酒店很大，非常引人注目，而且是古典风格的。萨姆对我们说，酒店的报刊亭里出售各种美国和德国的报纸。酒店有自己的海滩、两个游泳池、五家游客能吃到任何东西的饭店。它有直升飞机直接去蓝湖取水，“蓝湖”，他指的是在安东尼奥港那边巨大的蓝色水洞，不是我在金斯敦最喜欢的酒吧。酒店有滑水等海滨沙滩项目，你能想象到的他那都有。白天晚上都有各种娱乐项目。还有照看孩子的保姆和幼儿园俱乐部。最好的东西是什么？那里什么都有。客人们根本不用从酒店里走出来，并且为了保证游客们的安全，他们在晚上七点、太阳还有半小时落山的时候准时锁上大门，所以他们不用自找麻烦地跟那些游客们说在内格里尔的街上是没有暴乱的，那些暴乱只在金斯敦才有。不，他们只是简简单单地把所有的旅客都锁在里面，然后内部设施应有尽有。而与此同时，当地的酒吧和商店可以关门歇业了，因为根本就没有客人来光顾他们。而这样一家酒店的所有利润将转去美国，因为萨姆是个迈阿密人。

于是我跟芬利和萨姆坐在酒店的大厅里，这会儿那些小服务员在我们前后左右地忙来忙去，手上端着朗姆潘趣酒和鲜虾色拉，而萨姆则把他自己又白又肥的身子向后面懒洋洋地靠着，一脸陶醉地看着自己创办的酒店，有游泳池旁边的希腊神庙式的建筑，有口中喷水的石狮子，有巨大的人工瀑布，就好像是如果萨姆不把这些景致引进来，牙买加就没有什么美景了一样。

虽然，萨姆的酒店什么都有，但是只缺少一样东西，那就是没有花钱来这玩的游客。因为美国媒体不断地吓唬美国民众说这里有抢劫有强奸有凶杀有暴力，所以谁都不愿意来到牙买加和牙买加周边的地区。尽管事实上，国内的这些案件其实不是针对游客的，而且都不发生在内格里尔和奥乔里奥斯这样的游客集散地。

当萨姆终于开口跟我们说他要什么的时候，他只说了三个字：“陈莫琳”。他说的时候，语气平稳，声音像丝绸一样，就像他要买一块巧克力一样。但这并不能瞒过我的眼睛。我马上知道在他得到莫琳之后他下一步要做什么，因为当时我们帮助莫琳解决了米查姆的问题，她生下约翰，然后完成学业，去美国游学，之后她回到牙买加来，进了一家很有影响力的欧洲旅行公司帮助游客预订宾馆或取消预定，而这对我们来说是有好处的，在这期间我们一直在帮她谈有关旅店的合同问题。

“莫琳不能帮助你吸引那么多游客。”

萨姆笑得跟蜜一样，他一定觉得自己非常帅非常有魅力，但实际上他有女人一样的胸部然后腰上还有一大圈肥肥的肉。他坐在那，穿着泡泡纱做成的T恤衫，白色的沙滩裤，光脚穿着一双拖鞋。什么样的男人会不穿袜子走来走去？

“好吧，如果她不能帮助我招徕顾客的话，我们就得想想你还能不能在这一片送货。”然后他看了看我，又看了看芬利，又看回到我。之后他笑着说：“好好想想吧伙计们，我们都是成年人了。你知道我的筹码，而且我十分清楚你们俩一定经历过不止一次这样的谈话，肯定比我多，对吧？”

我们什么都没对他说，于是他继续说道：

“那我现在跟你们讲讲我想的三点吧，然后你们考虑考虑看。第一，陈莫琳。难道对她来说，把一些游客放在这天堂一样的地方不好吗？你俩思维得跟上，我想要公平地对待你们，所以我不要求客人是全满的，百分之八十五就可以了。我相信她能做到这点。第二，玛吉·洛佩兹那家可爱的小化妆品公司。没错，所有的进口原料以及供货的超市，我可以帮你扫除这块买卖上的所有的麻烦事。第三，好的员工，太难遇到了，你也是这么想的吧？还有给他们付的工钱，哎，伙计，我怎么跟你说呢？我非常喜欢降低给他们的工钱。你知道我想说什么吗？真见鬼，一给他们降工资，他们就跑到工会去。也许你知道怎么把这件事解决了吧？”

“我们和工会没什么联系。”

“啊，当然了，但是你的朋友，德弗雷塔斯，他有，不是吗？”

我们就坐在那看着他。

“我知道我们现在是你的瓮中之鳖了，这也是你能要挟我们为你做所有事的原因。”

“瓮中之鳖？”然后他探身向前，“你想让我一样一样地跟你把你们做过的事列出来吗？非法设立赌场，敲诈勒索他人钱财，开设妓院，偷东西，洗钱，投机倒把，你知道的，当那个小姑娘要面对谋杀的罪名时，她飞去了迈阿密。你以为我都不知道吗？”

我抬起手，不过只是把一个手指放在我的嘴唇边，以免我说出什么让自己后悔的话。正如孙子所云：“客绝水而来，勿迎之于水内。”

而他又用极其友好的声音说：“嘿，你可能得需要点时间考虑考虑我所说的话，找到怎么把你做的这些事遮掩过去的好办法。”他把手伸进他衬衫胸口上的口袋里，掏出一张名片递给我。

“你想好了之后就给我打个电话吧。”他站了起来，走了出去，告诉服务员们把吃的喝的都给我们摆好，就当是业务招待了。然后他又转了回来，把身子向我靠拢，用一种几乎是耳语的声音对我说：“哦，对了，还有咱别忘了金斯敦的大主教，是不是跟黑帮老板的老婆还有一腿啊？”他耸了耸眉毛，“如果罗马教廷那边知道了大主教的事，他们会说什么？”他用指关节敲了敲桌子，然后说，“别让我等太久。”

当我俩离开酒店时，我跟芬利就看见酒店的大厅里站着两个保安，他们俩穿着质地上乘、熨烫妥帖的制服。

孙子云：“不知山林、险阻、沮泽之形者，不能行军。”于是我找了克里夫顿，让他去查查发生了什么事。结果，事实证明，正是马特和杰夫那俩孙子，因为我不想跟他们合伙贩毒而特别生气，尤其是他俩被揍了之后什么都没说这点，让他俩觉得忍无可忍，于是他们发誓要把关于我的所有的事情以及那些跟我有关系的人的事情都查出来。而他们之所以会把消息给伊恩 · 梅纳德 · 菲茨杰拉德是因为他们看到他很有钱。因为对于他们来说，钱比把我送上法庭更重要，于是他们就跑到内格里尔去找萨姆，因为萨姆恰恰可以通过他们所提供的信息而从中获利。而且，萨姆看起来已经加盟他们的贩毒生意了，于是只要他们三个人不在萨姆的小天堂里守着，就在迈阿密忙乎着他们的"事业"。

而伊恩 · 梅纳德 · 菲茨杰拉德又有什么来头？他曾经是克里夫顿的一个小男友。这就是马特和杰夫怎么找到他的，他们跟踪克里夫顿到内格里尔和迈阿密，在这里克里夫顿有着和在金斯敦完全不同的生活。

于是我跟克里夫顿说："这个男的，他现在还能是你的情郎吗？"

然后他说："我曾经觉得他是。"

我看见克里夫顿已经为此觉得难堪了，于是我也就不再多说什么，尤其是这事儿也怨不得克里夫顿，是我不愿意加入那俩警察的毒品买卖。但我是永远都不可能跟他们合伙做那种生意的，所以这个大麻烦迟早都得来。事实上，这麻烦事早就在那等着了，等了很长一段时间，不是从毒品买卖那事开始的，也不是从马特和杰夫被打那事开始的，而是在那两个警察决定帮助王霏把孩子们从我这抢走时就开始了。

第三十四章　掌控

电话响了，我一接发现是妹妹。她说她要回家。

“妹妹，你知道每个人都希望你回家。而且你这么多年也那么努力地工作过了，但说实在的，现在不是个好时机。”

“爸，那可是牙买加啊，有好的时候吗？”

“也许没有吧，但不久之后的情况会比现在要好。相信我。不过，有什么事发生吗？你听起来感觉很不好。你的声音像是要哭了一样。”她在电话那边沉默了。“发生了什么事吗？”

“我在吃饭时遇到了一个女人。她是林肯律师事务所办公室的几个头儿之一。”

“是。”

“我无意中对她提起我是个牙买加人，然后她说在很多年以前她去过牙买加。不管怎么说，她看起来都很友善。虽然感觉她应该知道我的名字，但是她还是问了一遍。然后她问我，我爸是谁。我告诉了她，于是她对我的态度就完全变了。她变得非常鄙视我，几乎可以说是仇视我。这变化太快了，我开始觉得是不是这只发生在我的想象之中，然后我觉得这也许是她性格上的问题，因为有些人告诉我说，她实际上要求挨着我坐。”

“那个女人叫什么？”

“她叫海伦娜·米查姆。如果你知道她的话，她也许是另外一个名字。我知道她结婚了然后又离了，所以我不清楚米查姆是不是她前夫的姓。”

“不，这个名字就是她在这时的名字。但那又怎么样？她对你不好又能怎样？你看你都快哭了。”

“好吧，自从我遇见她了之后，我周边就发生了很多恐怖的事情。首先，我在办公室的办事员那里领到的工作越来越少，比以前少多了。工作少了，挣得钱就少了，乐趣也没了。其次，那些之前对我很友善的人现在都开始不跟我说话了，甚至有一些还做出一些粗鲁下流的举动。我觉得自己彻底地被排斥了。”

我开始想“排斥”是个什么词儿。但是，然后我马上想到妹妹非常聪明，能很快在英国闯出一条自己的路来，所以她现在说的都是标准的英式英语的词儿，而且发音也很英式。

“你没想过是不是自己把这些看得太严重了？”

“不是的，爸爸，这事真的挺恐怖的。”

“所以你觉得是这个海伦娜跟别人说了什么才让他们这样对你，是吗？”

“我不敢完全肯定。我在那次饭局之后还没见过她，但是时间上确实很诡异。”

诡异？我觉得她现在说的词儿已经超出我的词汇量了。

“在她和他爸爸还在牙买加时，我曾经帮助他们处理过一系列问题。”

“那遇见我她应该感到很开心啊。”

“那不是那种…”然后我不知道该说什么了，但这似乎没事，因为妹妹直接越过了这个问题。

“跟她遇见是在几个月之前，而我的生活从那时起就变得不能忍受。我不知道自己该怎么去忍受这样的待遇，所以我觉得最好的办法就是回家。而且这也是我一直期待做的事情。”

“妹妹，你还远未达到你那一行的要求。你不觉得自己应该在那多待上一段时间积累点经验吗？”

“爸，你不明白。我讨厌我现在正在做的事情。我讨厌每天不得不早起然后上班去面对那些已经对我无比冷漠的人，他们可以随便地打量我，可以在我进到一间屋子时起身就走。他们的这种行为把生活中所有的快乐都拿走了。所有的快乐啊。至少，如果我回家了，我会觉得我做事做得不错。”

“你得冷静下来。你正在因为某些蠢女人而让自己发狂，这又何苦呢。那你妈妈怎么说？”

“我没跟她提关于这事的任何东西。”

“你没跟你妈说这事？妹妹，你得跟她谈谈。她就在你身边啊。不像我，只能在离你四千英里的电话旁来跟你说话。不管怎么说，人们怎么能说变就变呢？难道他们不是在这事发生之前很久就认识你了吗？一个女人怎么有这么大的力量去把他们变成那样呢？”

“权力，爸爸。她有权而我没有。除了这之外，就跟你经常说的，白人在一起抱团，这点在英国和在牙买加是一样的。”

我想了想，觉得妹妹应该冷静冷静然后把这事当成一种常态。每件事都有它被边缘化的时候，你得想方设法解决它。正如孙子说的：“将者，……因利而制权也。”[1]

---

① 出自《孙子兵法》第一章“计篇”。

第三十五章　全员燃烧

我认为想从伊恩 · 梅纳德 · 萨姆 · 菲茨杰拉德那里彻底摆脱出来会让我身败名裂。而至于妹妹给我打的那通电话，格洛丽亚帮我指出说玛吉 · 洛佩兹其实并没有杀人，这让我想起了查尔斯 · 米查姆以及我意识到米查姆已经不再给我钱了。他就是不再给我钱了，没什么原因。很多年以前的事了。而那时我正在为王霏把孩子们带走、张和妈的离世而感到难过，也为小曼利的各种改革而感到兴奋，以至于我根本没有意识到那点。于是，现在我觉得是时候去重新查一查米查姆以及他的那个杀人犯女儿，海伦娜。

我给克里夫顿打了个电话，跟他说去蓝湖喝一杯。然后我把乔治·莫里森也带上，跟他说了同样的事。

当我们见面时，我对莫里森说我听说约翰完成了他的学业并且顺利地成为一名医生，我为此感到非常高兴，经过了这么长时间，他和玛格丽特终于要一起回家了。然后我也祝贺了克里夫顿的升职。“你现在差不多已经是警局的高层了，克里夫顿，是不？下一步是不是要当警察局局长啊。”然后我们干杯畅饮，之后我跟那两位说了我的计划。

“查尔斯 · 米查姆！我们还没摆脱他吗？”

“我觉得他还欠我们一件事。”但乔治和克里夫顿不太明白，于是我说，“你应该知道的，乔治，你知道关于英国的一切。还有，克里夫顿，你知道关于警察局的一切。我想你俩之间的交集就是我说的关于米查姆的那件事。我可以给你们一个开头，因为现在海伦娜是伦敦林肯律师事务所的一名律师。”

那两个人就坐在那，呆呆地看着我。然后乔治冲吧台里的酒保晃晃脑袋，让他再给他拿一杯朗姆酒，然后克里夫顿说：“你开玩笑呢？这不可能是认真的。一个律师？真的吗？”

“千真万确。”

他想了一会儿，然后说道：“好吧，他们以中立的观点看待这个问题。也许那事就是她干的。没有比狮穴更安全的地方了。但你知道这是一件很严重的事，你同时去找他们俩简直就是在玩火。”

“相信我，我能做到的。”

几天之后，克里夫顿给我打电话，说他有关于他们的新闻了，他可以在蓝湖酒吧把他知道的告诉我。

“查尔斯 · 米查姆后来在军队里升职了，成了英国军队里的高官，但他现在退休了，住在温彻斯特。他的女儿，海伦娜，去了牛津大学学习法律，然后她去了伦敦的律师学院学习。她在 1968 年取得了律师执照，现在，正如你所说的，她在林肯学院有自己的办公室，并且主攻妇女家庭犯罪法。”

当克里夫顿读完他在小本上写的东西之后，我让他把海伦娜在伦敦的办公室地址给我，然后当我回到马修斯路时，我打了电话，给一个国际鲜花快递公司打了个电话，让他们给海伦娜送去一大束花，并附上一张卡片，上面写着：

> 海伦娜，
>
> 经过了这么多年，重新见到你真高兴。
>
> 最温暖的祝福，
>
> 温斯顿 · 摩尔根和奥布里 · 威廉姆斯（哈瓦那俱乐部）

当第二天米查姆打来电话时，我跟他说:“查尔斯，你现在怎么样？”

“我女儿收到了你送的鲜花。杨，你现在在玩什么傻瓜游戏呢？”

“游戏？查尔斯，我没玩任何游戏。对你来说那是一个游戏吗？所以你才忽视我并且希望我没注意到这事儿？”

“那是很多年前的事了。我觉得我给你的钱够多的了。”

“是，钱是够多了，但我还想让你帮我办一件事。我有点小问题，而且我想你也许能帮上我。”

米查姆在电话那边沉默了，于是我告诉他我想要他帮我做的事情，也告诉了他那个勒索我的人和他的两个小喽啰的名字。

“我可不能去做那事！你觉得我是谁？”

“好吧，在你挂电话之前我就是想说，你也知道，杀一个人和杀几个人在法律上没有分别。而且，据我所知，他们研制出了一种新的叫DNA的东西，所以我觉得很快他们就能查出那把刀上到底有什么，就是那把我上次见到你女儿时收起来的刀，现在还在我这呢。但不管怎么说，海伦娜做律师做得很好，而且我觉得她也知道自己到底犯了什么罪该判什么刑。”

米查姆依然很沉默，于是我继续说道:“而且当所有的事情都解决时，你就可以毫无后顾之忧地休息而且把我忽略掉，因为你是对的，平等就是平等，够了就是够了。你在帮我办完这件事之后，就再也不会听到关于我的任何事情。”我屏住呼吸，然后继续说，“告诉海伦娜也让我女儿放松放松。她知道我指什么。”

米查姆直接挂了电话。但是两个礼拜之后，芬利过来告诉我说萨姆·菲茨杰拉德和那两个跟班消失不见了。好像他们仨是去迈阿密度假，然后他们就那么消失了。就是那样，毫无踪迹，而官方认为他们的消失也许是和毒品有关。

我对自己说，是的先生，英国军队就是厉害。我觉得他们一定跟美国的中央情报局一样厉害，也许比他们更厉害，他们能那么快地把事情搞定。

几天之后，妹妹给我打了个电话，她听起来开心多了。她说每个人都对她又好了。她又能像过去一样工作。人们像什么都没发生似的跟她说话。她又喜欢自己的工作。她将继续留在英国，但是让我一定不要忘了，她还是想一旦形势好转就回家，于是我说：“好的，姑娘。”

第三十六章　预防措施

虽然事情解决了，但整件事情却让我觉得不安起来，于是我开始想象，如果我余下的生命在金斯敦监狱的高墙里，每日怀着忏悔的心情擦地板会是怎样一副样子。我想，好吧，如果是那些男孩子的话倒没什么，他们这几年的钱也赚够了，但是莫琳只在旅行社里找到了那么一份小职业而玛吉无非是杨氏化妆品公司的一名员工罢了。

我让莫琳到新金斯敦的一家酒店来跟我吃午饭。那饭店很安静，于是我选了角落的一个座位，旁边有高高的、栽在水罐里的竹子挡着。

“我那会儿特别小，而他看起来很成熟。”然后她笑了起来，“好吧，我觉得他就是那样，年纪跟我爸爸差不多了。”

我只是笑了笑。莫琳变成了一个非常好的女人，她既优雅又沉着。

“我想他知道那会儿即将发生的每一件事。我觉着自己会被他照顾，被他保护，被他教育，甚至会嫁给他。我想他会为我做些什么的。”她停了下来，因为这会儿服务员把红烧鸡肉和米饭端了上来，摆在我们面前。

“我那会儿还觉得挺光荣的，很傻，是吧？”然后她又笑了。

“那一点都不傻，你那会儿还是个孩子呢，而他是个成年人。”

“一个成年人跑到这来，抓住了一些年幼无知的孩子们，他从她们那拿走了他想要的东西然后把我们扔下，让我们自己去处理他扔下的烂摊子：约翰和我。如果你喜欢的话，可以说我们很独立。”然后她又笑了，“有点像英国的平克顿和中国的蝴蝶夫人。[①]”

现在她的水平已经远远在我之上了，但我还能跟上她的思路，因为她跟我都知道，我俩说的不是她跟米查姆，而是英国和牙买加。

当我们都吃完了并且事情也谈完了之后，我跟她走下饭店的楼梯，走到大厅里，然后穿过侧门，又经过那本应该有游客晒太阳的空荡荡的游泳池，杏树下面是空空的椅子，而游客们本应该在那读书的，然后我们又走过橡胶树和椰子树下，路边有很多淡蓝色的花朵，它们长在酒店停车场的花床上。因为早晨下了一场雨，所以现在的空气还是湿湿的。

第二天，我给玛吉打了个电话，跟她说下次她去安东尼奥港的时候，我会去拜访她。然后芬利建议我们应该都去那，因为安东尼奥港真的很漂亮。

而在我们打算去的前一天，米尔顿告诉我说这两周下的雨已经在一些地区造成水灾了，而政府勘测到五个郡的灾情特别严重，所以他们正在疏散住在那里的灾民。

“那里的通讯已经全部断掉了，而路面情况也很糟糕。而且《收获者》杂志上也说，我们面对着巨大的粮食减产和来自死去的牲畜的各种疾病，而且洪水也对供水系统和卫生设施造成了很大的破坏。”

米尔顿跟我说话好像在引用报纸里的话。

“所以你觉得我们应该取消行程？你想让我另找时间去见玛吉？”

他把大拇指插进他的裤腰带里，那条裤腰带自从克里夫顿·布朗那件事之后，他就一直系着，然后他跟我说：“不是你想的那样。

---

① 平克顿和蝴蝶夫人是意大利剧作家普契尼创作的著名歌剧《蝴蝶夫人》中的男女主人公。歌剧以日本为背景，讲述了女主人公乔乔桑（蝴蝶夫人）与美国海军军官平克顿结婚后又遭背弃的故事。此处为书中人物的知识错误，在歌剧中蝴蝶夫人是日本人，平克顿是美国人。

我只是跟你说说就完事了，明天我们还是要开车去安东尼奥港的。没问题。”

第二天，我、芬利、汉普顿和米尔顿四个人开车出发了，米尔顿开车。而路面上的水太多了，当我们到了山望街时，一辆摩托车在我们面前停了下来，当骑摩托的人把脚放下时，我们发现水已经没到他的膝盖了。

当我们把车开到城外时，我们面面相觑，不得不承认，农村的一片混乱与城市虽然形成鲜明对比，但是依然是属于牙买加的。我们看到了驴车，路边小贩贩卖着他们粗糙的木雕和没有分类的贝壳，还有烤得焦黄的甜玉米以及一串三条的咸鱼。屋顶摇摇欲坠的木质小屋被漆成各种颜色：蓝的、粉的、黄色的，有些锌皮墙已经生锈了。水果树郁郁葱葱地长着，有芒果树、鳄梨树、荔枝树、面包果树、木菠萝树、木瓜树、人心果树、刺果番荔枝树、香蕉树。菠萝在地上，白薯和红薯长在地下，香蕉园在路的两边延续，树旁放置了装药的蓝色袋子，为了防止香蕉得病。

除了路面状况不好以及大雨之外，这里的景象让人觉得不真实。路面坑洼里积满了水，然后被一种白色的黏液盖住，这种黏液冲掉了他们为了修补路面而铺设的大石子和小颗粒。

然后我开始思考，当面对这种情况时，进步和繁荣又该如何是好？尤其是每当我们好不容易在大雨中前进一步，暴风就把我们向后刮十步时。我想这个问题想得更多。

当我们到达怜人角时，亚拉河把前面的路完全冲垮了，河水从左向右飞速奔腾着，在这样夹着棕红色泥土的大雨中，从路旁的一处陡峭的筑堤俯冲而下。米尔顿把车停了下来。而这会儿，在我们后面的大货车超过了我们，它小心翼翼地穿过前面的洪水，轮子溅起来的水全部飞溅到我们的挡风玻璃上了。

米尔顿也想冒险试试。他轻轻发动了汽车，试图让轿车保持平均速度前进，以免引擎熄火，但是当我们开到洪水中央水最深的地方时，他突然间把车速放慢了，这让我觉得很担心。但我们还是过去了，当我们到达洪水的另一端时，米尔顿笑着说：“天啊，我都吓得一身汗！”

在绿墙地的公交车站有一只死了的母牛，已经面目全非而且躯体肿胀，嘴上全是泡沫。

在莫兰特湾的时候，我让米尔顿把车开到法院那里去，因为在1865年，保罗·博格尔跟他的追随者们正是在那里举行了示威游行，也是在那里，那些民兵对游行的队伍开枪并且镇压了起义。让我感到惊奇的不是那栋楼现在还矗立在那，红砖白瓦显得醒目分明，而是它现在仍旧被当作法院来用。所以，当我爬上那半圆形的通往楼前阳台的楼梯时，我听到了一些声音，而且明白过来，那里正在进行一场审判。并且，尽管现在热浪逼人，那些律师们始终戴着假发穿着长袍就跟在英国一样。

我的上方是建在屋顶上的塔楼，而我的下方则是保罗·博格尔的雕塑，手执弯刀，下面的纪念词是这样写的：

> 就在这，在法院前面，1865年10月11日，斯通哥特的保罗·博格尔带领他的人民在这里举行抗议，为了反对贫农和大农场主在法庭上的不平等。抗议是从后来被称为是“莫兰特湾起义”开始的。保罗·博格尔、乔治·威廉·戈登还有其他的上百人在这里被残忍地杀害了。在这栋楼后面，埋着很多爱国者，他们为牙买加的自由而捐躯。我们纪念他们，并为他们感到荣耀。

当我们到达安东尼奥港时，正是下午，蔚蓝的大海在一边而青翠欲滴的大山在另一边。蓝山就在眼前，我现在几乎可以闻到咖啡的香味。

我们爬山到了圣圣那个地方。当我们到了玛吉的房子时，米尔顿在陡峭的车道上把车放慢，然后慢慢滑进停车位。玛吉的看门人走出房子，问候了我们。

我们跟随她走过又潮又凉爽的房子然后走到有着明晃晃阳光的后阳台上。深蓝色的加勒比海就在我们眼前延伸开去，四周青翠欲滴的山峦层叠起伏，远处是安东尼奥港的双子码头和海军岛。我可以感受到海风拂面，品尝到空气中淡淡的咸味。在我的脑海中的某一个地方，我听见哈里·贝拉方特在唱："太阳下的海岛哦。"

玛吉从下面的花园走上来，站在上面的台阶上，她又厚又卷的头发在微风中颤抖着。

"咱们直接去工厂吧，我想给你看点东西。这不会耗费太多时间，当回来的时候，咱们可以一起吃饭。"于是她倒出一辆四驱车，我们四个人都坐了上去。

到了工厂，玛吉变得很兴奋，她给我们展示她改变了这个，提升了那个，减少了浪费，升级了生产线等等。她说得很快然后表现出对自己很满意的样子。这完全在我的意料之中，因为当我看账本时，我知道公司的生意经营得不错。

当我们回到房子时，她说："我希望你们喜欢马林鱼。安东尼奥港的深海鱼非常有名，尤其是马林鱼、吞拿鱼和石首鱼。"

鱼是用平底锅先煎好，然后又刷了一层薄薄的椰子酱慢慢地煨了一下做成的，真的非常好吃。

"这离机场很远啊，"我对她说，"如果你从这去纽约的话怎么走？"

"在金斯敦和肯·琼斯机场之间有区间往返的直升飞机。去金斯敦的路况现在太糟糕了，整座城市的人都在等着军队的船好活下来。如果码头停运了我不知道会发生什么，因为现在它看起来不怎么样而且他们也没钱重修它。"

喝完咖啡，我跟玛吉说让她跟我到花园走走。我们从石梯上走了下去，然后穿过一条长满果树的小径，一棵巨大的桃金娘上长着白色的花和深绿色的叶子。我们经过了猩猩木的篱笆，上面有深红色和粉色的叶子花。我们最终到了她花园中水池旁的凉棚里，凉棚上面长着粉色、白色和紫色的兰花。

“玛吉，你真的住在一个很美的地方。我终于明白你为什么一有机会就从纽约往回跑了。”

“我喜欢这里。我不认为我能离开这里生活。你知道埃罗尔 · 弗林曾经说过，他从未遇见过一个女人跟安东尼奥港一样美。这证实了什么吧，不是吗，这话是他说的吗？我不知道多少牙买加人能离开牙买加或者它对他们的承诺。”

当我们坐在小椅子上时，我转过来对她说：“我想跟你谈谈生意。你把它做得不错，真的挺不错的，而这一切都要归功于你辛勤的工作以及你对化妆品有着一种天然的聪明劲儿。我跟莫琳吃过午饭了，你都知道了？”

“是的，她都跟我说了。”

“莫琳现在要有她自己的旅行社了。而我也想用杨氏化妆品公司做同样的事。我想让你停止做一名员工而成为一名合伙人，如果我这边出现了任何麻烦，你什么事都没有。”

玛吉看着我就像她一半高兴一半又放松了下来，因为她也许能从莫琳告诉她的话里猜出我将要对她说什么。

“谢谢你，叔。”

“但是你不能像莫琳那样把你自己的名字放在前面。陈杨旅行社听起来不错，尽管我觉得杨陈听起来更好。但是洛佩兹·杨是不太可能的。我想公司应该叫杨 · 洛佩兹化妆品公司。”

“但我们现在不仅仅经营化妆品了。我们现在有一系列浴室和厨房产品，而且我们开始开连锁店，而不像以前那样在别人的柜台里卖我们的产品。我下午已经给你看了，也给你说了。”

“所以你想叫它什么？”

“又朴素又简单，就叫杨·洛佩兹。”她犹豫了一下，继续说道，“你是说你和莫琳五五分成吗？”

然后我说：“是的，我俩五五分成。合同上都写了，除了名字，我很快就会让会计把这些东西做好，然后下周给你送来你就可以签字了。”

“这么快？”

“没必要等。”

当我们回到房子时，玛吉进来然后拿出一个包裹。绿色、棕色和蓝色的美丽的条纹纸把它包起来。

“我从纽约给你买的这个，但我觉得在你跟我说完刚才那一番话再给你有一点尴尬。不过不管怎么说，请相信这个包裹就是送给你的。”她把包裹递给了我，然后我从她那拿了过来，并把它打开了。

她跟我说：“这雪茄是1958年产的，在62年古巴禁运前运到塔姆巴。商店店主把这笔买卖包圆儿了，现在他在一家装修得很有情调的小商店里卖这些东西，就在第五大道和东四十六街的交汇处。当我买这些雪茄时，他跟我说我不是在买一盒雪茄，而是在买一段历史。”

当我打开那个盒子时，里面是整整齐齐、一层一层摆放着的小包雪茄。我把一包五支的雪茄从里面拿出来，仔细看了看。

“我知道你一直都有古巴雪茄抽，但是这些雪茄又小又可爱，我觉着格洛丽亚都能来支试试。”然后玛吉充满期待地看着我说，“试一支尝尝。”

于是我拆开小包装，抽了一支出来。我闻了闻它，那雪茄有一种坚果的香气。我把它点着了，深深吸了一口。玛吉看着我，那眼神就像在说这雪茄怎么样一样。

好吧，我觉得玛吉心怀好意给我买了这样一件礼物，于是我不打算说那些关于美国人和他们的古巴禁运政策的话。于是我说：“就好像尝到了新鲜东西一样。有一种又甜又冒险的感觉，是自由的味道。”她听了这些，显得很高兴。

当我离开玛吉家时，我对米尔顿说：“咱们去肯·琼斯机场坐直升机回金斯敦吧，然后你可以另选个时间过来取车。”

第三十七章　争地

小曼利输了 1980 年的大选，于是爱德华 · 西加成为了总理，牙买加工党开始掌权。他们说在举行大选时，至少有七百五十人死于混乱，并且他们认为 1976 年时，那些暴徒们使用小手枪，但是到了 1980 年，他们则开始用走快火的 M16 来福枪了。

第二年，我们和古巴断交，于是我们重新获得了美国的援助，然后外国投资者又滚滚而来。

尽管有外国投资很好，但是这意味着我们还是不能完全掌控我们自己的命运。外国人在掌控我们的命运，因为是他们在告诉我们要做什么，是他们决定该去培养什么或者该去发展什么，是他们决定时间安排，是他们决定要投入多少资本以产出多少利润。

花样繁多的广告每天充斥着每条街道，有百事可乐、雪碧、可口可乐、IBM 电脑、花旗银行、英国大东电报局、雀巢、肯德基、麦当劳、埃索船运、德士古油业等等，而我只能听见张在我脑海中对我说："你又被外国人逮住了。"我觉得也是，但是现在的形势跟过去完全不同了。因为在过去，每个人都能看见是英国人造成的奴隶制，但是现在是我们应该对眼前的混乱负责。现在已经看不太出来外国势力对我们的统治了，因为这种新的帝国主义是打着援助的旗号进来的。

而另外一件事让我为牙买加的变化感到震惊，那就是人们开始谈论非洲，他们的论调是我们"是非洲大部分人中的一部分"，我们也是"一个民族"。我们好像就是非洲人一样。非洲这个非洲那个的。马库斯·贾维和海尔·塞拉西。直到整个世界发现了鲍勃·马利，所有的目光都集中在他的音乐和舞蹈上。好像他们觉着真正的牙买加人应该是非洲人，就跟他们忘记了牙买加土著其实是阿拉瓦印第安人一样，在西班牙人和英国人把他们都杀光了之后，我们都是后来又引进来的人口。我们每个人都是。但这不重要，现在我只能看见和听见关于我们怎么回到非洲的论调。

在那些时日里，你几乎在街上看不到中国人。他们已经不再从奔驰车上下到路面上来，或者从网球场或高尔夫球场走出来，或者在他们进行下一次旅行之前都不会踏足机场的停机坪。而这说的还是在唐人街里住着，还没有跳上一班飞机然后再也不回来的中国人。我想自己一定是唯一还留在唐人街里的中国人，因为尽管那些商店的招牌还在——秦家饼店、陈家杂货铺、胡氏干洗、李家五金、金龙饭店、熊猫馆、竹子园——那些中国人早就已经走了。现在，当我走出马修斯路的小院儿时，我能看到的全部是黑色的脸孔，直勾勾地瞅着我想知道我他妈的还在这干什么。

可是，我却发现现在的形势已经可以让妹妹回来了，如果她还想回来的话，于是我给她写了一封信，把这个消息告诉了她。她对此非常兴奋，但是她说在她回来之前得处理几桩大案子，这几桩大案子占据了她所有的时间。于是我说，那好的，等你好了再说。

第三十八章　全争于天下

“我想搬到贝弗利山庄去住。”

“加州吗？”

“不是，在长山那边。你别骗我了，格洛丽亚，你知道我说的是什么。”

格洛丽亚本来站在火炉边的，现在她转过来看着我。然后她耸了耸一边的肩膀，又抬起了另一边的眉毛，把一只手架在了她的屁股上。这一系列动作流畅极了。

“你想搬去贝弗利山庄？”

“我想在那买一栋楼，然后从马修斯路那边搬出来。我想时间正好。”

“你咋想的？”

“所有的事情都砸了，格洛丽亚。自从我们到这来以后，从我小时候开始，我们都觉得我们会建设一个更好的牙买加。在这个牙买加里，我们是兄弟姐妹。我们要把帝国主义侵略者打出去，而且我们还要甩掉殖民主义和外国压迫的沉重枷锁。但是现在，因为小曼利在选举中输了，所有的事情于是都砸掉了。”

“那个满口帝国主义者怎样怎样的人是张。是张在你忙着打劫美国海军和开着车拉着小仔鸡到处跑挣钱时总说什么平民权利、人人要过得体的生活之类的。而现在，就算所有的事情都砸得不能再砸了，你却还在挣钱。这砸不砸的对你来说又有什么区别呢？”

我一点都不喜欢她这样讽刺我。

“那不一样，格洛丽亚。”

她看了足有一分钟，然后她变得柔和了，对我说："好吧。来跟我说说，如果你想建设一个更好的牙买加，你要做点什么。还有你真正做了什么对人民有益的事。"

"这么多年我给了迈克尔·曼利不少钱支援他的扶贫计划一类的东西。而且我还支持政府的社会改革。"

"那你那么多钱是怎么挣的？"

"这跟我怎么挣的有什么关系？"

"没关系，那你告诉我你怎么挣的。"

"你知道我从哪搞来这么多钱的。而且你也知道，我挣钱时从未伤害过那些提供给我钱的人，我也没从任何一个非自愿跟我合作的人身上拿过一分一毫。"格洛丽亚有点把我惹火了，我能听出来自己抬高了嗓音。

"所以你花了一辈子时间从那些愿意给你钱的人那挣钱，然后现在你过来跟我说，你什么都不干了，因为革命失败了你要隐居在贝弗利山庄？"

接着她的重心向后移了移，看似把她所有的重量都压在一条腿上，这样她似乎感觉更舒服。而且我知道我是她这么做的原因。

"你想跟我说革命的事，但这并不是你的革命。你从来没有穷困潦倒过，从未因为没钱而吃不上饭。你从来没想过要去找一份工作或者为了房租而发愁，也从未因为钱的事想要接受教育。你从未因为你的肤色出过丑丢过人、被人忽视或者感到自己一无是处，在那跟个大傻子似的站着而他们则关上了每一扇打开的门，而与此同时你看着那些白人，哪怕是最傻的白人也先于你走进了那些门。你不必为你的人民所经受的苦难而感到丢脸，或者去见证耻辱是怎么降临到你母亲、父亲、兄弟姐妹、邻居和其他熟人身上的。不，这么长时间，你都住在唐人街里，因为你感到很舒服，而现在你觉得不舒服了，你还能选择而且有足够的钱搬去贝弗利山庄里的一幢大宅里。”

我真的不敢相信她对我说出刚才的那些话。我对她说：“所以当我帮着别人处理这搞定那时，我走我的黑道也可以？”

“我可没瞎评论你走的什么道。如果你还记得的话，我们第一次碰面就是我去找你求你帮我处理玛莎的事情。这就是你跟我的开始。而我对你把那个美国大兵送进医院毫无感觉。我不是指你做的那些事，因为至少你在做那些事的时候表现得很诚实。我是在说你的论调。”她略停了一下，然后继续说道，“这里不会再有革命了，杨宝。这里不是中国而是牙买加。而且发生革命的牙买加并不是真实的牙买加。”

我只对她说：“因为我觉着你不会跟我去贝弗利山庄住，所以今天来问问你。”然后她只是看着我，好像觉着她说得已经够多了。

我离开了格洛丽亚家，开始仔细思考刚才我们的谈话。能看出来，格洛丽亚有她自己的观点。格洛丽亚说得对，我确实从未接受过教育或者去找份工作或者去经历她说过的那些事情，但我又想到，她还想从我这得到什么呢？归根结底，她期待区区一个人去做些什么呢？难道不该是大众起来造反吗？难道不该是大众去抓住他们的理想然后夺回他们的土地吗？难道不该是大众去甩掉外国势力压迫的枷锁吗？”

我对那三个问题的答案是肯定的。我给迈克尔·基利那么多钱，而且我还支持小曼利。所以这就很公平，因为我也让许许多多美元从牙买加非法流走，但这事儿有我没我都会发生。而至于我在美元流失这件事里的作用，已经被我支付给慈善事业和政府公共事业的钱抵消了。

而如果格洛丽亚觉得我仅仅捐钱是不够的话，那是因为她选择了遗忘。她表现出来的样子就像她不知道有多少人民国家党支持者在半夜被破门而入的歹徒枪杀在他们的床上；而他们之中又有多少人去把秘鲁大使馆的官员刺杀在他们自己的家里；然后又在光天化日之下用枪干掉了国家安全大臣罗伊·麦克盖恩和人民国家党主席候选人费迪南·尼特；他们又是怎么在鲍勃·马利自家后院向他开枪的，仅仅因为他们觉得“微笑牙买加”这场音乐会是他支持迈克尔·曼利的一种表示。而那天晚上正好是曼利和西加联手站在国家体育馆的舞台上。我们一直都在说“明天一定会更好”，然而每次政治集会要么以枪击暴乱结束，要么就是以从前发生在奥尔德港的对峙完结，而那天晚上我跟汉普顿从西班牙城听完迈克尔·曼利的演讲回来的路上，被街头的枪火堵在小巷子里则是这一类事情的真实写照。而这一切，格洛丽亚都选择去遗忘。她选择忘记肯尼斯·王身上发生的事情，因为她似乎没有意识到，你只要牵涉其中，不是向政府求助就是拿起一杆枪来保护自己。而我则不想去选择任何一种行动。

不管怎么说，我还是把房子买了下来，从一个要去加拿大的中国人手里买的。那栋房子在山顶上，门口有两只石狮子守着，外面有蜿蜒曲折的车道，而在半圆形的车库里面，有五根又长又白的柱子从地面一直伸到天花板上。房子的正门由两扇红色的大宽门组成，那个卖我房子的中国人早已在门的上方刻了太极图和八卦，寓意吉祥兴旺。花园里有片草坪，草坪上种着各种灌木，还有瑞香木、芒果树、葫芦藤、罗望子树，而一棵愈创木则孤独地站在远方，不和这些树木在一起。白色的房子很配上面红色的屋顶，而红色的遮阳棚则刚好遮盖了后院的游泳池。我非常喜欢这栋房子。它又大又亮，而且能够接收很多阳光，但是里面却很凉爽。

汉普顿和伊特尔跟我一起搬进来，然后是芬利和他的妻子，然后是米尔顿和“花呢袜”，因为麦肯齐没有家人，不跟我在一起他也没地方可去。我好像把这个地方变成了“杨公馆”。正如孙子所说的那样：“掠乡分众，廓地分利，悬权而动。”

我雇了几个小孩来做保安，帮我守住院子，因为我不想让任何人进到我的院子里，然后把像射死鲍勃·马利一样——只是因为要开一场音乐会——把我射死。我想那些持枪暴徒如果知道我给人民国家党捐了多少钱一定会过来修理我的。

当我离开马修斯路时，我带上了米查姆女儿在哈瓦那俱乐部用来杀害那俩男孩的刀，而当我把它从保险箱里取出来时，我发现那把刀不是保险箱里唯一的东西。那是一个小小的笔记本。于是我打开那个笔记本开始读。

今天

陈莫琳：她连离开爸爸商店时都在大哭不止。是什么原因让这个年轻姑娘哭得那么伤心？

原来，这一个小小的笔记本是妹妹在好多年前记的日记。她把每一件事都写了下来。妈妈跪在教堂忏悔室外面，迈克尔神父待在里面，而他们在另一边的帘子外拴了一条锁链，这样别人就进不来了。陈莫琳那天下午哭着来商店。汉普顿把状态糟糕的萨缪尔斯夫人送回家。爸爸和妈妈打架然后妈妈离开了马修斯路。迈克尔神父拜访穆斯格雷夫女士路，妈妈和外婆大吵了一架。情绪不好的警察逮捕了卡尔。那辆丑陋的英国灰色轿车停在商店外，里面坐着一个年轻的女孩，卡尔说那辆轿车是一辆漫游者 100，有四个门，是英国军队的。肯尼斯舅舅和一个小混混站在国王大街的拐角处，无论怎么喊他、冲他挥舞着胳膊他都不理我们，我们一个劲儿地冲着街上的一大群人比划大喊。

而我并没有看到狐狸头，只看到闪闪亮亮的手杖头还有他和那个小混混，两个人在国王大街坐在翻过来的橘子筐上，肯尼斯舅舅手拄着下巴，倚在拐杖头上。但卡尔说那是狐狸头，而且他说那些英国人骑在马背上就是为了追狐狸，还带了一群狗，它们能把狐狸撕碎。那些猎人就把狐狸血涂在他们的脸上，然后割下狐狸尾巴留作战利品。

我没有读完这个小笔记本，但是我开始想如果她这么聪明，能把这些事都记住并且写下来，还能找个安全的地方藏好这笔记本，也许她应该得到那把刀。也许我不应该按照自己的计划把刀扔到海里去。也许我应该替她保管着，当然还有这个小笔记本，以免有一天，谁知道怎么回事，她或许会用到这两样东西。

在贝弗利山庄的第一宿，我把我的床搬到卧室的阳台上，然后在清朗的牙买加的星空下沉沉睡去。我闻到了桉树的清香然后听到外面的寂静。这么多年都吹拂在夹杂着各种音乐声的晚风中，头一次如此寂静，而我的心也宁静了下来。于是我想，我终于找到了些许宁静。我终于给我自己找了一块地方把头安心地枕在枕头上，然后叫这里“家”。

孙子云：“必以全争于天下。”

第三十九章　孤地

当伊特尔告诉我西塞莉的情况恶化了之后，我拿起听筒给达芙涅·王打了一个电话。

“她现在怎么样了？”

“好吧，你知道，他们已经尽力用药控制她的病情了，但现在看起来我们在打一场必输的战斗。”

“那她自我感觉怎么样？”

“她有时明白有时糊涂。好几天，坏几天。”

在我们搬出马修斯路之前的几个月，西塞莉开始觉得不舒服。于是就在我们打算让伊特尔不再在王家干了的时候——因为她如果再干下去的话，每天都得从山上下来再折腾到王家去帮佣——她不干，她说过了这么多年，实在不能在西塞莉小姐最需要她的时候把她撇下。虽然贝弗利山庄有到市里的公交车，但伊特尔还是每天开车去西塞莉那，车是汉普顿买给她的丰田小轿车。我不觉得伊特尔有驾照，因为她接受的唯一的驾驶课是汉普顿坐在她旁边指导她在花园里开了一圈。跟牙买加一半的司机一样，伊特尔没有驾照，但车是自动档的，所以也不会造成太大的麻烦。

当我去看西塞莉时，她的状况非常糟糕。她病得太重了，根本不能起来，连睁开眼睛都费劲。眼睛睁不开其实也没什么，因为伊特尔告诉我说她的视力也急剧下降，所以睁不开眼睛也没什么了。她对我来看她感到很高兴，然后她颤巍巍地伸出手来，我握住她的手，坐在她床边的椅子上。

“菲利普。菲利普你怎么样？”

“我很好，谢谢你，西塞莉！我过来看看你怎么样。”

“好，我现在只能说仁慈的上帝正在以他的时间来让我做好准备去他那里。至少我在祈祷他那里就是我前行的方向。谁知道，也许他在为我安排其他的地方。”然后她“咯咯”笑了起来，于是我跟她一起笑了。

“我不认为你现在应该为这件事发愁。”

“噢，菲利普，你一直都这样相信我。但是说实话，我不是最好的妈妈。我对王霏不好。我知道谁都对她不停地抱怨我怎么对她不好感到厌倦了，但这并不意味着她说的不是实话。而我没时间给达芙涅。真的没时间。我忙着跟王霏吵架，根本没时间关心达芙涅在做什么。我只是希望她能在没有我的情况下好好生活。至于肯尼斯，你都知道发生了什么。在我的脑海中，我根本就不知道该拿他怎么办。”

我打断她然后说道：“你确定你想跟我说这些吗，西塞莉？你确定这是你现在想说的话吗？”

她稍微挪了挪她的脑袋，眼睛依旧闭着。

“你懂得的，菲利普，我觉得这就是我现在想说的话。我这样一个又老又病的女人还能跟谁说出这样的话？而且我觉得在去那个创造我的神那里之前，我得找人把这些话都说出来，这样我才能跟他承认我意识到自己的错误了，至少是其中的一部分。无声的祈祷是一件美妙的事情，但能跟人说话也能治愈我内心的创伤。这就是天主教忏悔的好处。但对你说这些事也好，菲利普，这是你的疑问吗？”

“在我看来，你想做什么都好，西塞莉。”

“你知道王霏去英格兰时，她跟她哥哥斯坦利住在一起，斯坦利是我的第一个孩子，但亨利并不是他父亲。”

西塞莉停了下来，我看着她，猜她是不是在期待我说点什么。我实在想不出来要说什么。虽然我打算试试，但是当我张开嘴时都不知道将要说出来的是什么，好在她又开始继续讲了。

“斯坦利是因为罪恶而出生的孩子。是那种你能想象到的父亲和女儿之间最坏的事情。”然后她顿了一顿，说道，“最坏的那种事。”

我十分惊讶她能把这件事告诉我，我觉得自己的身体因为太过震惊而不受控制了，一种又湿又冷的感觉像蛇一样爬满我全身。那感觉就像是我的关节突然间僵直了，而我在这个位置上突然不能动了，拉着西塞莉的手向后倒向我坐的那把椅子。

“我花了一辈子时间想洗掉约翰逊先生对我做的那事所带来的耻辱。因为尽管那会儿我还是个孩子，但我觉得这是我的错。尤其是当看到约翰逊先生对发生了这样的事完全没有任何羞耻感时，我觉得自己的罪孽更深了。后来，亨利充满仁慈地跟我结婚了。”

她停了下来，我终于有机会喘一口气了。然后她对我说：“菲利普，帮我看看，房间里的窗户是不是还开着。这儿太热了，一点风都没有。”

我向窗户那边看了看，看见窗户还开得好好的。然后我看到旁边的桌子上放着一把扇子，是一把中国纸扇，于是我走了过去，把它拿起来，回到西塞莉身边，坐在她旁边给她扇。

“这很好，十分好。谢谢你。我实在不能忍受头顶上电风扇的‘嗡嗡’声。”

我们沉默了一会儿，然后她说道：“我给你讲过亨利跟我是怎么遇见的还有我们怎么碰巧结婚的事吗？”

“没有，西塞莉，你从来没跟我讲过这些事。”

“亨利是在1903年到的牙买加，那年飓风把这个岛的东北部几乎摧毁了。他的中文名字是洪子龙，但英国移民局的官员把他的名字改成了亨利·王。当然，在你身上也发生了类似的事情。不管他那会儿怎样，约翰逊先生去金斯敦雇佣几个人过来帮忙，不是那种种地的工作，你懂的，是想找些人来干洗衣服做饭这一类的事。然后当约翰逊先生回到奥乔里奥斯我们住的香蕉园时，他把亨利带了回来。那时，他是工头。

“亨利那个时候还是个孩子，他妈妈把他送上从中国来的大船，然后给了他一大篮子吃的，糖渍水果和腌制蔬菜。不用多说，当他穿越太平洋到了种植园时，这些吃的东西一点都没剩下。不是因为他把它们都吃光了，而是因为他被抢了，被抢得几乎一无所有。那时亨利有的只是他的衣服，在那粗布衣服里，他妈妈把一些碎金子缝了进去。

“亨利在种植园里开了一个工人食堂，因为约翰逊先生认为如果给那些工人们提供公共餐饮的话，比他们分开自己单做吃的更经济实惠。于是亨利就通过开食堂挣到了他第一笔钱，并且他还通过给有钱人家洗衣服挣了些外快。他也给约翰逊先生跑腿，替他去这去那地送信，帮他取货扛货，有时也给约翰逊先生的一位红颜知己做好吃的。那会儿约翰逊先生有很多‘红颜知己’。

“亨利最终离开种植园时，他用他在种植园挣的钱还有他妈妈在他临走时给他的金子，在奥乔里奥斯买好了一家杂货铺。”

就在这会儿，我感到有点热，我的手也有点酸痛，几乎握不住扇子了。伊特尔一定是在厨房读出了我心里的想法，因为就在此时，房间的门打开了，她进来给我端了一大瓶冰柠檬水。我把扇子放在一边，给自己和西塞莉一人倒了一杯。然后伊特尔指了指装着柠檬水瓶和杯子的托盘，我看见上面放了一支吸管。她继续指着托盘，但是我不知道她什么意思，终于她向前探了探身子，拿起吸管插到柠檬水杯中。于是，当我把那杯柠檬水端到西塞莉那里时，她伸出了手抓住了杯子，而我只需要扶着吸管，这样她就能把它放进嘴里然后吮吸它了。接下来我听见门响了一声，伊特尔走了并把门关上了。

“因为我母亲跟另外一个男人去了巴拿马，所以就把我留给了他，我父亲约翰逊先生。这就是为什么只有我跟他在那里住的原因。然后亨利来了，他是我生命中第一个对我表现出关心的人。亨利 · 王是一个非常善解人意而且彬彬有礼的男人。你再也不会遇到比他更好的人。于是当约翰逊先生说我怀孕了得找人照顾我一下时，亨利想都没想就说了好。实际上，约翰逊先生跟他谈过这件事。他跟亨利说，现在亨利的商店经营得这么好，得有个女人给他打理家事。而且不久之后，鉴于我的情况，他就会有一个完整的小家庭，而这对他来说不错。当亨利问他为什么他不打算照顾我时，约翰逊先生说：'我不想要那个跑来跑去的小孩打扰我的生活。'当亨利问起他，谁是那孩子的父亲时，约翰逊先生只是说：'你不需要为这件事担心。我知道那个男人虽然很关心这件事，但是他绝不会打搅你的生活的。'其实，我觉得亨利当时是可怜我，而且想反正他也没打算娶谁，索性把我娶了就算了。我觉得事情可能是这样。几年之后，他在奥乔里奥斯又找了个女人。他以为我不知道，但我却知道这事。我只是选择什么都不说，这就是我跟他的事情。"

尽管我没看见眼泪，但我觉得西塞莉哭了。其实就是一种情绪上的变化，就是她突然间出现的一种失落。或者她内心开始流泪了。

"当那孩子出生时，我决定给他和约翰逊先生起一样的名字，斯坦利。每次约翰逊先生来到我们家坐在桌旁时，他都会仔细打量斯坦利，这就会让他想起他对我做的那么恐怖的事。"

我看见西塞莉的额头上出现了几滴汗珠，于是我又拿起那把扇子，冲她扇了起来。

"我承认我曾经还担心斯坦利还有肯尼斯会跟约翰逊先生一样，尽管亨利是肯尼斯的父亲。我害怕他们从我这里遗传了约翰逊先生的血，所以他们会变成坏人。更可怕的是，他们也许会变成品行不端的黑人，他们最终会证明白人是正确的，而这是一个母亲经常介意的另外一件事。于是我一直在防备他们身上显露出来的约翰逊先生的邪恶品质。我一直在观察。我警告过斯坦利和肯尼斯要反对这种事。我试图用我的下午茶和果酱夹层蛋糕来消解这件事。而当我为我们也许给了那些白人任何理由来证明他们关于我们的看法是对的，我们就是邪恶的异教徒而感到恐惧时，我不断在心里呼唤万能的上帝。而约翰逊的这种品质也在女孩子身上显露了出来，这就是我为什么花了那么多时间跟王霏吵架的原因。我现在都能看见它。”

西塞莉的葬礼让我感到惊讶。不是因为教堂几乎坐满了人——我已经预料到这点了——而是因为人们是从全岛各个不同的地方来的，他们来这向她致以最后的敬意。

那些人有的来自奥乔里奥斯，他们从亨利在那开他的第一家商店时就记得西塞莉，因为她周六早晨经常把食物给穷人。有的人是从玛利亚港来的，那是西塞莉母亲的家乡，西塞莉经常写信去那里，而且时不时地给他们寄钱让他们救急。有的人是从蒙特哥贝和安东尼奥港来的，她通过她一系列的教会活动认识的他们。还有一群从岛的各个地方来的、卫理公会的牧师也来参加她的葬礼。

而且，还有我希望见到的人，那些金斯敦的有钱人，或者还有那些破产的人。

但，王霏没来。而这并没有让我感到惊讶，因为她们之间已经没有什么爱可言了。卡尔我知道肯定也不会自找麻烦地跑回来，但我倒有一半相信也许妹妹会回来。但她也没有。

葬礼之后的几天，达芙涅给我打电话说要见我，谈关于西塞莉遗嘱的事。当我到了穆斯格雷夫女士路时，看见她坐在走廊里，旁边的小桌上摆了一瓶朗姆酒。当我走近她时，她给我倒了一杯，但是看起来她自己并不打算喝。她跟我说西塞莉给我留下了所有的超市、批发商和酒商生意。而她把房子和里面的东西还有银行里的钱留给了她和王霏姐妹俩。

我看着达芙涅，觉得她非常疲倦。感觉她的整个身体都在往下坠。不是因为她太胖了，其实她是个很苗条的女人，而是感觉是她内心的悲伤太沉重了，把她整个人往下拉。然后我想起来，尽管这么多年我都认识她，但我从未真正地去试图了解她。但是现在，我看见她长了一张亲切的脸，虽然很悲伤，但是却温柔且充满同情。虽然每天你都会想对她说"我不要好好生活"，可是她却是那种能照顾你的人。

"西塞莉能这样高看我，对我来说是一种荣耀。"

"这倒没令我惊讶。她一直都非常喜欢你，杨宝，你一定知道。而且不管怎么说，这么多年你都非常努力地工作，把那些生意做得很成功。所以，无论怎样，给你这些都是公平的。"

我什么都没说。我只是静静地等着，因为看起来，达芙涅还想要跟我说点什么。不过也许是她想让我跟她说点什么。那似乎是一种她屏住呼吸等着我说出来的愿望。但是我什么都没说。我还没有原谅她不给我斯坦利的地址这件事。

达芙涅又继续说道："我对这份遗嘱没有任何疑问。我的问题是银行里的那些钱都是牙买加元，而且就算我现在把这栋房子卖个好价钱，在这个过程中也会有一大笔税，而把这笔钱带出牙买加岛也会有困难。"

"你说带出岛是什么意思？"

"我想去英国和王霏一起生活。"

她让我感到惊奇，但是然后我想，是啊，她在这里一无所有了。于是我说好的，我来安排你卖房子的事，还会帮你把所有的牙买加元换成美元，然后让玛吉把这笔钱转移到伦敦然后再换成英镑。我给了达芙涅非常好的兑换汇率，比银行给的要好得多，而且我也没从那笔钱里扣手续费。我觉得这是我唯一能给王霏做的事了。

达芙涅到了伦敦看到她账户上的数字时非常高兴，她直接给我打了电话来道谢。就在她放下电话的一瞬间，我对她说：“替我向王霏问好。”

达芙涅走了之后，伊特尔才告诉我，西塞莉生病了之后我第一次去看她之前，达芙涅让整栋房子都沉浸在兴奋和喜悦之中。她让女仆们擦灰扫地，用力擦洗每一样装饰品的每一个角落，每一个台灯和灯罩，每一张桌子和每一把椅子，每一个柜子、床架、衣橱、梳妆台、窗台、壁脚板，窗户插销和每一寸地板都得干干净净。每个厕所、水池子和浴缸都得擦得锃亮。每一扇橱柜的门、每一块玻璃板、阳台上的每一根栏杆都得擦得闪闪发光。这还不够，她还要女仆们擦拭每一个门把手和链锁、所有的镜框，等等。那天我们真是有太多的事情要做了。

达芙涅让埃德蒙德清扫花园，修剪草坪和网球场，重新摆放九重葛的位置，在玫瑰花床上新栽上花，清理芒果树下烂了的果子，把花园里的芙蓉和紫姜花剪下来，好插到屋子里的花瓶中去。

她让伊特尔把房间所有的窗户都打开，为的是让房间里的空气流通，然后把两把柳条编的摇椅并排摆在走廊里，中间再放上一张桌子。她又让伊特尔把一个烟灰缸和一盒火柴放在雪茄边上，雪茄是她在头一天打发埃德蒙德去买的。

她让他们买了生蚝，还让他们做了新鲜的辣椒酱。她甚至还让埃德蒙德清洗和抛光了王家那辆酱紫色的奔驰车，让它能闪闪发光并骄傲非凡地站在车道上。

然后她坐在走廊上西塞莉最喜欢的椅子里，等着我的到来。伊特尔告诉我说，达芙涅一直在那坐到太阳西斜。她一直等到该洗下午澡了才走。她一直等到冷雨落在热草地上的味道消退了，蟋蟀们开始叫唤了才走。而那时正是我来的时候，整栋房子因此而喘了一口气，放下心来。

“你什么都不记得了，是吗？”

“不，我都记得。我记得那天我比原定的时间晚了一些，然后我还记得我站在走廊的台阶上，跟她说了几句话。她问我要不要坐下来跟她喝一杯酸模汁，但那时我抱着一大捧给西塞莉的巧克力果仁冰激凌，所以我并不想停下。我只是跟她说我想直接进屋，然后她让到一旁，于是我就直接进了屋子。”

然后，在伊特尔把这一切告诉我了之后，我突然想起那天早晨我送达芙涅去机场时的情景，她抱了我那么长时间，现在我终于明白，她是不想离我而去。

我把王家大宅卖给了一个房地产开发商，他把王家大宅开发成了一家小型酒店，里面有游泳池、网球场等所有的东西，但是他们推平了草地，把那块地方抹上水泥变成了一块空场，因为他们不想花浇草地的水钱，也不想在这么热的天气里照顾那块草坪。

我在卖那栋房子时问过格洛丽亚她想不想要，她说不要。然后她对我说：“我想要的是在北边海岸的一栋小房子，就是在奥乔里奥斯远离大路的小海湾那盖上一栋，这样埃丝特可以带着我们的外孙、外孙女过来玩，我们也可以轻松愉快地像一家人一样生活。”

当我们去奥乔里奥斯找这样一栋房子时，我发现格洛丽亚心里早就有中意的了。那栋小房子就是在一个小海湾旁边，就像她跟我描述的那样，这里有一小块私人海滩还有可以看到海景的走廊。这栋房子很小，但是却在轻风的吹拂下给人又清新又舒适的感觉。而且不仅格洛丽亚早就看好这栋房子了，连房子的看门人都认识格洛丽亚了，他知道她的名字。其实，这栋房子是亨利·王的。这栋房子还在他的名下，尽管他去世那么多年了，但是在金斯敦的所有人都不知道他在这里还有一处这样的房产。于是，这栋房屋的买卖变得很复杂，但不管怎么复杂，这都是在牙买加。于是我给了房产经纪人一笔钱，让他把文件修改得毫无纰漏，所以我们很顺利地把这栋房子“买”了下来。而当我在房产买卖合同上签字时，脑海中却出现了那会儿亨利·王病怏怏地躺在华人疗养院时的情景，而那会儿汉普顿对我说他在疗养院附近看见了格洛丽亚，我问格洛丽亚来看谁，他说他不知道，只是在停车场匆匆瞥了她一眼。但我什么都没跟格洛丽亚说，因为这些事对我来说，时间太过久远，也早都过去了。不管怎么说，正像孙子所云：“绝地无留。”

第四十章　地形

格洛丽亚给我打了个电话。埃丝特生了，是个女孩。“我们现在有了个好看的外孙女。”她对我说。

当我去看埃丝特和那个孩子时，格洛丽亚也在那，她看起来又骄傲又美丽。她比那新生的孩子还漂亮，因为——说实话——我从未见过一个美丽的婴儿。在我眼里，他们都是皱巴巴的。虽然我见的新生儿不多，但他们差不多都是那个样子的。

埃丝特看起来很高兴，她躺在床上，抱着孩子。然后她问我是不是想抱抱那个孩子，我说还是不要了。

然后她说：“抱抱吧，就抱一会儿。她又不会咬你。”

“咬我！她用什么咬我？还是算了吧，我怕我会伤害到她，她那么小那么脆弱。”

但格洛丽亚说：“她虽然小，但一点都不脆弱。你永远都想不到她刚才经历了什么。”然后所有人都笑了起来。

格洛丽亚让我坐下来，她从埃丝特手里把孩子抱过来，然后把她放在我的胳膊上，帮我把姿势摆好，这样我就能把孩子抱得牢牢的。

“你想给她起个什么名字？”

埃丝特说：“苏尼塔。”

“苏尼塔，苏尼塔。”我自己重复了几遍。然后我看着这个小小的、非洲、中国、印度混血的孩子，然后我想到，苏尼塔，你是个牙买加人。非洲、中国、印度都有那么多人，但你是独一无二的。而且你不需要回到非洲，或者中国，或者印度因为这就是你的归属，在这你有自己的身份和骄傲。然后我想起迈克尔·曼利在很多年前说过："我们从远方来，而我们不再回去了。我们现在有自己的骄傲，有自己的土地，也有自己的责任。"

当埃丝特和格洛丽亚还在屋子里时，拉金德尔把我从屋子里拉到走廊里，递给我一支雪茄。就在我吸到第二口时，他对我说："有些事我想跟你谈谈。"

我心存疑问地看了看他，因为自从他们结婚之后，我跟拉金德尔从未有过深入的交谈。拉金德尔念过大学，我们很不相同。

"我想你从埃丝特那里听说了六个月以前我在码头找到了现在这份工作。这份工作很好，是一个不错的中层管理人员的职位。但是，麻烦的事是，我跟那些码头工人之间有点问题。"他停了下来，看了看我。

"什么样的问题？"

他看了看他身后的房间，感觉很担心有谁会听见他的话似的。然后他用耳语对我说："我跟埃丝特说过这件事，问过她是否觉得你能帮上什么忙，但是她对这事似乎不怎么热心。"

"那是什么样的问题？"

"码头上有一群人，好像什么工作都不做。他们在工资名单上，但是他们成天什么都不做，只是在打牌，然后出去吃饭，回来就互相聊天。这还是他们在这时的情景，因为他们还有一半时间根本不来。他们就是不来，但他们还是能得到工资，就跟他们真的一天一天都干满了一样。这就意味着其他人得把他们的活干出来，他们也都干，因为他们怕那帮人。"

"我知道这怎么回事。"

"我曾经试图跟这帮人谈话，但是一点效果都没有。我是说，显然我们那有对于这样表现不佳的员工的惩罚措施，但我觉得他们不会接受的。而且三个礼拜之前，他们之中的一个人用刀威胁了我。”

“所以你很担心自己的生命安全？”

“是，我很担心。但是我也觉得情况确实不好，而且我不知道该怎么办。不过我曾经听一些人说过你很厉害，而且你在社会上也很有声望，所以我想问问你能不能帮帮我。”

就在这时，格洛丽亚走到走廊上来，于是我就轻轻地对他说：“这事交给我吧。”

“你能为这事做点什么吗？埃丝特不是很愿意让我来求你。她觉得我们应该有能力自己解决这件事而不是把你牵扯进来。”

我看了看拉金德尔，又看了看格洛丽亚，然后她对我说：“拉金德尔已经跟我谈过这件事了，是我告诉他，跟你说说这件事不要紧。”

第二天，我让芬利去看看码头那边出了什么事，然后等他回来跟我说了他的所见所闻时，我发现这事真不出我所料。就是黑道上小团伙的问题，就跟当年肯尼斯·王又在超市挣工钱又不断地出去给路易斯·德弗雷塔斯跑腿挣钱一样。这就是一种两头收钱的安排，这样就能在退税时增加好多收入。而如果老板不喜欢这样的话，他就会突然发现自己惹了工会从而给自己找了很多麻烦。

“但是，”芬利跟我说，“你也许喜欢这个。这小团伙背后的小头头是德弗雷塔斯。”

“德弗雷塔斯？”

“是啊，哥们儿，就是他。安东尼，他们叫他托尼。”

“这人是谁啊？”

“路易斯·德弗雷塔斯的侄子。”

我在对解决这件事采取任何行动之前想了很多。我想知道如果张还活着的话他会对我说什么；想知道那年张在马修斯路的院子里，跟陈老板说了那么长时间的话，是怎么跟他说莫琳和孩子的事的；我想知道孙子，如果他面对这种情况时会怎么说。然后我觉得，张和孙子也许都会这样说：“进不求名，退不避罪，唯人是保，而利合于主，国之宝也。”

然后我想，可以肯定的是，孙子在这一类事情上都说对了，但生活并不是关于战略战术上的事。也许它所涵盖的事要远远多于战争策略，或者完全是两码事；生活远不同于战争上的潜伏、编队或者策略；也远比张所说的仁慈和真诚、人道和勇气要丰富得多。

我又想了想在汉普顿和伊特尔去奥拉卡贝萨时，我跟格洛丽亚相处的那些天。还有在张生病时，我日日夜夜地听着他和妈在一起说的那些无穷无尽的话。还有我跟迈克尔相处的所有时日。于是我觉得，也许通过个人的努力会带来一些变化、改变一些东西吧。

我给路易斯·德弗雷塔斯打了个电话，让他到皇家港口迈克尔无比喜爱的炸鱼面饼店来见我。这地方能给我带来平静的感觉，是一个又宁静又美丽的地方，而且充满理性。那是一个人们可以发自内心地说点什么，而不是想要为名利争得头破血流的地方。

当路易斯过来的时候，清风吹拂着他，让他不再像以往那样在炎热的西金斯敦困着，这令他感到很舒服。他的脸看起来苍白肿胀。他从额头向后开始谢顶，而且感觉有点驼背了，不再像过去那样，腰板直直的。并且他也瘦了许多。

我说：“我得谢谢你能来。”他只是看了看我，然后点了点头。服务员把食物放在我们面前然后马上又跑回到空调边上去了。

“路易斯，我有个小问题得让你帮个忙。”

德弗雷塔斯看着我，但他还是什么都没说。他只是挪了挪盘中的炸鱼，然后开始一声不响地闷头吃。

“在咱们年轻的时候，咱们说过很多话，也做过很多事。我觉得自己并不了解你，而且希望当时自己没去做其中的一些事情。我希望当年能把你想得更好一点。但看看咱们现在吧，都是糟老头子了。”

德弗雷塔斯用一种不一样的眼神看了看我，感觉他终于开始听我说话了。

“我不是来找你打架的，路易斯。你利用萨缪尔斯在我的邻居中贩卖枪支，我什么都没说。我把枪都还给你，甚至把萨缪尔斯也给了你。”

“但这也很公平，你能继续控制唐人街。”

“是，我能继续控制唐人街，而且我也不想对这件事抱怨什么。”

德弗雷塔斯放松了下来。

“然后萨缪尔斯那件事是他自食其果。我也什么都没说。我甚至在你把萨缪尔斯夫人打发到我这来求助时也什么都没说。尽管你跟我都知道，照顾他的家人应该是你的责任而不是我的。因为萨缪尔斯死的时候，他是你手下的人。”

德弗雷塔斯开始对我有所警惕了，因为他想知道我说了这么多到底是为了什么。他的后背有些僵直了，然后他抓起了那个带着银色狐狸脑袋的手杖，似乎是为了寻求一种舒适的感觉，虽然他还坐在椅子上。然后，我发现他把他小指上长长的指甲给剪了。

“萨缪尔斯的那件事在我和我妻子的关系上给我带来不少麻烦，后来发生了一堆乱七八糟的事，最终她离我而去了。但我说这些也不是为了埋怨你。那是我自己愚蠢的错误造成的，就像我蠢到家地雇了肯尼斯 · 王给我跑腿。汉普顿警告过我不要这么做，但我没理他。而雇用他则是我年轻时代做的最让我后悔的几件事之一。现在做什么都于事无补了。但肯尼斯被杀直接导致了王霏开始反对我厌恶我，正是那会儿，她决定带着我的孩子们离开牙买加去英国。而我并没有跟你说过，这件事简直让我伤心透顶。”

德弗雷塔斯又看了看我，这次我感觉也许他明白我的意思了。也许他自己在做了这么多事之后也会后悔吧。

“尽管我知道肯尼斯被害这件事是跟你有点关系的，我什么都没说。

现在，我女婿那边出了点问题。你侄子，安东尼，在码头把他折磨得够呛。我女婿对此无能为力，因为安东尼控制着码头那边的帮派。我不知道他是在为你工作还是他自作主张，但不久之前，有些人拿刀去威胁我女婿，而现在他为他的妻子担惊受怕。”

我停了下来，看着德弗雷塔斯。他也看着我，好像这件事里也有他关心的东西一样。

“我知道你现在也是位父亲和祖父了，路易斯。我，我只有一个外孙女，而且我希望她能在父母的陪伴下健康成长。”我停了一下，继续说道，“我从未求过你什么事。实际上，我这一辈子从来没求过谁，但这次我来求你。让安东尼撤出港口吧。让他带着他的小团伙去别处混。然后为了我女婿的生活和健康，让他放过他吧。请你这次一定要帮助我。”

德弗雷塔斯什么都没说。他只是倚着自己的拐杖然后继续吃完了盘中的食物。

然后他说：“你是对的。这里的炸鱼和面饼真的很好吃。”他停了一下，我等着他继续说，于是他继续说道：“我会替你跟托尼谈谈，但是我现在不能答应你什么，你懂得的。”

第四十一章　军行

在 1980 年爱德华 · 西加赢得大选之后，牙买加的情况开始变好，但是他的政府并没能让经济增长到人们希望的程度，于是在 1989 年，迈克尔 · 曼利重返政治舞台。但他现在老了，所以更加小心翼翼，于是我想他的热情也许不再了。

然后我开始想，也许不仅仅是小曼利的热情不再了，自己的热情也随着年龄的增加而日益减少。也许是对自己，也许是对牙买加。现在，感觉这座岛完全进入了一个新的阶段。我们经历了自己动荡的青年时期，现在来到了平静的另一面。而现在，这另一面也是可以接受的。只是可以接受，因为这样的局势并不是很让人满意，而且也不会让人感到像在那一面时那样开心舒适。也许这只是一块勉强凑合能住的地方。我们已经习惯让自己将就形势，而且我们也希望自己能够为适应它付出我们的努力。

但无论怎么说，这地方也不赖。我们现在有那种军队能够平息街头暴乱，然后又重新把外国投资者和游客吸引回来。现在谈论回到非洲和拉斯塔里法教革命的人越来越少，而且关于巴比伦塔就要倒塌的语言也不多了。一些人说，如果我们没有希望的话，我们还可以向现实屈服。我想也许我们是怀念我们曾经拥有的机会。

尽管我们从三百年前英国殖民者到了这个岛上就开始为自己挣扎地找一个出路，并且把社会阶层分得清清楚楚、明明白白——非洲黑人垫底，然后依次向上是印度人、中国人，英国白人在最上层——我觉得我们做的事还行。到那时我也在想，还有多少国家像牙买加一样？还有多少国家经历过我们经历过的那些事情？这些都是因为很久以前，有些人决定不惜坐船跨越半个地球来这里殖民、统治我们。而且这不仅仅是关于英国人和奴隶们的事，还有美国人和钱的事。

在一个星期天的早上，我开车去见迈克尔，于是我在圣三一教堂把车停了下来。我把车停在芒果树的阴影下，然后走进教堂。教堂里空空荡荡。这让我感到很惊奇。因为在其他时候，这里夹缝里都站着人，每张长椅上都坐满了人，中间和后面还有一群人一个挨一个地站着。阳光照在圣坛上，在圣坛的后方是一个真人大小的、被钉在十字架上的基督像，雕像上面是一块同样讲述耶稣受难的玻璃窗，由蓝色、红色和黄色的彩色玻璃组成。

而这个星期天，只有几个年轻人在这里第一次领圣餐，教堂里十分闷热，上面装的电风扇几乎不起任何作用。所以人们坐在长凳上，用扇子给自己扇风，然后听神父告诉那几个年轻人现在他们要接受耶稣的圣体，基督于是进到他们身体里，他们应该像耶稣基督一样行事。人们从自己的世界观出发解释他们遇到的每一件事情，所以他们不能理解从另一视角去看问题，除非他们把自己过去所有的经历，还有他们觉得自己懂的东西都搁置起来，然后去寻找他们所看到的现象的答案。而基督可以帮助他们去做这件事，就像是他们的叔叔或者是一位神父。

在那之后，当我看见迈克尔时，我把一个信封给了他。他拿到那个信封然后看着我说："这是什么？"

"这是我的葬礼程序。"

"你的葬礼！"

"我觉得这是自己该做这件事的时候了，反正我也不能永远活着。"

当他要打开信封看里面的程序时，我制止了他，说：“我死了之后你还会有很多时间去看它。你可以让信封上的胶水留到那时候。”

他有点疑问地看着我，于是我说：“我觉得我去了一个新的地方，就是张和妈、亨利和西塞莉去的地方。然后当我回来的时候，我觉得我得找个人帮我个忙。这个人我一辈子都信不过。然后我发现也许我的一生不用像行军打仗那样过，不用用尽计策计谋。我其实可以金盆洗手，从那炙手可热的生意里撤出来，尤其是在我获悉这些事情可以这样结尾之后，自己真的吓到了，因为之前自己还觉得这些事情做得其实还可以。现在，我觉得我的时候到了，该到你这来领取祝福，然后停止追逐那些东西，那些也许只是我的一个关于自己的想法罢了。也许时间到了，我该面对本真的我以及真实的事物了。”我笑了起来，说道，“这得等到万能的上帝改变想法过来接我的时候才实现。”

迈克尔只是在那里坐着，友善地看着我，就跟有人跟他忏悔一样。然后我说：“我从妹妹那里接到一封信。她就要回家了。她在离开英国的最后一刻都十分紧张忙碌，办完了那些大案子，这会儿，她说该是她回家成为一个有用的人的时候了。过了好多年，是吧？不管怎么说，如果她没有事先告诉你的话，我觉得你可能想知道这件事。”

就在这会儿，我突然对自己能为她保留那把刀和那个小笔记本而感到很欣慰。也许当她回家的时候，她会决定要怎样处置海伦娜·米查姆。

第四十二章　虚实

孙子云:“故五行无常胜,四时无常位,日有短长,月有死生。”

格洛丽亚决定为那孩子举行一场派对。这其实对我来说没什么意义,但是她说:“那又怎样,我们难道不应该庆祝外孙女的生日吗?”而我只能同意去参加,尽管我实在看不出来这场派对对那个小婴儿能有什么意义,我们无非是叫一群成年人来家里,手里端着一盘点心一杯冰激凌,站在那聊天。但是这是格洛丽亚想做的事情。我觉得,也许我也有一些事情值得庆祝,因为西塞莉去世之后留给我们超市和批发生意,又因为我们有旅行社和化妆品生意,所以我们现在终于合法了,完全合法了。不用再绕着城替人拉仔鸡给人送香烟了。实际上,我都想不起来上次我去蓝湖酒吧是什么时候了。

我们在奥乔里奥斯的房子里为孩子办的派对,但实际上,我根本不觉得这派对是格洛丽亚为孩子办的。我觉得她在庆祝自己的新生,我跟她的新生。也许这样的生活,我们早就该开始,并且一直都拥有。

每个人都到海边来。芬利和他的妻子、汉普顿和伊特尔、克里夫顿、陈莫琳还有约翰·莫里森、乔治·莫里森和玛格丽特、米尔顿、玛莎,还有当年跟格洛丽亚一起在东金斯敦那栋房子里做生意的另外两个姑娘。玛吉·洛佩兹也来了,还带来了几个我们之前根本没见过的女人。然后我们重量级的嘉宾登场——埃丝特、拉金德尔和他们的女儿,苏尼塔。一个小小的却完整的家庭。

我站在走廊里,放眼望去,平静蔚蓝的加勒比海映入眼帘,然后我觉得当我终于成功跟德弗雷塔斯解决了码头上的那件事之后，自己有多开心；而就在上个礼拜，当我把如果我出了什么事我会怎么安置格洛丽亚和埃丝特的想法告诉格洛丽亚时，她听了以后笑个没完，拍着我的胳膊说："你怎么啦？"

我意识到，如果我就这么倒下去死在这里，也没什么可抱怨的了。我开始构想所有之后的事情，他们怎么把我送到医院去，然后翻遍我的口袋。我的口袋里装着一把双刃小刀，一个开瓶器，一个雪茄盒里面装着上次玛吉送我的那种雪茄，还有两种钱——牙买加元和美元，在一个银子做成的小盒子里装着牙签，还有一个能装照片的黑色皮钱包，上面带着仙鹤和松树的图案，里面有一张妹妹取得律师执照时戴着假发、穿着长袍的照片，而这张照片的背面则是我抱着还是婴儿的妹妹，秀全站在椅子旁边的照片。

我开始回想自己的生命，然后发现自己曾经那么努力地去找寻我所能相信的东西，一些对我意味着点什么的东西，就像张有他关于中国和群众怎么把外国侵略者赶出去然后创设新生活的各种故事。就像曼利先生所说的那样，牙买加得要一个身份，一份荣耀和一个属于我们自己的命运。但这对每个人来说并不相同。就像格洛丽亚经常跟我说的那样，不是每个人都会关注重新建立一个国家。一些人只是想把食物放在桌面上。而我觉得，自己其实也是那种只想把食物放在桌面上的人，因为尽管我不断地讲到张的那些高尚的理想，但我还是忙活着挣钱然后帮助那些来找我帮忙的人。我用尽全力想去相信，我们虽然从不同国家不同地区的千千万万不同种类的人民中来，但我们现在组成了同一个民族，但是当街头暴乱开始，人们开始射杀彼此时，我却不能用我的牺牲去换这里的和平，根本不像我父亲在中国时做的那样。

但是正如张经常跟我说的，每一样东西都会有自己的结局。你做或者不做，任何一件事都跟其他事联系着。所以，任何时间你做了一件事，其实就等于让另外一件事在未来的某个角落里等着你。然后我开始想迈克尔有关上帝的一切看法是不是正确，还有万能的主会怎样因为我所做的一切而惩罚我。

格洛丽亚从屋里走到走廊上来，站在我身边，我们一起听加勒比海轻轻拍打海岸的声音。她的脸上出现了一丝满足的微笑。然后她站了起来，握着我的手向远方指了指，她曾经跟我说过，在晴朗的日子里，她朝那个方向看，可以看见古巴。于是我想，那么多人来到牙买加，苏尼塔身上融合了他们的血液，变成了一个独一无二的人，也许我也给牙买加的民族化进程出了自己的一份力。我可以听见屋子里一阵骚动，迈克尔的声音在问候每一个人。

接着我想起来，妹妹在这么长时间之后，终于要回家了。我想，如果现在我死了，没见到妹妹会是唯一一件让我想念的悲伤的事情。然后我又觉得不是这样的，我还会想念一件事，就是我从未找到一个与卡尔沟通的办法，尽管他跟我之间一直都有联系。我还会想念我曾经错过的跟王霏再在一起的可能。

而这时我意识到我还没有死，所以我还没真正失去这些东西。我想起了张有一次把他的手掌放在我的胸口上，跟我说："事事自在你心。"

作者按

韩素音[1] 曾经说过，中国人是“历史的思维”。而正如全世界都知道的，牙买加人“政治的思维”。因此，这本书——我的第一部小说，是政治历史式的，也并不为奇。不仅仅因为每个故事都有一个背景，也因为这个背景创造出事物可能呈现的模样，构建了决定人物如何选择的生活环境，并决定故事发展的方向。

因此，虽然杨宝的故事是虚构的，但我还是尽最大的努力还原了背景。为此我做了大量的研究工作——查阅书籍、观看电影、搜索网络资料，还包括多次去牙买加的旅行和向我的哥哥及其他家庭成员提出的无穷无尽的问题。

最后，尽管这本书包含了中国道家的思想，它所写的还是牙买加的历史，它又不仅仅写了牙买加的历史。它写了牙买加的人民，又不仅仅写了牙买加的人民。这本书所写的，是整个世界、整个宇宙和千千万万的事物。

杨凯丽，2010 年 7 月

① 韩素音（1917—2012），英籍华裔女作家。她的主要作品取材于 20 世纪中国生活和历史，代表作有《伤残的树》《凋谢的花朵》《瑰宝》《青山青》《等到早晨来临》等。

致谢

当这本书被提交给布鲁姆斯伯里出版社时，海伦 · 加依斯 · 威廉姆斯表示这本书有望成为一部非常棒的作品。如果这本书确实做到了，那正是因为她。同样要感谢莎拉 · 简 · 福德细致而敏锐的工作。我从来不知道编辑工作可以有这么多乐趣。感谢艾丽卡 · 简妮丝帮我完成了那些糟心的麻烦事，让我在整个过程中能够一直顺利进行下去。感谢我的代理人苏珊 · 耶尔伍德，没有她，杨宝也就没法“遇到”海伦。还有阿曼达和查利，以及那些所有让不可能成为可能和这些年一直鼓励着我的人们，感谢你们。

图书在版编目（CIP）数据

我叫杨宝 /（英）杨凯丽著；包安若译．—南京：译林出版社，2014.5
（外国通俗文库）
书名原文：Pao
ISBN 978-7-5447-4375-4

Ⅰ.①我… Ⅱ.①杨… ②包… Ⅲ.①长篇小说－英国－现代 Ⅳ.①I561.45

中国版本图书馆CIP数据核字（2013）第211086号

PAO: I WAS JUST A BOY WHEN I COME TO JAMAICA…
by KERRY YOUNG

著作权合同登记号 图字：10-2013-251 号

书　　名	**我叫杨宝**
作　　者	〔英国〕杨凯丽
译　　者	包安若
责任编辑	王振华
特约编辑	汤　胜
原文出版	Bloomsbury Publishing，2011
出版发行	凤凰出版传媒股份有限公司 译林出版社
出版社地址	南京市湖南路1号A楼，邮编：210009
电子邮箱	yilin@yilin.com
出版社网址	http://www.yilin.com
印　　刷	三河市祥达印刷包装有限公司
开　　本	640×960毫米　1/16
印　　张	18.25
字　　数	224千字
版　　次	2014年5月第1版　2014年5月第1次印刷
书　　号	ISBN 978-7-5447-4375-4
定　　价	26.80元

译林版图书若有印装错误可向承印厂调换